インドラネット

Indra's Net

Natsuo Kirino

桐野夏生

角川書店

インドラネット

目次

装画　木村了子
装丁　鈴木久美

第一章　野々宮父の死

1

　三月終わりの、まだ肌寒い金曜日のことだった。

　八目晃《やつめあきら》がいつものように残業をして、会社を出たのは午後十時を回っていた。長い時間、パソコンを睨《にら》んでいたせいで、頭の芯《しん》が疲れていたが、ノルマを終えて明日の土曜出勤は免れることができたから、ほっとしている。

　今夜は思いっきりゲームでもしようか。晃は緩んだ気持ちでセブン‐イレブンに寄った。弁当と発泡酒、ポテトチップス、シュークリームなどを籠《かご》に入れて、レジに並ぶ。その時、ＬＩＮＥがきた。ダウンジャケットのポケットからスマホを出して見ると、珍しく実家の母親からだ。

「野々宮《ののみや》さんのお父さんが、今日亡くなられたそうです」

　野々宮空知《そらち》の父親は、よく知っている。息子の空知とは仲がよく、しょっちゅう家に遊びに行っていたから、父親ともよく顔を合わせたし、喋《しゃべ》ったものだ。しかし、まだ六十歳を少し出たくらいのはずだから、突然の訃報《ふほう》に驚く。

「死因は?」と訊《き》くと、すぐに「わかりません。近所の人が教えてくれただけだから。明日十八時から、月旦寺《げつたんじ》でお通夜だそうです」

やや素っ気ない返信が戻ってきた。

野々宮空知は、都立高校の時の同級生だ。だが、ただの同級生ではない。家が比較的近かったので、晃は高校一年の時から、野々宮家に入り浸っていた。

放課後、空知と一緒に自転車で帰って家に上がり込み、そのまま夕飯時まで、場合によっては夕飯もご馳走《ちそう》になって、深夜まで居座っていた。

空知は、晃がくっ付いてきても嫌な顔ひとつせず、勉強部屋に入れてくれた。そこで好きな音楽やタレントの品定め、そしてクラスの噂話など、他愛のない話を延々としたものだ。

空知はもともと頭がよい上に、晃の生半可な知識など到底及ばないほどの物知りだった。話の運びも比喩《ひゆ》も、気が利いていて飽きさせなかったから、晃はもっぱら、空知が話していると、阿呆《あほう》みたいにぽかんと口を開けて頷《うなず》くばかりだった。話の面白さだけでなく、空知の美しさに見惚《みと》れていたからだ。

そんな自分を、空知のパシリだ、いやゲイだろ、などと同級生が中傷していたのは気が付いていた。しかし、晃は何を言われても気にならないほど、空知が大好きだったし、心酔していた。

長身で、長い手足に筋肉がほどよく付いたバランスの取れた肢体。運動神経は抜群で、陸上部に所属し、走り幅跳びの選手だった。そして、晃が何よりも好きだったのは、空知の顔だ。秀でた額。濃い眉《まゆ》が綺麗《きれい》なアーチを描き、少し吊《つ》り上がった目は、時折、震え上がるほど冷酷に見えることもある。頬はこけているのに、唇は分厚くて赤く、空知が喋るとそこだけが生き物のように蠢《うごめ》いた。

老若男女を問わず、空知の顔を見れば、誰もが心の奥底を疼《うず》かせたはずである。

ひと目見るなり、心臓がどきりとするほど美しいのは、空知の姉妹も同様だった。巷《ちまた》では、「野々宮の美人姉妹」と言われていたほどだ。

姉の橙子《とうこ》は空知の七歳上で、妹の藍《あい》は三歳下。橙子は空知を女にしたような細身の長身で、凄《すご》みさえ感じさせるほどの、美貌《びぼう》の持ち主だった。高校生の時に渋谷《しぶや》でスカウトされ、卒業と同時にファッションモデルになった。晃と空知が高校を卒業する頃には、女性誌やコマーシャルなどで、よく顔を見ることになった。

妹の藍は、上の二人に比べれば可愛らしい顔立ちで、姉よりも親近感が湧くのか、同級生の間では圧倒的な人気があった。藍見たさに、同級生が毎日、空知の家に押し寄せたが、空知が家に入れてくれるのは、晃だけだった。害がないと思われたのかもしれないが、この依怙《えこ》贔屓《ひいき》のせいで、晃は学校で執拗《しつよう》に苛《いじ》められることになった。

藍が中学二年になった時、藍の同級生がふざけて美少女コンテストに応募したことがあった。藍は、書類審査と最初の面接だけで、あっという間に本選に進むことになったが、本選会場に行く途中で消えて、周囲の大人を慌てさせた。

後に本人曰《いわ》く、「目立つのがともかく嫌い」とかで、そんな逸話さえも、自分の美貌に気が付いていないのか、何て奥ゆかしいのだろう、と藍人気を高めたのだった。

つまり、野々宮空知とその美人姉妹は、晃の通う高校だけでなく、その三人が関わった世界ではどこでも、すぐ有名になり、注目の的だった。

晃は、どうして自分のような不細工で無能な男が、空知に気に入ってもらえたのか、まったくわからなかった。クラスの悪童連中からは、「八目」という名字と、ひょろひょろ背だけは伸びたが、痩《や》せていて猫背気味であることから、「ウナギ」という渾名《あだな》が付けられていた。

だが、空知だけは、「ヤツメっていい名前じゃん。カッコいいよ」と言って、クラス中が「ウナギ」と馬鹿にする中でただ一人、「晃」と呼んでくれた。美しい姉妹に挟まれて育った、超の付くほどのイケメンが、どうして自分を特別扱いしてくれたのか、その秘密はとうとうわからず仕舞いだ。

晃は、自分に何も取り柄がないことに、強いコンプレックスを抱いて生きてきた。どこにでもいそうな平凡な顔。運動神経は鈍く、勉強もあまり得意ではない。子供の頃、少し吃音《きつおん》気味だったせいで、今でも最初の一語を発する時は緊張する悪い癖がある。そのためか、人と会っている時は、常に汗を掻《か》いて、掌《てのひら》が濡《ぬ》れているような男だった。

空知は、そんな自分には勿体《もったい》ない友達だし、絶対に釣り合わないのはわかっている。だから、晃はこう考えるようになった。

もしかすると自分は、空知のネガティブな夢に出てくる小人物で、八目晃という人間は、現実には存在しないのではないかと。現実では、野々宮空知として生きていて、空知の暗い夢の中でだけ、八目晃として生きているのだ。

それゆえに、晃は常に空知の言動を気にして、空知のすべてをまるごと受け止め、神のように崇《あが》めて生きていこうとしたのだった。

しかし、空知は、高校を卒業した後、意外な道を選んだ。美大に入って、絵画の勉強を始めたのだ。それまで、絵の方に進みたいという抱負など、一度も聞いたことがなかったし、四六時中、一緒にいたはずなのに、絵を描いている姿も見たことがなかった。

晃はたいそう驚いたというよりも、まったく知らされていなかったという意味で、大きなショックを受けた。何せ、空知は自分で、自分は空知の夢の中で生きているだけなのだから、空知のすべてを知悉《ちしつ》していなければならないのだ。

「全然知らなかったよ」

晃が拗《す》ねて少し文句を言うと、空知はあっけらかんと答えた。

「ごめん。受験失敗したらカッコ悪いからさ。晃にも言えなかったんだよ」

カッコ悪いのは、晃の方だった。私大の法学部志望で受験は失敗。一浪してやっと入ったのは、現役時代には第三志望の私大だった。

浪人時代、美大生となった空知が知らない世界に行ってしまいそうなのが怖くて、金魚の糞《ふん》のように付きまとって、受験勉強が疎《おろそ》かになったせいだ。

やっと大学生になって追いついたと思ったのに、空知は晃と少し距離を取るようになった。一人で絵を描きたいと言って、家に籠《こ》もってしまったのだ。

もう、高校の頃のように一緒に自転車で帰って、そのまま家に上がり込むこともできない。晃は焦ったが、心の中で空知を思うことにして、週に一度のメール交換で何とか我慢をしたのだった。

ところが大学半ばで、空知は突然アジアに旅行に出て、そのまま帰ってこなかった。同じ頃、橙子も海外に行くと言って消え、藍はアメリカに留学してしまった。こうして、野々宮三きょうだいは、ほとんど同時期に、日本から消えていなくなった。

そして、最初の頃は、空知とメールの遣《や》り取りができていたのに、急に返信が途絶えた。晃が心配になって電話をすると、「現在使われていない」というアナウンスが流れて愕然《がくぜん》とした。

あれだけ親しく付き合っていたと思っていたが、夢だったのか。晃は高校時代を懐かしく思い、空知に会いたくて堪《たま》らなかった。いや、空知だけではなく、橙子にも藍にも会いたかった。

家の中で擦れ違うと、橙子はにっこり笑って、「あら、来てたの」と、親しげに手を振る。藍の部屋の前を通ると、元気よく藍が飛び出てきたところに出くわし、「いらっしゃい」と、はにかんで挨拶《あいさつ》をしてくれたこともある。

思い出すと、あまりにも幸せだった時代に、涙が出そうになる。空知が自分の前から消えるということは、自分の輝かしい現実が消えることでもあった。晃は何とか取り戻したいと願ったが、どうにもならない。


結局、金曜の晩はゲームをせず、晃はあれこれと空知との思い出に浸りながら、酒を飲んで酔っ払って寝た。

土曜は昼過ぎに目が覚め、通夜に行くのに喪服がないことに気付いて、慌ててシャワーを浴びた。ネットで検索して、一番近いアオキに走り込み、安い喪服を買った。ズボンの裾上《すそあ》げをしてもらったら、通夜にはぎりぎりの時間になった。

月旦寺は、晃と空知が通った高校の最寄り駅のそばにあるから、よく知っている。古ぼけた本堂だけを残して、他はちまちまと近代的に建て替えてしまった寺だ。脇に建っているプレハブのような貧相な建物が葬祭場で、そこで通夜が行われるらしい。

空知がいるのではないか。期待して建物に入った晃はがっかりした。正面の祭壇の前に親戚《しんせき》が座っているのが見えたが、そこにいるのはほんの数人で、老人ばかりだった。奥に座っていた喪服の女が、晃を認めて軽く礼をした。茶色く染めた髪と、赤い口紅が喪服から浮いて、場違いだった。空知の母親、雅恵《まさえ》だ。

彼女が喪主であることに気付き、晃は初めて正面の遺影を見上げた。空知の父親である野々宮俊《しゅん》一《いち》が、スーツ姿で真面目くさって、こちらを軽く睨んでいた。かなり昔の写真らしく、空知の部屋に遊びに行っていた頃は、こんな風に威張って見えたものだ。

一般席にも人は数えるほどしかいなかった。それも無理はなく、空知の父親は事業に失敗して、会社も自宅も売りに出し、借金取りに追われる毎日だったと聞いている。そんな心労が元で病を得たのかもしれないと、遺影を再び見遣る。

空知の父親の俊一は、建設会社を経営していた。野々宮建設は街によくある工務店から大きくなったような会社で、バブルの頃は景気がよかったらしく、駅前に白亜の五階建てのビルを建てた。そこが野々宮建設の本社だった。

自宅も鉄筋コンクリートの三階建てで、ガレージにはいつもベンツの新車が停めてあり、母親の雅恵が乗り回していた。空知たちきょうだいは、それぞれ十畳程度の洋室を与えられ、エアコン、テレビ、Ｗｉ‐Ｆｉ完備で優雅に暮らしていた。

晃はガレージの隅に自転車を停めさせてもらって、ガレージの裏扉から母屋に入る階段を上った。ガラス張りの広い玄関は、いつも芳香剤のにおいが漂っていて、赤とピンクの薔薇《ばら》のプリザーブドフラワーが恭しくガラスケースに入れられて飾ってあった。空知はそれをダサいと嫌って、ドーム型のガラスケースの上に、自分のキャップを被《かぶ》せて隠していた。

晃が遅くまで居座っている時など、帰宅した俊一が、わざわざ空知の部屋まで挨拶に来ることがしばしばあった。今思えば、早く帰れ、という合図だったのかもしれないが、高校生の自分はそんなことに気付きもせず、成功を収めて意気揚々としている俊一と会うのも面白く思っていた。俊一が、まったく空知と似ていないからだ。

俊一は赤ら顔で太っており、大きな声で快活に話す。「八目君もこれやるか」と、ウィスキーのボトルを持ってきたことも、二度や三度ではない。そんな時、空知は冷たかった。

「んなもん要らねえから、早くあっち行ってくれよ」と、父親を追い出した後、晃に笑ってみせた。

「オヤジは、あれがオヤジとしての姿だと思って、磊落《らいらく》なふりをしてるだけなんだ」

「本当はどうなの」

晃が訊《たず》ねると、空知は冷酷に見える目を眇《すが》めて言う。

「気が小さいから、いつもああやって演技してるんだ。社員の前では剛胆に、取引先では居丈高に、家族の前では磊落にってね。本当のオヤジは、弱いけど優しくていい人だ」

その話を聞いて、晃は俊一を気の毒に思ったのだった。

だが、もう空知の父親は、演技などしなくてもよくなった。あんなに頑張ったのに会社は倒産したのだから。そして、白亜のビルも鉄筋三階建ての自邸も売りに出し、子供たちは皆いなくなり、今はたった一人で安らかに眠っている。

晃はまた遺影を眺め上げた。その写真も虚勢を張っているようで、どこか不自然に見えた。

通夜が終わり、帰ろうとすると、葬祭場の係の男に通夜振る舞いに寄っていくよう言われた。

「あちらにお席を用意してありますので、どうぞ」

「いや、ここで」

空知や橙子たちがいないのでは、長居をしても仕方がない。

「あまり人がいませんので、是非お願いします」

確かに、建設会社を興して、一時は盛んにやっていた人にしては、弔問客は驚くほど少なかった。十人にも満たないため、余ったパイプ椅子が寂しかった。

「喪主が寂しがりますし、通夜の後は『振る舞い』をしませんと」

晃は、「振る舞い」が何か知らなかった。恥を掻くのが嫌で、仕方なしに承知する。

「わかりました」

案内されて隣の部屋に行くと、長テーブルの上に白布が被されて、瓶ビールと鮨《すし》などが載っていた。晃の他には三人の男がいるだけだった。

四十代と思《おぼ》しき男が二人、それぞれ離れた場所でビールを飲んでいた。一人は、髪を後ろに撫《な》で付けた、色黒の気障《きざ》な男で、もう一人は会計士のような地味な男。

あとの一人は八十代と思しき痩せた老人だった。老人は酒を飲まず、しきりに煮染《にし》めの鉢に手を伸ばしていた。

晃も手酌でビールをグラスに注いで飲み、マグロとアジの鮨を摘《つま》んだ。

「八目さん。今日はわざわざありがとうございます」

背後で声がしたので振り返ると、母親の雅恵が立っていた。派手な顔立ちは相変わらずだが、目《め》尻《じり》と口許《くちもと》に皺《しわ》が目立った。

「あ、どうも。ご無沙汰《ぶさた》しています」

立ち上がって挨拶してから、葬儀の時の決まり文句を忘れたことに気付いた。「ご愁傷様」だと思い出し、取って付ける。

「ご愁傷様です」

「久しぶりねえ」と、雅恵はじっと晃の顔を見て言った。

雅恵は母親なのだから、雅恵があの子供たちの美の種のはずだ。しかし、空知や姉妹たちはあんなに玲瓏《れいろう》で美しいのに、雅恵はどこか汚れて見える。

「はあ、すみません」

晃は雅恵に気圧《けお》されて、謝ってしまった。

「是非、主人の顔を見てやってくださいな」

雅恵に半ば引きずられるようにして、晃は斎場に戻った。祭壇には近づくこともなかったのに、雅恵が強引に棺《ひつぎ》の前に連れて行く。

「ほら、お父さん。八目さんが来てくれたわよ。八目さんよ」

死人に呼びかけてから、うっと目許をハンカチで押さえた。

晃は棺を覗《のぞ》き込んで驚いた。遊びに行っていた頃の面影はまったくなかった。棺に横たわっているのは、窶《やつ》れて萎《しぼ》んだ老人だ。痩せたために、ふたまわり近く大きくなったスーツに身を包み、青く透き通った顔で目を閉じている。

「胃ガンだったの。最期はね、肺炎を併発して亡くなったのよ」

「そうでしたか」

「あんなにお酒が好きだったのにね、この数年は全然飲めなくなって。中国茶に凝ってたのよ。熱心でマイスターの資格まで取ったの。中国茶マイスターよ。『振る舞い』のところに、先生もいらしていたでしょう。あのお爺《じい》さんよ」

なるほど。あの煮染めを食べていた老人は、中国茶の先生だったのか。建設会社をやっている頃は、俗物の権化のように思えた俊一が、中国茶に凝るとは意外だった。しかし、あの時の空知の言を思えば、これが空知の父親の本質なのかもしれなかった。

晃は両手を合わせて拝んだ後、とうとう雅恵に訊ねた。

「あの、空知は来ないんですか?」

雅恵が嘆息すると、古簞笥《だんす》を開けた時のようなにおいがした。

「今、どこにいるのかわからないし、連絡も取れないの。うちの子供たちの誰一人とも連絡が取れないのよ」

会場にいないことから覚悟していたが、まさか母親にも連絡が取れないとは思わなかった。誰か一人くらいのメールアドレスなら、わかるはずだろうと楽観視して来たのだが。

「空知は前はどこにいたんですか?」

「お父さんに最後に連絡が来た時は、ホーチミンとか言ってたようよ。でも、もう四年前だからね」

「ホーチミンですか」

馬鹿みたいに復唱する。何を言っていいのかわからない。

「その後、カンボジアに行ったらしいって、安井《やすい》さんが言ってた」

「安井さんて誰ですか?」

雅恵はその問いには答えず、思い付いたようにせがんだ。

「そうだ、八目さん、あなたお父さんの顔、写真に撮ってくれない？　あの子たちにいつか会ったら、見せてあげたいから」

「私が撮るんですか？」

死に顔を撮れということか。「そうよ、お願い」と、雅恵に腰のあたりを小突かれて、晃はいやいやスマホを構えた。二枚ほど、棺に横たわった俊一の顔写真を撮る。

「これでいいですか？」

雅恵に見せると、雅恵が頷いた。

「ちょっと気味が悪いわね。やっぱ死人だわね」

自分で言っておいて何だ、と内心憤慨したが、死に目に会えなかった空知や橙子が喜ぶかもしれない。そう思って保存した。

「八目さん、あなた、今何してるの？」

「今、ここに勤めています」

本当は契約社員の身分だが、名刺にはそんなことは書いていない。晃は名刺を渡した。雅恵は目を眇めて読もうとしたが、老眼で読めないらしい。

「後で読むわ」と、帯の間に仕舞った。

「お母さんは、お元気そうですね」

愛想のひとつでも言おうと、無理に言葉をひねり出す。

「倒産疲れと看病疲れでぼろぼろよ。あの人が病気だってわかった時は涙も出たけど、もう疲れて涸《か》れちゃったわ」

雅恵がそう言って少し笑ってみせた。本当に磊落なのは、雅恵の方だったらしい。

「大変でしたね」

取って付けたように聞こえないかとはらはらしながら言ったが、雅恵は聞いていないかのように虚《うつ》ろな表情をしていた。

晃は、通夜振る舞いの会場には戻らずに、寺の門を出た。寂しい通夜だったから、人恋しくなっている。月旦寺からは実家の方が近いが、実家には兄一家も同居しているので足が向かなかった。東中野《ひがしなかの》のアパートに帰って、今宵《こよい》こそ、ゲーム三昧《ざんまい》しようと駅への道を歩きだす。

「すみません」

呼び止められて振り向くと、先ほど、「振る舞い」の会場で手酌で飲んでいた男の一人だった。髪を撫で付けた色黒の気障な男の方だ。よく見れば、喪服のスーツも、晃のそれとは違って、誂《あつら》えたように体に合っていて高そうだった。

何か用か、と振り向いた晃の顔が、迷惑そうだったのだろう。

「お急ぎのところ、呼び止めてすみません」と、男は頭を下げた。

「いえ、何ですか」

「私は安井といいます」と、名刺を差し出す。名刺には、アパレルメーカーらしい横文字の社名と、「取締役社長　安井行秀《ゆきひで》」とあった。

「はあ、僕は八目です」

「ナツメさんですか?」と訊かれたので、晃も名刺を出した。安井は、「これはどうも。恐れ入ります」と押し頂く。

「八目さんですか。これはお珍しい」

安井からは、オーデコロンのいい匂いがした。

「先ほど、野々宮さんのお母さんと話していらっしゃいましたよね。私もご尊顔をと思って、控えていたのですが、お二人のお話が耳に入ったものですから、是非お話ししたいと思いまして、追ってきました。立ち話でもよろしいですか？　お急ぎでなければ、どこかでお茶でも」

安井は低姿勢だった。

「いえ、ここで大丈夫です」

「そうですか、すみません」安井はほっとしたようだった。「実は、私は橙子さんと結婚していたのです」

晃はショックだったが、過去形だ、過去形だ、と自分に言い聞かせた。

そして先ほど、雅恵が「安井さんが」と口走っていたことを思い出した。空知がカンボジアにいたという情報は、橙子の元夫からもたらされていたのかと納得する。

「知りませんでした」

「彼女が二十五歳の時に、ハワイで結婚しました。でも、一年で破局して、彼女はベトナムに行ってしまいました。私は彼女が好きでしたから、ずっと心配して連絡を取り合っていたのですが、このところ音信不通になってしまいましてね。お母さんに聞けば、弟の空知君も、下の藍さんも同じだっていうじゃありませんか。どっちかというと、皆さん、放浪者みたいな素質があったのかもしれませんが、心配ですよね？」

安井が同意を求める。

「ええ、僕も心配です」

「ただ、一人見つかれば、みんな見つかるんじゃないかと思うんです。あの人たちは仲がいいですから」

「でも、あなたは橙子さんを捜したいんでしょう?」

「そうです。あなたは?」

「僕は空知が心配です」

なるほど、と言って、安井は晃の目を見た。

「ものは相談ですが、あなた、まず空知君を捜しに行きませんか? 往復の費用は私が出します。滞在費は何とかしてくださると助かります。どのくらいかかるかわかりませんのでね。私が自分で行きたいのですが、仕事があって日本を留守にできないのです。あなたは見たところ若いし、融通が利きそうだ。空知君経由で、橙子さんや藍さんを捜し出してくれませんか? 困っているのなら助けなければならないし、幸せに暮らしているのなら、私も幸せになる。ただ、あの三人の無事を確かめたいだけなのです。あなたもそうでしょう?」

晃は、安井の顔を見た。野々宮きょうだいにとらわれている男がここにも一人いる。あの三人が放つ光輝を再び浴びたいのだろう。俺もそうだ、と晃は暗い夜道を振り返った。

2

安井と別れてから、晃は急に寒さを感じて震え上がった。それもそのはずで、通夜振る舞いの会場に、マフラーを忘れてきてしまった。

今さら戻るのも億劫《おっくう》だし、マフラーは高校生の時からしているユニクロ製品だから、あの金のかかった服装をしたお洒落《しゃれ》な安井に、こんなものをわざわざ取りに来たと思われるのが恥ずかしかった。安井が橙子と結婚していたと聞いてから、体の中に、ふいごで空気が送り込まれたかのように、見栄《みえ》を張りたい気持ちが急速に膨らんでいる。

とはいえ、冷たい風の吹く三月の夜に、安っぽい喪服のスーツだけで歩くには寒過ぎた。晃はポケットに両手を入れ、背を丸めて脇目もふらずに夜道を歩いた。

駅前の立ち食い蕎麦《そば》屋に駆け込んだ時は、体中が寒さで固まっていた。搔き揚げを載せた熱い大盛り蕎麦を啜《すす》って、ようやく体温が元に戻った。満足して店を出ようとした時、汁が跳ねて、白いワイシャツに染みを作っているのに気が付いた。それも二個所。アオキで、喪服と一緒に買った新しいシャツだ。

クリーニングに出さなければならないが、自分がそうしないのはわかっていた。クリーニングに出すと、決まって取りに行きそびれる。休みの日は昼まで寝て、だらだらしているうちに取りに行くのを忘れてしまうのだ。

再三再四、クリーニング店から取りにくるよう催促の電話を受けるうちに、クリーニングに出すこと自体が面倒になって、一切やめてしまった。

コインランドリーにも行かないから、汚れた服は部屋に積み上がってゆく。従って、晃の部屋はゴミ屋敷の様相も呈してきていた。

こんな生活にいつからなったのか。何とか変えたかったが、このままでは変わりようがなかった。非正規雇用で給与も安いのに、オーバーワークで死にそうなのだ。何の余裕もなく、暮らしがどんどん快適ではなくなっている。

東中野駅から徒歩で十二分。またも体を凍えさせて帰り着いた部屋の中は、外気よりも冷たく感じられた。晃は真っ先にエアコンを点《つ》けて、二十六度の温度設定で、「強」にした。ごうごうと吹き出てくる埃臭《ほこりくさ》い風を顔に受けながら、空知の父のことと、その寂しい葬式について考えている。

空知の父が可愛がっていた橙子たちきょうだいは、誰一人帰国しなかったし、参列者は異常と言ってもいいほど少なかった。空知の母親が一人だけ涙を流していたものの、長い看病に疲れ果てたのか、妙にからりとして見えたのは、あながち見間違いではあるまい。

『男なら、スコッチは生《き》でいかなきゃ』

聞いたような台詞《せりふ》を、北方謙三《きたかたけんぞう》のごとくマッチョな口調で言う空知の父親。だが、その顔には、いつも含羞《がんしゅう》があった。そんな時、空知は必ずこう言うのだった。

『オヤジ、無理すんなよ』

空知が父親を愛していたからこそ、晃も好きだったのだ。この場にいない空知に成り代わって、晃は涙を流した。そして、空知は『俺、オフクロ、苦手なんだよ』と、よく言っていた。だから、空知に成り代わって、晃は冷酷で軽薄な母親を憎んだ。晃は、空知の従順な影なのだから。

空知の母親は、もともと多摩《たま》の大地主の、それも愛人の子だとかで、驕慢《きょうまん》とコンプレックスとが交互に現れるような、複雑かつ扱いにくい性格をしていた。

晃の顔を見て、露骨に迷惑そうな顔をすることがあると思うと、「いらっしゃい、よく来たわね」と笑って迎えられ、鮨を取ってくれる歓待ムードの日もあった。毎日遊びに行くたびに、今日はどんな機嫌だろう、と不安になったものだ。空知の母親は、野々宮家のガンでもあった。

子供たちも、母親の情緒不安定には悩まされていたらしいが、晃に面と向かって悪口を言うようなことは一切なかった。なのに母親の方は、ワイドショーのコメンテーターと同じような悪口を、平然と口にする下品なところがあった。

晃は、空知の母親に辟易《へきえき》するとともに、いつも思ったものだ。いったい彼ら三人きょうだいは、どこからきたのだろうと。

三人とも、父にも母にも似ていなかった。それなのに、三人はそれぞれヴァージョンを少しずつ変えた美貌の持ち主なのだから、存在自体が現代の奇蹟《きせき》だった。

ようやく部屋が暖まってきた。晃はスーツを脱いで、アオキでもらったハンガーに掛けた。ハンガーはカーテンレールに引っ掛ける。同様に、あまり汚れていないマシな服はカーテンレールに掛けられていたから、レールが少し撓《たわ》んでいた。埃の舞うフローリングの上は、汚れた衣服やマンガ、カップラーメンのゴミなどで足の踏み場もない。

晃は部屋着のジャージに着替えると、ベッドに腰掛けてスマホを取り出した。ミイラのような、空知の父親の死に顔をおずおずと眺める。生きている頃は、下膨れで前額部の生え際が後退し、金満家というイメージだったが、死に顔はふたまわりも縮んでいた。余計な肉を取り除いたら、老僧のような枯れた面立ちが現れた感じだった。

　まるで別人のようで不気味だから、削除してしまおうと思ったが、空知の家に入り浸って、さんざん世話になったことを思うとできなかった。だったら、いつか空知たちきょうだいに会えたら、この写真を見せてやろう。

　不意に、安井の提案を思い出した。もし、空知がカンボジアにいることがわかったなら、会いに行ってもいいなと思う。暑い国だから、Tシャツと短パンで充分過ごせるだろうし、往復の旅費を安井が出してくれるのなら、晃の預金は二十万もないが、滞在は不可能ではない。

　カンボジアなら物価が安いから、長く暮らせそうだ。晃は急にその気になって、パソコンを立ち上げた。ネットで調べると、カンボジアの生活費は月に四万もあれば大丈夫、とある。このアパートの家賃が月八万五千円であることを思えば比較にならないほど安い。

　だが、それは自炊して最低限の生活費で暮らした場合のようだ。ということは、持ち金ではカンボジア滞在は三カ月が限度か。一年近く現地で捜せるのなら、退職して行ってもいいが、三カ月程度の滞在しかできないのなら、中途半端過ぎる。晃は諦《あきら》めた。

　風呂の湯を溜《た》めながら、会葬御礼の紙袋の中を覗く。小さな袋に入った清めの塩は、便利だから取っておこうと台所の棚の上に置いた。手拭《てぬぐ》いと日本茶は常道だ。驚いたことに、小さな缶詰セットが入っていた。ツナ缶があったので、プルリングを引いて蓋《ふた》を開ける。冷蔵庫から発泡酒の缶を取って開けようとした時、職場のＬＩＮＥがきた。

　チーフからで、「ＰＣのメールを見てください」と、ある。

　チーフは四十代の女性で既婚者だ。仕事ができるという評判だが、晃は懐疑的だった。本当の理由を他人に言ったことはないが、チーフが女だからである。稀《まれ》に優秀な女もいるにはいるが、ほとんどの女は、ものごとを大局的に見る能力に欠けているのではないかと無理に思おうとしている。

これは不思議なことだが、最近、晃の中に、女全般に対する嫌悪のようなものが生まれてきているのだった。コンプレックスと苦手意識が変に捻《ね》じ曲がっている。

空知と離れてからの自分は、邪悪になって、ますます彼の黒い影を背負っているような気がする。それが何とはなしに伝わるのか、晃を見るチーフの視線が、他の社員に対するより冷たいような気がする。もちろん、しょっちゅう遅刻したり、昼休みにマンキツで寝過ごしたりするせいもあるのだが。

チーフからのメールは、明日の日曜出勤を強要するものではないかと、不安になりながら、晃はパソコンのメーラーを開いた。

件名：職場をよくする会
八目晃様
お疲れ様です。

今日の午後、社内会議室で、女性社員有志による第3回「職場をよくする会」が開かれました。

八目さんの言動に対する抗議が、ある方から出されました。

それが以下です。

もし、ご自分の発言に心当たりがない場合は、お知らせください。

当会で独自に調査致します。

ご自分の発言だと認められた場合は、前向きに改善をお願い致します。

それでは、よろしくお願いします。

1、「茶は女子社員が淹《い》れた方がうまいから」と、派遣社員の女性に茶を淹れさせた。
2、「あそこの嫁が」と、「嫁」を連呼して、部内の女性社員を不快にさせた。
3、「コンビニに行くなら、何でもいいから弁当買ってきて」と、アルバイト女性に頼んだ。

部屋はようやく暖まってきたが、メールを読んだ晃の心は、またしても冷え込んだ。

確かに、すべて自分の発言だった。誰に言ったか、相手もちゃんと覚えている。差別するつもりなどなかったのに、つい口が滑ったのだ。しかし、こうして箇条書きにされると、自分が無神経で非道なオヤジに見える。

今日、土曜出勤でなかったのは、「職場をよくする会」があったからだったのか。俺を休ませて悪口大会だったんだな。晃は逆ギレして、いっそ、その会に殴り込んでやろうと思ったが、それも次はひと月後の開催かと思うと気が殺《そ》がれた。

実は、逆ギレも、始終経験するようになっていた。

子供の頃の吃音を克服したものの、今でも緊張すると、第一声でつっかえることがある。それが怖くて、初対面の人間と話す時は、がちがちに緊張している。そんな自分が、他人にキレるなんて、思ってもいなかった。

癇癪《かんしゃく》もよく起こすようになったし、部屋が汚れて、ゴミ屋敷に近くなっているのに、平気でいられるようになったのは、いつからだろうか。空知と離れてからではあるまいか。晃は急に何もかもが面倒臭くなった。

もう嫌だ、こんな会社なんか辞めてやる。そして、空知を捜しに行く。でないと、俺は駄目になる。


会社を辞めたいと思う気持ちは、日曜の朝も持続していた。いや、いっそう強くなっていた。

午後、晃は名刺にあった安井の携帯電話番号に思い切って電話してみた。かなり長くコールが鳴った後、安井が出た。

「はい、安井です。どちら様ですか」

丁寧な口調だったが、屋外にいて歩いている最中らしく、はあはあと息が切れていた。

「すみません、昨日お目にかかった八目といいます。今、大丈夫ですか」

安井はしばらく思い出せない様子で黙っていたが、やがて声を上げた。

「ああ、あのお通夜で会った方ですね。これはすみません。今、プレイ中なので、少し経ったら、こちらからお電話します」

今日は空知の父の告別式なのにゴルフかよ、と思ったが、安井はもう橙子と離婚したのだから、すでに親族ではないのだった。あんなに世話になった自分だとて、昼前に起きて、これからコンビニに向かうところではないか。不義理はお互い様だった。

コンビニで、鍋焼《なべや》きうどんとおむすびを買って帰る途中、安井の方から電話があった。

「もしもし、先ほどは失礼しました。安井です」

「わざわざすみません、八目です。昨日のお話ですけど、もうちょっと詳しく聞きたいと思って、お電話しました」

「そうですか、それはありがとうございます。善は急げと言いますから、今夜どこかでお食事しながら相談する、というのはいかがですか?」

「はあ、いいですよ。僕は新宿《しんじゅく》あたりだと都合がいいのですが」

単に電車賃が勿体ないだけだ。

「そうですか。新宿はあまり行かないので知らないのです。どこかご存じですか?」晃が黙っているので、安井が続けた。「では、どこかホテルにした方がわかりやすいですね」

安井は西新宿にあるホテルのレストラン名を言って、晃にメモさせた。そこで七時に会いましょう、と言う。

晃は、久しぶりに旨《うま》い飯が食べられると嬉《うれ》しかったが、一方では、橙子の元夫が金持ちであることに、またしても心が騒いだ。

女神のように美しい橙子の結婚は、決して金になど惑わされず、純愛で結ばれた清いものでなければ許せなかった。晃は、保守的で狭量にもなっている。


約束の七時に、晃は西新宿のホテルにあるレストランに出向いた。何を着ていいのか、わからないので、普段着のセーターにジーンズ、ユニクロのダウンという形《なり》だ。

「これは、わざわざすみませんね」

安井は先に来ていて、窓際の席から立ち上がった。ツイードのジャケットに、黒のタートルネックセーターを着て、いかにも休日の豊かなビジネスマンという格好だ。色が黒いのはゴルフ灼《や》けらしい。

ウエイターが、安井が待っていた相手はこんな貧相な男か、と呆《あき》れているような気がして、晃はすっかり気圧された形になった。毛玉だらけで裾の伸びたセーターが恥ずかしく、しぜんと体が縮かんだ。

「はあ、どうも。新宿は近いから楽です」

晃はおどおどしながら席に着いて、間抜けな受け答えをした。安井は気にしていない様子で、声の調子を落として言った。

「昨日はお疲れ様でした。僕の義理の父親だった人ですから、あんなに早く亡くなられて悲しかったですね。告別式にも行きたかったのですが、外せない用事で行けませんでした。残念です」

お前はゴルフだったじゃないか、と喉元《のどもと》まで出かかったが、もちろん口には出さない。向き合ってみると、安井は案外歳を取っていた。五十歳前後だろうか。中高の立派な顔立ちだが、目尻の皺が目立つ。橙子は今、三十二歳のはずだから、かなり歳の離れた夫婦だったのだろう。

「八目さんは、空知君のお友達ですか?」

安井が、晃のグラスにビールを注ぎながら訊いた。

「はあ。空知とは、高校の同級生です。仲良くしてました」

「してもらってました」と言うべきか迷ったが、対等ではないことを露呈しているような気がしてやめにした。

「へえ、そうなんですか」と、安井が意外そうな顔をする。「そういや、空知君は美大に行ったんだったよね？」

「そうです」

晃は、少々苦々しい思いで頷く。美大に入ると同時に、空知は段々疎遠になったのだ。

「八目さんも美大とかじゃなくて？」

安井は、晃の、安価でセンスの悪い服装にちらりと目を遣りながら言う。

「僕は普通の大学です」

安井は納得したように頷いた。

「そうか、空知君ね。彼もどうしているんだろうね」

「前はメール交換してたんですけど、最近は音信不通ですからわかりません。ちょっと心配ですよね」

「橙子も藍ちゃんも、みんなそうなんだよ。あそこのきょうだいは、どうやら日本と縁を切ったような気がしてならないんだよね」

縁切りとは心外だった。その中に、空知の影である自分も含まれていることが、どうにも納得できない。空知とは、あれだけ心を通わせていたではないか。

「どうしてですかね？」

さあ、と安井は疲れたように首を傾げて遠くを見た。その視線が弱々しくて、年老いて見えた。

「僕にはわからないですね。日本が住みにくいんじゃないですか」

それだけの理由かと、晃は肩すかしを喰らった気がした。安井は首を傾げたままで、遠くを眺めている。

「じゃ、高校時代からの友達なら、八目さんは、野々宮さんのお父さんも、よくご存じだったんですね？」

安井が、晃の視線を振り払うように言う。

「ええ、毎日のように遊びに行ってたんで、お父さんには、時々お酒を飲ませてもらったりしてました。空知と話していると、部屋に来るんですよ。それで挨拶すると、モルトウィスキーのボトルを持ってきたりしました」

「そうですか、いい話だなあ」と、安井は笑った。「それにしても、昨日はびっくりしましたね。お父さんとはしばらく会ってなかったけど、ずいぶん面変わりされてたから、別人かと思いましたよ」

ああ、同じことを思っていたのだと、晃は思った。

「僕もです。あれ、こんな人だっけと、こっちの記憶がおかしくなったかと思いました」

「病気は怖いね。あんなに変わっちゃうんだものね」

安井は、急に纏《まと》めるような言い方をした。料理が運ばれてきた。あらかじめコース料理を頼んであったらしく、前菜とサラダだ。

「安井さんは、橙子さんとどこで知り合われたんですか？」

晃は、使い慣れないナイフとフォークと格闘しながら、安井に訊いた。

「ファッション誌の仕事です。僕はアパレルなので、彼女に惚《ほ》れ込んでうちの服を着てほしいと売り込んだんですよ。そのうち、付き合うようになって結婚した。彼女はいつもうちの服を着てくれてね。とても似合っていたなあ」

安井は夢見るように言った。

「橙子さんはベトナムに行かれたんですか？」

「そう。あっちでエステサロンを経営してたの。知ってる？」

「知りません」首を横に振る。「僕は空知の友達なんで、橙子さんや藍ちゃんのことは、よく知らないんです」

「あ、そう。僕らの結婚式には、みんなハワイまで来てくれてね。楽しかったよ」

橙子のハワイでの挙式。何と晴れがましいのだろうか。空知は、そんなことも知らせてくれなかった。

自分は空知の夢の中でしか生きていない影の存在だと思っていたのに、空知にその夢すらも知らされなかったことに、焦燥を覚えるのだった。

「これが、その時の写真だよ」

安井がスマホを見せた。白いスーツを着て、赤いハイビスカスのレイを首に掛けた安井と、肩を剝《む》き出しにしたウェディングドレス姿の橙子が並んで立っていた。

橙子は髪に白いプルメリアの花を挿して、神々しいほど美しかった。安井の隣には、ピンクのドレスを着た藍がおり、橙子の隣には、頭ひとつ大きな空知が立って笑っている。空知はアロハシャツを着ている。互いの両親の姿はなかった。

「立派な結婚式じゃないですか」

呼ばれたかった、とは思っていない。また、呼ばれる立場にあった、とも思っていない。しかし、橙子が結婚すると、空知からひと言くらい知らせがあってもいいのでないか。晃は不満だった。

橙子と空知は七歳違いだから、この頃の空知は、十八歳か。大学に入ったばかりの頃だ。晃は希望した大学には入れず、浪人でいじけていた頃だ。

晃は複雑な思いで、美しい三きょうだいの顔を交互に見た。三人とも、何の屈託もなさそうに青い空を背景に白い歯を光らせて笑っている。

「ハワイには、野々宮さんのご両親は行かなかったんですか?」

「そうなんだ。うちの親が高齢でね。ハワイには行きたくないと言うので、野々宮さんには申し訳ないけど、遠慮してもらったんだ。バランスが悪いということでね。僕は二人だけで挙げるつもりだったけど、空知君が、橙子が可哀相だということで、藍ちゃんと二人で出席してくれたんだ」

何となく歯切れが悪いので、晃は何気ないふりをして訊ねた。

「安井さんは初婚なんですか?」

「いや、二度目だよ。最初の結婚で、子供が二人生まれてね。僕の両親は、最初の嫁が気に入ってたから、僕が離婚したことで怒ってたんだ」

嫁という言葉で、「職場をよくする会」の告発を思い出し、晃は苦笑した。

「何か可笑《おか》しいかい?」

安井がむっとしたように晃を見たので、晃は慌てたら吃音が出た。

「そ、そ、そんなつもりで笑ったんじゃないんです」

「じゃ、何だよ」と、安井。

「嫁という言葉が性差別的だと職場で非難されたんで」

「馬鹿馬鹿しいな」

安井はうんざりしたように片付けた。

「で、ものは相談だけど、きみは空知君が心配なんだろう。だったら、まず空知君を捜してくれないかな。空知君さえ連絡つけば、橙子の居場所もわかると思うんだ」

「僕も空知に会いたいから、行ってもいいんですけど」と、晃は言葉を切った。

「けど何？」

安井がナイフとフォークを置いて、ナプキンで口を拭う。

「問題は金です。僕の金は十万もないので、一カ月くらいしか滞在できないと思うんですよね。それも物価の安いカンボジアでです。もし、空知が移動して、どこか違う国にいたら、そこには行けなくなる」

晃は預金を十万と少なく言った。しかし、旅装を整えれば、金を遣うことになるだろうから、あながち嘘ではない。

「なるほど」と、安井は考えている。

「あと、今の職場は、一週間だって休めませんから、長く休むのなら退職してから行くことになります。その覚悟で行く上に、金もないのなら、リスクが大き過ぎます」

「なるほどね。じゃ、どうしたらいいかな？」

「渡航費用の他に、五十万くらい用意してくれたら、行ってもいいですよ」

ふてぶてしく聞こえてもいいと思いながら、思い切って言ってみた。

「わかった。では、こうしよう。渡航費用を含めて七十万出そう。それなら、少しは長くいられるだろう？」

晃はびっくりした。

「安井さん、もう離婚されたのに、何でそんなに橙子さんに執着するんですか?」

「何でだろうね」と、言いながら、安井はスマホの写真を探し始めた。探し当てたのか、一枚の写真を晃に見せた。

「素敵だろう? 彼女」

橙子が、どこかの国の街角で道路を横断しようとしているところだった。撮られているのに気付かないのか、真面目な表情で前を向いている。ジーンズにトレンチコートを羽織り、首元にスカーフ。

「これ、誰が撮ったんですか?」

「僕だよ。彼女を捜しに行って、見付けたので尾行して撮った。またこれをやりたいんだよ」

「ストーカーみたいだ」

思わず言うと、安井が真剣な顔で訂正した。

「違うよ。僕は復縁したいわけじゃないんだ。彼女がどこで何をしているのか、把握したいだけなんだよ。だって、彼女を見失うと、僕はどんどん駄目になることがわかったんだ。会社も倒産したし、新しい事業もまだ軌道に乗らない。前の奥さんと復縁したのはいいが、また喧嘩《けんか》になって出て行くと言う。母親は、認知症になっちゃったしね。何もかもがうまくいかなくなって、何か変なんだよ。野々宮の家だって、そうだろう? あの三人がいなくなったら、お父さんがあんなに縮んで別人みたいになっちゃったし、お母さんは魔女みたいだ。あんなに変なうちだったかなと思って。きみには変化はないのかい?」

晃は、安井の目を見つめたまま、答えることができなかった。

3

月曜の朝、晃はいつもと同じ時間に目が覚めた。午前七時半。会社を辞める決意は、安井と会った昨夜のうちに固まっていたのだから、いつもの時間に目覚めたことが悔しい気がした。二度寝しようと思ったが、落ち着かなくて寝ていられない。

何だ、俺は立派な社畜じゃないか、と呟《つぶや》く。しかし、実は契約社員で、正社員でもないのだから、社畜にもなれないのだった。社畜にもなれない者が、こんなに働かされて、しかも女どもに、ぶーぶー文句を垂れられている。

土曜の夜に届いた「職場をよくする会」のメールを思い出すと、腹が立って仕方がなかった。特に、チーフが癪に障る。四十代後半と思われるのに、髪を長く伸ばして化粧も濃く、チャラチャラと若い女の真似をして、みっともないったらありゃしない。

辞めるなら、思いっきり、チーフを傷付けるようなメールを書いてやらなければ気が済まなかった。あれこれと文面を考えているうちに、チーフの困惑した顔を想像して、密《ひそ》かに笑っている自分に気が付いた。さすがに、今の俺は醜くないか、と自問する。その時、昨夜の安井の言葉を思い出した。

『きみには変化はないのかい?』

大いにあった。職場では孤立しているせいか、底意地が悪くなった。いや、底意地が悪いから、孤立しているのかもしれない。他人が失敗すると快哉《かいさい》を叫びたくなるし、誰かが出世や結婚をすると聞けば、嫉妬《しっと》から密かに呪詛《じゅそ》を吐き散らす。名前さえ出なければいいのだからと、ネットでの弱い者苛めにも平気で荷担した。

そして、女性に対する偏見も増大した。たいした能力もないのだから、自分の才能を見付け、伸ばせるはずがない、と。だから、女チーフなど飛び越えて、男性の上司には自分をよく見せたいと願っていた。夢は、ある日、偶然通りかかった社長が、優秀な自分を発見して抜擢《ばってき》する、という物語だった。

要するに、「職場をよくする会」で話し合われ、メールに書かれた以上のことを、自分は日常的に言ったり、したりしているのだった。だから、職場では嫌われていたのかもしれない、とも思う。会社では、誰も自分には話しかけてこないし、友達もできなかった。合コンや飲み会の誘いも、最初の年はなくもなかったが、この一年は一切ない。用事があれば、社内メールでくるから、他の社員と面と向かって喋ることも、ほとんどなくなっていた。

ということは、自分が辞めても誰も惜しまないどころか、むしろ喜ぶかもしれないのだ。いや、それならまだいい。辞めたことにも気付かないかもしれない。そこまで思い至った晃は、衝撃を受けた。

あのふた回りも縮んで老爺《ろうや》のようになって死んでいった空知の父親や、橙子に去られて仕事がうまくいかなくなった安井のように、自分の人間性も運勢も下降しているのは間違いなかった。高校時代、空知の家に出入りを許されているということで、クラスでも一目置かれていたのに、今の人徳のなさは何だろう。この状態を、凋落《ちょうらく》と言うのではないか。

Re：職場をよくする会
メール、読みました。

私はここに書かれてあることには、まったく思い当たる節がありません。

このように根拠のない、一方的な言い分のみを信用して、私を責めるチーフに憤慨しております。

これは、正直に言って、パワハラではないでしょうか。

こんな職場では働きたくありませんので、今日限りで辞めます。

仮社員証は郵送しますので、私の私物も送ってください。

なお、労働基準監督署に、此度《このたび》のパワハラを訴えるつもりですから、そのつもりでいてください。

八目晃

こんな脅しとも取れるメールを書いて送ってから、「ＰＣメールを見てください」と、チーフにＬＩＮＥする。十分後、完全な仕返しだった。

すると、十分後、パソコンに素っ気ない返信があった。

八目晃殿
メール拝受しました。
パワハラを訴えたければどうぞ。誰も止めません。
誰のどういうパワハラが、いつ、どこで、どんな案件に対してあったのか、具体的な事例を出してください。

なお、社員証は無効にしますので、そちらで廃棄願います。

給料は日数分を差し引いて振り込んでおきます。

私物は、総務立ち会いのもとで調べた後に、お送りします。


慌てて会社のパソコンにアクセスしようと思ったが、パスワードが変えられていた。あまりの早業に驚く。

つまり、会社にはもう二度と来るな、ということなのだ。たった年俸二百六十万で、二年間もこんな会社に貢献したかと思うと、晃は悔しくてならなかった。

さっきまで感じていた空腹などどこかへ飛んでいったかのように、怒りで腹がいっぱいになり、晃は汚れた部屋に立ち尽くした。

だが、やがて空腹が怒りに勝り、耐えられなくなった晃は、外出することにした。どのみち、安井から、本当に振込があったのかどうか、調べなければならない。

昨夜約束した通り、七十万もの金が振り込まれていたら、晃はカンボジアに向けて旅立たねばならないのだった。

しかし、カンボジアに行ったからといって、広い異国で、すぐさま空知が見つかるわけもないのだから、どだい、無理な話だった。空知に会いたいのはやまやまだが、そう真剣になることもなかろう。適当に旅行して帰り、「どうしても見付からなかった」と報告すれば、それで済む話ではないか。

晃は急に肩の荷が下りた気になり、ようやく会社からも、安井の頼みからも解放された気分を味わうことができた。

コンビニの隣にあるATMで記帳すると、果たして、安井からは七十万の振込があった。自分の預金と合わせると、あともう少しで七桁《けた》になる数字である。自分には百万近い金があるのだ。晃は息を呑《の》んで、通帳に記された数字を気分よく眺めた。

コンビニで、コーヒーとサンドイッチを買い、イートイン・スペースで通帳を見ながら食べた。百万近い金があれば、物価の安いカンボジアでは、半年以上、暮らせるのではないだろうか。だったら、毎月八万以上のアパート代を払うのは馬鹿らしい。荷物は実家にでも持って行き、アパートは引き払った方が得策だろう。解約すれば、敷金が返ってくるから、預金は百万超えになる。渡航費は絞り、現地でも適当にやって早く帰ってくれば、金はかなり残せるかもしれない。あれやこれやと皮算用が浮かんでは消え、消えては浮かび、晃はいつの間にかにやにやしていた。

突然、テーブルの上に置いてあったスマホが鳴りだした。チーフからかと、うんざりしながら発信元を見ると、知らない番号である。

晃はしばらく躊躇《ちゅうちょ》していたが、入金を確認する安井からかもしれないと思い、出ることにした。

「もしもし、八目さんですか?」

どこかで聞いたことのある、中年女の声だ。

「そうですけど」

「野々宮です。野々宮雅恵です」

ノノミヤマサエという馴染《なじ》みのない音に、脳がすぐさま反応しなかった。

「はい?」と言うと、相手はふっと笑ったようだった。

「空知の母です」

「あ、どうも。先日は失礼しました」

思いがけない相手だったので、晃はしどろもどろになった。慌てて、サンドイッチの食べかすなどを片付けて、コンビニを出る。

駐車場でスマホを耳に当て直すと、雅恵が長々と礼を述べているところだった。

「一昨日《おととい》はわざわざお参りしてくださって、ありがとうございました。野々宮も、八目さんに来て頂いて浮かばれると思います。というのもね、皆さん薄情だなって思ってたんですよ。会社をやっている頃は、ずいぶん面倒見てやった人だって、たくさんいたんですよ。でも、誰も来やしないんです。冷たい世の中よね。だから、本当に八目さんには感謝してるのよ。若いのに偉いわ。あなたは、空知の友達の中でも、一番優しくて、義理堅かったものね」

空知の部屋でお喋りしていると、早く帰れと言わんばかりに、雅恵にはずいぶん邪険に扱われたこともあった。が、もちろん口には出さない。

「いや、お父さんがご病気だなんて、僕も全然知らなくて、お見舞いにも行かないで失礼しました。亡くなられたと聞いて、びっくりしましたよ」

「ええ、でも、いいのよ。空知だって帰ってこなかったんだから」

「そらまあ、そうですけど」

それにしても、雅恵はどうして自分の携帯番号を知っているのだろうか。すると、雅恵は勘よく答えた。

「あ、あなたの電話番号はね、安井さんに聞いたの。突然、電話なんかしてごめんなさいね。びっくりしたでしょう?」

「いえ、いいんです」

雅恵と安井は、密に連絡を取り合っているらしい。

「昨日、安井さんと会ったんですってね」

「はあ、ご馳走になりました」

安井の頼みについては、言えなかったが、雅恵の声が阿《おもね》るように優しくなった。

「あのね、私の方でも、八目さんにちょっとお願いしたいことがあるのよ。急で悪いんだけど、今日の夜、お仕事が終わった後に、うちに寄ってくださいませんか」

普段なら、サービス残業を強いられるから、仕事が終わるのは午後十時過ぎだが、幸い、自分は自由の身である。

「夜でなくても大丈夫ですけど、どうしますか?」

「あら、そうなの? まあ、でも、夜にしてちょうだい。ご馳走しますから。六時にいらっしゃれる?」

雅恵の頼みとは何か。そして、なぜ夜なのか。何となく不安があったが、晃は承知した。

「大丈夫です。六時に伺います」

「ありがとう。じゃ、よろしくお願いします」

電話が切れた後に、野々宮雅恵はどこに住んでいるのだろうかと疑問が湧いた。以前、晃が通い詰めた豪邸は売られて更地にされ、今はマンションが建っている、と人伝《ひとづて》に聞いたことがある。

この番号に電話して訊こうかと思案していると、雅恵の方から再度かかってきた。

「ごめんなさい。住所を言うの、忘れちゃったわ。今、私が住んでいるところはF市なのよ」

都下の住所を教えられる。しかし、最寄り駅は、新宿から急行で三十分もかからない。雅恵は多摩の出身だと聞いているから、実家の近くに帰ったのだろう。

午後、晃は カンボジアの情報集めに費やした。ネットの記事では飽き足らず、本屋に足を運んで、旅行雑誌を立ち読みした。どうせ行くなら、アンコール・ワットもじっくり見たいと、完全に観光旅行気分だ。

六時前、ガイドブックを買ったので、重くなったリュックサックを背負って、晃は京王線の駅で降りた。Ｇｏｏｇｌｅ Ｍａｐｓを見ながら、雅恵の住所に向かって歩く。

途中、通りすがりの花屋で、白い紙に包まれた黄色い花束が、バケツの中でひとつだけ売れ残っていた。五百円という文字が消され、赤い字で三百円と書いてあるのを見て、買った。

雅恵の家は、畑の中にぽつんと建つ低層マンションだった。まだ建って間がないのか、新しいものの、外装の趣味は田舎臭い。分譲らしいが、事業に失敗した野々宮の妻である雅恵は、このマンションをどうやって手に入れたのだろうと不思議だった。呼ばれた当初は、アパート暮らしでもしているのだろうと思っていたのだ。

三月に入って、日暮れがかなり遅くなった。以前は真っ暗だった午後六時前でも、夕陽はまだ微かに畑を照らしている。畑の周囲には桜の木が植わっていて、蕾が今にも開きそうだった。通夜の夜は寒かったが、今夜は少し緩んで、空気がどこか春めいている。

「ごめんください。八目です」

晃は、一階の「野々宮」と表札の出ている部屋のインターフォンを押した。

「はい、ちょっとお待ちください」

通りのいい雅恵の声がインターフォン越しに響いた。数日前に夫を亡くした人とは思えない元気のよさだった。

玄関のドアが開くと同時に、線香と出汁《だし》のにおいがふわっと漂う。

「八目さん、わざわざすみませんね」

黒いワンピースを着た雅恵が、にこにこしながら出迎えた。葬儀の時と同様、派手なローズ色の口紅を付けている。

部屋は新しく、白い壁が眩《まぶ》しいほどだった。玄関の靴箱の上に、前の家にもあったドーム型のガラスケースに入った、赤とピンクの薔薇のプリザーブドフラワーが飾ってある。

「あ、これ」

懐かしさのあまり、思わず晃が指差すと、雅恵が頷いた。

「そう、いつも空知が帽子をかけていたのよね。カッコ悪いから玄関に飾らないでくれって、空知に何度も言われたわ。でも、この花は私が作ったものだからね」

ころころと機嫌の変わる雅恵は、高校生の晃には怖ろしい存在で、野々宮家のガンだと思っていた時期があった。だが、雅恵はガンというほど致死性があるわけではなく、このプリザーブドフラワーのように、俗悪で邪魔なだけなのだ、と晃は思った。

「まあ、入ってちょうだい。お食事も用意してるのよ」

言われるがままに、出されたスリッパに足を入れ、奥のリビングらしい部屋へと請《しょう》じ入れられる。

正面に祭壇があり、骨壺《こつつぼ》が置いてあった。まだ元気な頃の、空知の父親の写真が掲げられている。たった三本しかない貧相な花束でも、買ってきてよかったと思いながら、晃は祭壇の前に花を差し出し、座ってから両手を合わせて頭を下げた。我ながらぎごちない態度しか取れず、恥ずかしかった。

「あら、すみません。フリージアね。いい香りですこと」

雅恵が少し気取った口調で言った。フリージアというのか。晃は初めて黄色い花の名前を知ったが、すぐに忘れてしまうことだろう。

「お通夜にいらしてましたね」

男の声がしたので、驚いて顔を上げた。ダイニングテーブルに、黒縁の眼鏡を掛けた男がこちらを向いて座っていた。プリザーブドフラワーに注意を払っていたため気付かなかったが、そういえば、男物の靴が揃えて置いてあったように思う。

晃が戸惑っていると、男が立ち上がって挨拶した。

「私は三輪《みわ》と申します。通夜振る舞いの時に、お見かけしました」

短髪を綺麗に整え、襟足も高くすっきりと清潔感がある。歳の頃は、三十代半ばかと思われた。あの寂しい会場に、こんな男がいただろうか。晃が首を傾げると、男が眼鏡を取って見せた。

「あ、思い出しました。確かにいらっしゃいましたね」

今日はカーキ色のシャツに黒いパンツ。何を生業《なりわい》にしているのか。くだけたような、くだけていないような曖昧《あいまい》な格好だった。通夜振る舞いの席では、喪服姿だったので、会計士のように堅い職業の中年男に見えたのだった。

安井と、野々宮父の中国茶の先生、そしてこの三輪という男の三人が、通夜振る舞いの侘《わ》びしい席にいたことになる。

「初めまして。私はこういう者です」

三輪が名刺を差し出した。安井と同じく、英語の長ったらしい名前の会社名だった。何とかプロモーションとある。そして肩書きは、やはり社長だった。

「僕は今日仕事を辞めたので、名刺がありません」

しかし、雅恵も男も驚いた風もなく、にこにこと頷いている。

「結構ですよ。どうぞよろしくお願いします」

三輪はそう言って、椅子に腰を下ろした。

「おビールにします?」

雅恵がいそいそと瓶ビールと、竹輪に胡瓜《きゆうり》を詰めたものや、チーズを生ハムでくるんだつまみを運んできた。

「ま、どうぞ、おひとつ」

三輪があたかも自分の家にいるかのように、晃の前にあるグラスにビールを注いだ。「は、どうも」

「野々宮さんのお父さんに献杯」

「献杯」

晃は饗応《きようおう》の目的がわからず、言われるがままに献杯した。雅恵も一緒に献杯した後、どっかと三輪の隣に座って、晃の顔を見ている。

どうやら、今日の集まりが六時と指定されたのは、三輪の都合だったのだと気付く。

「安井さんから、お話を伺ったのですが、八目さんがカンボジアに行って、空知君を捜してくださるそうですね」

三輪が、ポケットからスマホを取り出して、指先で素早く操作しながら顔を上げずに言う。

「ええ、まあ。僕も空知に会いたいし、心配なので行ってみることにしました。安井さんが旅費と滞在費を出してくださるのなら、何とかなるだろうと思って」

「そうらしいですね」

三輪がスマホの画面を覗き込みながら頷く。メールか何かに、自分に関する報告が書いてあるのかもしれない。

三輪は自分にいったい何が言いたいのだろうと思いながら、晃は竹輪のつまみを眺めた。以前、空知の家でよく出されたものだ。プリザーブドフラワーと言い、竹輪のつまみと言い、無理やり、空知を思い出させられているようだった。

「実は、私もお願いがあるのです」と、三輪が晃の目を見た。「私は、実は藍さんを捜しているんです。だから、是非、カンボジアで空知君を捜し出して、彼女の情報を何とか聞いてほしいと思っています」

今度は藍か。晃は啞然《あぜん》として三輪の顔を眺めた。

藍と歳は離れているようだが、三輪は藍の夫なのか、それとも婚約者か。橙子の元夫、安井に対して感じたような嫉妬が、噴煙のようにもくもくと湧き出てくる。

「僕は全然知らないんですけど、藍ちゃんはどこにいるんですか?」

三輪がビールグラスを置いて、雅恵の方を見遣った。

「それがわからないのです。最後に消息がわかっているのは、ロスでした。でも、カンボジアにいるお兄さんの元に向かったという情報があります。藍さんは、ロスでボイトレやってたんですよ。ご存じですか?」

「ボイトレ?」

「ボイストレーニングのことです。彼女は天才的なオペラ歌手なんですよ。ご存じなかったですか?」

「いいえ、全然」

「藍は声がいいのよ。あと絶対音感があるのね」

雅恵が自分が与えた能力とばかりに、自慢げに語った。初耳だ、と晃は首を傾げた。藍は、確かに澄んだ声の持ち主だったが、オペラ歌手になるほどだったとは、空知からも聞いていない。

「私は藍さんのマネージャーだったんです。今は自分のプロダクションを持っていますから、藍さんに是非所属してもらいたいと思って捜しているんです。あの美貌と声。絶対に世界的な人気者になると思いますよ。まずはＹｏｕＴｕｂｅと思っていたら、連絡が取れなくなってしまった。この数年焦っていたんですが、昨日、安井さんから連絡があって、八目さんが空知君の捜索に出向いてくれるというから、本当に嬉しかったです。ありがとう」

「ちょっと待ってください。何で自分で捜しに行かないんですか?　情報だって、僕よりあるんでしょう」

「仕事が忙しくて、そんなに空けられませんよ」

安井と同じことを言う。だったら、金も出すのだろうか。

「安井さんは、渡航費と滞在費を出してくれるそうです。三輪さんも捜索費用というか、そういうのを出してくれるんですか?」

「安井さんが一応出しているのだから、成功報酬ではどうですか?」

晃は、もともと不可能な話ではないかと思っているから、成功報酬は困る。

「空振りの可能性が大なので、成功報酬だったらやりませんよ。仮に空知と会うことができて、藍ちゃんの居所が摑《つか》めても、あなたには言いません。皆さんには等しく捜索費用を持ってもらいます」

三輪はしばらく考えていたが、やがて顔を上げた。

「うちもそう余裕があるわけじゃないですが、だったら、滞在費の助けとして十万出しますよ。それでどうですか? 成功したら、その他に二十万差し上げます」

しまった。だったら、安井にも成功報酬を持ちかければよかった。晃は歯嚙《はが》みしたが、すでに三輪の合計三十万という金に目が眩《くら》んでいる。

雅恵がいつの間にか、鮨桶《すしおけ》を三つ重ねて運んできた。

「お鮨食べてね、八目さん。前の家で取っていた黄金《こがね》鮨さんは美味《おい》しかったわね。ここは田舎だから、ちょっと落ちるかもしれないけど、特上だから本マグロ使ってるって」

ひと言余計ではないかと思ったが、晃は「はあ、すみません」とお辞儀した。

「実は私も八目さんにお願いしたいの。あの子たちに会ったら、野々宮の死に顔の写真を見せてやってくれない?」

「この間、僕が撮った写真ですか?」

雅恵が憤懣《ふんまん》やるかたない顔で頷いた。

「そうよ。一生懸命育てたのに、出てったきりで何の連絡もないなんて、ずいぶんじゃないかしら」

「それもそうですね」

その感情は自分にもあった。あれだけ付き合ったのに、何の挨拶もなく異国に行ってしまったのか、と。いや、もしかすると、恨み言のひとつも言いたいがゆえに、空知を捜しに行ってもいいと思ったのかもしれない。

4

安井から七十万、三輪から十万の振込によって、晃の預金額は、あっという間に、ほとんど七桁になった。三輪とは、藍を見付けたらさらに二十万、という成功報酬の約束も取り付けている。

この請負仕事が、果たして割に合うのか合わないのか、また、安井や三輪の話が真実なのかどうか、精査・検討する暇もなく、晃は一気に金持ちになった事態に酔っていた。

懐に余裕があるだけで、あらゆることが何とかなりそうだ、と楽観的に考えられるようになるとは、これまで経験したことのない発見だった。

急にあくせく動かずとも、少しは金と時間を無駄に遣う生活を楽しんでもよいのではないか。勝手にそう決めた晃は、ゲームにはまる日々を送りかけていた。

海外旅行はおろか、飛行機にも乗ったことがないから、パスポートを申請したり、チケットを予約しなければならないのが、面倒だったせいもある。

しかし、安井からは連日のように、「いつ行くのか?」と、進捗《しんちょく》状況を訊ねる電話がかかってきていた。最初は、「パスポートの申請中です」とか、「引っ越しの手筈《てはず》を整えている最中でして」などと言い訳していたが、やがて言い訳の種も尽きて、電話に出るのも億劫になり、無視するようになった。

もちろん、パスポートの申請をやらなかったわけではない。だが、失職中の身では、身分証明もままならない。運転免許証も持っていないので、写真を貼った簡単な身分証がない。やれ、マイナンバーだ、健康保険証だと部屋を探しているうちに、書類を揃えるのが面倒臭くなった。

そのうち夜と昼が逆転して、起きたら夕方、何だかんだとやっているうちに役所は全部閉まっている、という状態が続くようになった。

昼夜逆転すると、毎日が矢のように飛びすさってゆくのはどうしてだろう。

夜にゲームを始めて、徹夜で続ける。夜明けにくたびれ果ててパソコンからようやく離れ、這《は》うようにして早朝のコンビニに行く。食料を調達して、アパートに帰って眠る。そして、夕方起きてゲームを始める。晃の生活は、このパターンになりつつあった。安井の振込があってから、すでに二週間が過ぎていた。

四月の急に暖かくなったある日、晃は午後三時過ぎに目を覚まして、「情報ライブ　ミヤネ屋」を見ながらカップ麵《めん》を作っていた。

その時、どんどん汚くなってゆく自室の惨状に気付いて、このままじゃ俺は駄目になるなと、ぼんやり考えた。窓辺に視線を移すと、針金ハンガーでカーテンレールに引っかけた衣服はそのまま増え続けて、今やカーテンなど必要ないほどに日光を遮っている。

荷物を実家に運んで、アパートを解約しようと思ったが、その手続きも引っ越しの準備もまだだ。それどころか、会社を辞めたことも、親には告げていなかった。

突然、アパートのドアを誰かがノックした。

晃は当然のように居留守を使った。しばらくすると、またノックの音。今度は少し大きく、乱暴だった。しつこいな、と呟きながら、晃はテレビの音量を小さくした。

「おい、八目。いるのはわかってるんだ」

男の声がした。驚いて中腰になる。

「おい、開けろ」男は低い声で脅した。「開けないと、蹴破《けやぶ》るぞ」

それでも黙っていると、ドアの下方をドスッと蹴る音がした。二度目の音は、もっと激しかった。ドアが壊れて、弁償騒ぎになると困るのは自分だ。

「ちょっと待ってくださいよ」

慌てて立ち上がり、ドア越しに外にいる男に訊ねる。

「誰ですか?」

「三輪だよ」

俄《にわか》には信じられなかった。

「ほんとに三輪さんですか?」

「そうだよ、三輪だよ。開けろや」

野々宮雅恵の家で会った三輪は、短髪を整えた身綺麗な男だった。確かクラシック音楽家を抱えるプロダクションの社長だと言っていたのに、ドアの向こうにいる男の声は、がさつで怖ろしげである。

あまりにも印象が違うので、晃は覗き穴から外を見た。確かに、黒縁の眼鏡を掛けた三輪が眉間《みけん》に皺を寄せて、不機嫌な横顔を見せていた。

晃は観念して鍵《かぎ》を開けた。三輪が挨拶もせずに、中に押し入ってきた。室内を見回すなり、露骨に鼻を押さえる。

「臭《くせ》えな」

晃はむっとしたが、三輪が怖くて黙っていた。ただ、三輪が藍の元マネージャーで、プロダクションの社長だという自己紹介は真っ赤な嘘だ、という確信だけは募った。

「八目、お前、何で旅立たないんだ。いつまで東京にいる気だ。こっちは金を払ったんだぞ。契約違反するな」

三輪はアパートの狭い玄関に仁王立ちになり、剣呑《けんのん》な目で晃を睨んだ。

「行きますよ、行きますとも。でも、パスポートを持ってないし、この部屋も解約していこうかどうしようか、迷っているんです」

「何だって」

「だから、迷っていて」

いきなり、左の横っ面を平手でひっぱたかれた。三輪は、殴り慣れていると見えて、手首をうまく捻《ひね》って叩《たた》く。おかげで、長い指がバチのように頬骨に当たって痺《しび》れるほど痛かった。

「痛つ、何すんだよ」

晃は左手でじんじんと痛む頬を押さえながら、床にへたり込んだ。いきなり殴るなんて、ヤクザじゃないのか、こいつは。怒るよりも何よりも、そんな人間を相手にしてしまった怖ろしさで、足が震えている。

「お前、明日《あした》手続きして、一週間以内に出かけなかったら、手足折るぞ。いいか、本気だからな」

嘘ではなかろう。晃はおそるおそる、三輪を見上げた。三輪が虫けらを見るような蔑《さげす》んだ眼差《まなざ》しで、見下ろしている。

「お前、だらしねえんだよ。行く気がねえなら、手足折るだけじゃなくて、目も潰《つぶ》してやろうか」

目が潰れたら、ゲームができなくなる。晃は両手を擂《す》り合わせて土下座した。

「すみません、必ず行きますから、許してください」

「約束しただろ。金を振り込ませておいて、何遊んでんだよ。お前、ほんとに質《たち》が悪いな。根性叩き直してやろうか」

「すみません、ほんとすみません」

平身低頭して、蛙のように這い蹲《つくば》った。

「一週間以内に行け」

「わかりました。必ず行きます」

三輪がやっと部屋から出て行ってくれたので、晃はほっとして頽《くずお》れた。

音楽の勉強なんかしているのを見たことのない藍が、天才的なオペラ歌手だなんて信じられないと首を捻っていたが、やはり妙な話だった。

それにしても、藍はどうして、あんなヤクザのような男に追いかけられる羽目になったのだろう。

それを母親が後押ししているのも解せない。安井にしたって、橙子への執着は普通ではない。自分は端金《はしたがね》に目が眩んで、とんでもないトラブルに巻き込まれているのではないだろうかと、初めて気付いた。しかし、もう遅かった。手足を折られたり、目を潰されるのだけは絶対に嫌だ。

晃は痛む左頬を手で押さえて、区役所に戸籍謄本を取りに行くために立ち上がった。まだ四時だ。急げば間に合うだろう。

しかし、いくら急いでも、晃は三輪の恫喝《どうかつ》から一週間以内に発《た》つことはできなかった。書類を揃えて申請し、パスポートができるまで一週間。ネットでホーチミン経由、シエムリアップ行きの格安航空券を買い、窓口でビジネスビザを申請した。そして銀行で、十万ほどの現金を、生まれて初めてドルに換えた。その間、晃は三輪がど突きに来ないかと、びくびくしながら過ごした。

こんな危ない仕事には長く関わりたくないから、なるべく早く日本に帰ろうと思い、アパートは解約しなかった。だから、荷物もそのままである。

出発日が決まった時は、仕方なしに安井に電話した。安井は三輪から聞いているのか、最初から不満声だった。

「少し遅かったんじゃないですか」

「すみません。精神的に追い詰められたもんで、なかなか自分の中でゴーサインが出なくて」

言い訳をする。追い詰められたのは、三輪が来たからなのだが。ということは、安井が念のために三輪と会わせて、三輪を恫喝役にしたのだろうか。ふと疑問に思ったが、安井は怪訝《けげん》な声を出した。

「どういうことですか。何か問題でもあるの？」

「いえ、何でもないです。空知が見つかって、橙子さんの行方がわかったら、安井さんには、すぐご連絡しますから」

「お願いしますよ」

安井は不機嫌な声で言った。

第二章　シェムリアップの夜の闇

1

結局、晃が成田《なりた》国際空港に向かったのは、三輪に恫喝《どうかつ》されて十一日も経ってからだった。

一週間を過ぎてからは、今にも三輪が現れるような気がして、毎日びくびく過ごしていた。だから、無事に成田国際空港に到着した時は、ほっとして涙が出そうだった。ともかく出国を果たさないことには、気が休まらないところまで追い詰められている。

プノンペンしか直行便がないため、ホーチミン経由で、シェムリアップに入る。プノンペンではなくシェムリアップにしたのは、どうせ行くなら、大観光地のアンコール・ワットを見るつもりだからだ。最初から諦《あきら》めムードの、物見遊山気分だった。

しかし、初めての海外旅行は、知らないことだらけで、恥の掻《か》きっぱなしだった。

成田国際空港では、チェックイン・カウンターを通らずに保安検査場に直接行き、係員の若い女に思い切り馬鹿にされた。

チェックイン・カウンターに戻れば、格安のチケットとあって長蛇の列だ。長い時間並び、ようやくチェックインが終わったと思ったら、保安検査場も長い列だ。

荷物検査が終わり、これでやっと飛行機に乗れると安堵《あんど》したら、出国審査でまたも列に並ばされる。晃が空港の端っこの搭乗口に辿《たど》り着いたのは、出発の三十分前だった。

飛行機の座席は、後部の真ん中の列、四人掛けの右端である。狭い機内が窮屈に感じられて、閉じ込められたようで怖ろしかった。自分に閉所恐怖症の気味があるとは知らなかった。

そして、キャビン・アテンダントによる、酸素マスクの使い方や、救命胴衣の着け方の説明が始まると、こんな事態になったらどうしようと、内心震えていた。だが、飛行機は難なく飛び立ったのだった。

こうして無事に日本を発《た》ってみると、三輪に恫喝されたことが急に悔しくなった。自分は行かないと断ったわけでもないし、彼らを騙《だま》したわけでもない。ただ、少し行動がのろかっただけではないか。

それなのに、いきなり平手で殴った上に、手足を折るとか、目を潰《つぶ》すなどと脅迫したのは、立派な犯罪だ。こうなったら、たとえ空知たちを見付けても、三輪に知らせてなどやるものかと、晃はぶんむくれた。

いや、安井にだって、雅恵にだって教えない。自分はカンボジアをのんびり旅行して、あいつらの金を遣い、こっそり日本に帰ってやるんだ。

「すみませんけど、荷物どけてくれますか」

隣の女に怒ったように言われて、晃は、自分の足元に置いたリュックサックが、隣のテリトリーに入り込んでいることに気付いた。

「すみません」

晃は、リュックを自分の座席の下に蹴《け》るようにして入れた。

女は何かハンモックのようなものをケースから出して、長い紐《ひも》をテーブルに引っかけている。やがて、汚れたスニーカーを脱いで、そこに白いソックスを穿《は》いた足を入れた。どうやら、足を載せるための携帯フットレストのようだ。そのフットレストを掛けるのに、晃のリュックが邪魔だったのだろう。

女は、首に灰色のU字型のクッションのようなものも着けていた。首が痛くならないための枕らしい。体勢が整うと、リラックスした表情でライトを点《つ》け、文庫本を広げた。いかにも旅慣れた様子だった。

年齢は四十代前半くらいか。金属の縁の眼鏡を掛けていた。陽に灼《や》けて化粧気がなく、ぼさぼさの髪を輪ゴムで結わえている。ジーンズに紺のパーカーという飾らない格好は若々しいが、パーカーの色が褪《あ》せて、いかにも金がなさそうだ。典型的なバックパッカーのなれの果てだろう。

やがて、機内食のメニューが配られた。キャビン・アテンダントが、先に横の女に訊《き》くので、晃は女の真似をして和食を頼み、飲み物も真似をしてベトナムビールにした。

機内食のメインはトンカツで、思ったよりも旨《うま》かった。満足して食後のコーヒーを飲んでいると、女が話しかけてきた。

「パン残すんですか?」

「はあ、そうです」

コッペパンのようで、あまり旨くなさそうだし、白飯も巻き鮨《ずし》も付いていたので食べなかったのだ。女はパンを指差した。

「この先お腹空《す》くと困るから、持って行くといいですよ」

「はあ、このパンをですか？」

「そうよ。出たものは全部自分のものなんだから」

「でも、いいです」

パンが嫌いな晃が断ると、女がすかさず言った。

「じゃ、私が貰《もら》ってもいいですか？」

あまり気持ちよくはなかったが、成り行き上断れなかった。「どうぞ」と言うと、「ありがと」と、女が手を伸ばし、いつの間にか用意したビニール製のパウチの中に素早く入れた。パウチには、すでに女の分のパンとマーガリン、ちゃっかり航空会社のプラスチックのナイフとフォークが入っている。

「こういうの非常食になるから」と、言い訳する。

「なるほど」

女は何と旅慣れていることか。危機感がなく、現地に行けば何とかなるだろうという程度の考えしかない晃は感心した。

「あとね、今のうちに充電しておくといいわよ」

パンのお礼であるかのように、座席の横にあるＵＳＢ端子を指差して教えてくれた。礼を言って、女の真似をしてアイフォンを充電した。

アンコール・ワットのガイドブックを読んでいると、ヘッドフォンを着けて何かを聞いていた女がヘッドフォンを取り、また話しかけてきた。

「ねえ、ベトナムじゃなくて、アンコール・ワットに行くの?」

「そうです」

「乗り換えに時間があるでしょ?」

確かに六時間くらいを、ホーチミンの空港で潰さねばならないはずだった。飛行機に乗るのも、海外に行くのも初めてなのだから、乗り換えがうまくできるかどうか自信がなくて、それが行く前の不安材料だった。

「そうですね。六時間とか」

「ずっと空港にいるの、大変よね」

「みんな何をしているんですかね」

「さあ、それぞれじゃない」

女は口を開けて笑った。大きな二本の前歯の間が透いていた。女の持っている文庫本の表紙を見ると、「開高健《かいこうたけし》」とある。晃の知らない作家だった。もっとも、晃は大概の作家の名を知らない。

「ねえ、シエムリアップで、どこに泊まる予定なの?」と、女。

晃はネットで予約したホテルの名を告げた。

「あんなところに泊まるの? あそこ馬鹿高いよ。絶対やめた方がいいよ」

女は大きな声で言う。

「でも、他は知らないし」

「私がいいとこ教えてあげる。私、実はシエムリアップは十三回目なのよ」

「十二回も行ってるんですか」

驚く晃に、女は得意げな顔で頷《うなず》いた。

「そうなのよ。要するに、アンコール・ワットに魅せられちゃったのね」

「はあ、そうすか」としか返せず、晃は溜息《ためいき》を吐いた。

なぜ溜息を吐いたかはよくわからなかったが、今の女の言い方が、あの大嫌いな女性上司、チーフを連想させたからだろう。

チーフの名は何といったっけか。必死に思い出そうとしている自分に気付き、晃はぶるっと震えた。日本での嫌なことは、すべて忘れたかった。

「私、ヨシミっていいます。よろしくね。ヨシミって、名字の方。吉田《よしだ》の吉に見る、と書きます」

女がいきなり右手を差し出してきた。ここで握手するのかと戸惑ったが、仕方なく、女の乾燥した手を握った。

「八目です」

「ヤツメ？　面白い名前ね。あの八目鰻《うなぎ》のヤツメ？」

女がさも可笑《おか》しそうに笑った。晃は、女の透いた前歯を見ながら頷いた。

「そうです」

「八目君、よろしくね。いい宿を紹介してあげるわね」

「はあ、よろしくお願いします」

チーフも最初は馴《な》れ馴《な》れしかったなと思い出しながら、晃は顎《あご》だけこくんと突き出した。

飛行機は、約六時間後にホーチミンのタンソンニャット国際空港に着陸した。晃は吉見におずおずと訊《たず》ねた。

「あの、また荷物を受け取って、待合室とかで待ってるんですか？」

「待合室なんてないよ。鉄道じゃないもん」と、笑う。

晃は照れ笑いをした。

「で、荷物はスルーにしたの？」

「スルーって何ですか？」

「最終目的地まで荷物を預けたかってこと」

「わかんないす」

「チケット見せて」

晃がチケットを見せると、吉見は一瞥《いちべつ》して頷いた。

「大丈夫、スルーになってる。トランジットだから、このままで平気よ。空港でのんびりしているといいいんじゃない」

吉見は、ポケットからリップクリームを出して塗りながら答えた。不意に、晃を見上げて笑う。

「八目君、もしかして、海外初めて？」

「はい、そうです」

二人の会話を、吉見の横に座っている若い女の二人連れが、耳を澄まして聞いているのがわかった。時折、目を合わせて頷き合っている。先輩風を吹かす吉見に、晃が言いなりになっているのが可笑しいのだろう。しかし、どうしてか晃は、支配的な態度をとる年上の女に逆らえないのだった。

吉見は、フットレストや枕を手際よくリュックサックに仕舞った。そして、慣れた仕種《しぐさ》で背負うと、ゆっくりした足取りでタラップを下りた。その後を晃はついていく。

だが、慣れた様子の吉見と違い、晃は初めて足を踏み入れた異国に興奮して、落ち着きなく周囲を見回していた。

「いったん、バイバイね」

吉見が手を振った。

「どこに行くんですか」

「待ち時間長いから、街に行って本物のフォーでも食べてくるわ」

「外に出られるんですか」

晃は自分も行きたいと思ったが、吉見が押し止《とど》めた。

「八目君は、荷物スルーだから出られないよ。私はこの荷物だけだから、このままベトナムに入国して、また出国してカンボジアに行くの。じゃ、また後でね」

たった一人で空港で六時間も潰さねばならないのかと、晃は呆然《ぼうぜん》とした。あんなお節介な女でも頼っていたのだなと、自分の経験のなさを情けなく思った。

それにしても、この異国の空の下で、まったく旅慣れない自分が空知たちを捜すなんて、どだい無理な話だと思った。やっぱ観光するしかない。

晃は空港のプラスチックのベンチに、やっと空きを見つけて座った。両隣は、体格のいい中年男だ。窮屈な空間に押し込められて疲れた体が、また縮こまって座るのかよ、と悲鳴を上げそうだった。

シェムリアップ国際空港に向かう便は、ふたつの座席が左右に分かれた小さな飛行機だった。より小型機になったことで、恐怖がいや増す。晃が窓際の席で小さくなっていると、リュックサックを前に抱えた吉見が通路を歩いてきた。

晃の席よりも後ろらしく、晃を見て立ち止まった。通路際に座っている白人男性の存在も気にせずに、晃に話しかけてくる。

「八目君、どうしてた？」

「あちこちで寝てました」

「上のフードコートで、フォーとか食べなかったの？」

「いや」

食べるどころか、トイレに行ったきりで、萎縮《いしゅく》して座っていただけだった。

「お腹空いたんじゃないの？」

吉見は同情するように透いた前歯を見せて笑ってから、手にしたビニール袋を掲げた。

「私はばっちり。夜食も手に入れてきたよ」

まるで狩りで仕留めた獲物を自慢するようだ。空腹だった晃は、逞《たくま》しい吉見が羨《うらや》ましかった。空港では、売店でサンドイッチやジュースを売っていたし、ハンバーガーの店も見たが、高いと思って買わなかったのだ。

ほぼ一時間後、飛行機は暮れなずんだシェムリアップ国際空港に着陸した。長い一日だった。晃は汚い自分の部屋が恋しかった。

見よう見まねで入国審査の列に並んでいると、隣に吉見が来て大声で言った。

「終わったら、外で待ってて。宿に連れて行ってあげるから」

多少高くてもいいから、バスタブにゆっくり浸《つ》かって、長旅の疲れを癒《いや》したかった。だが、自分は吉見の後をついて行くことになるのだろう。

果たして、蒸し暑い空港のロビーで待っていると、吉見がやって来た。

「ドミトリーでいいよね?」

「ドミトリーって何ですか」

「相部屋ってことよ」

「できたら一人部屋がいいんですけど」

「だって、一泊八ドルだよ。あり得ないよ」と、怒ったように言う。

「それでもいいんです」

晃がネットで取った宿は、その十倍だった。

「ダメダメ、勿体《もったい》ない。八目君は若いんだから、一泊三ドルのドミで充分だよ」

後で、この倹約が功を奏するのだろうか。そんなことがあるわけがない。晃は首を傾げながら、堂々と歩く吉見の後を必死に追って歩いた。シェムリアップの夜闇は、湿気を孕《はら》んで黒々と濃かった。

2

この世に、一泊たった三ドルなどという安宿があるのだろうか。晃は半信半疑だった。確かに長い滞在になるかもしれないから、宿は安いに越したことはない。が、それにしても安過ぎないか。

どんなところか詳しく聞いてみようと思ったが、いかにも旅慣れた風で古強者《ふるつわもの》の雰囲気を漂わせた吉見は、初心者の質問を拒むように、空港内に滞った旅行者の間をすいすい進んで行く。大きなリュックサックを背負い、スーツケースを引いた晃は、必死に吉見の後を追った。

「ちょっとここで待ってて。トゥクトゥクの値段交渉してくる」

吉見が空港の外に出て行った。外で客待ちをしているドライバーと話し始めた。その様子も、遠くから見ていると、まるで喧嘩《けんか》をしているかのようだ。

「決まったよ」

吉見が、中で待っていた晃のところに戻って来た。まだ興奮が治まらないらしく、はあはあと息を荒らげている。

「九ドルでオッケーさせた」

それが高いのか安いのかわからない。

「そんなもんですかね」

晃が首を捻《ひね》ると、吉見が肘《ひじ》でどんと、晃の背中を突いた。

「何言ってるの。空港認定のトゥクトゥクは十四ドルだよ。普段はあいつらも五ドルくらいだけど、夜は空港のトゥクトゥクしか使えないことになってるから、あいつらも吹っかけてくるのよ。それを五ドルもまけさせたんだよ。だから、感謝してよ」

わけがわからなかったが、感謝せよということは、俺の払いか。晃はちらりと吉見を見遣《みや》ったが、吉見は素知らぬ顔で欠伸《あくび》を洩《も》らしている。

晃は、吉見の後をついて空港の外に出た。とうとう、生まれて初めて、日本以外の土地を踏むのだ。人生経験など、ゲームの中だけで充分だと思っていた晃だが、乾期の埃《ほこり》くさい空気を胸一杯に吸うと、さすがに興奮した。シェムリアップの夜は、むっと噎《む》せるような樹木と乾いた土と何かの香料のにおいに満ちて、ひとことで言い表せなかった。

　吉見が振り向いて、晃の顔を見た。

「ああ、そうだ。八目君。あなた、ドル持ってる?」

「はあ、まあ」と、警戒しながら軽く頷く。

「というのはね。カードはあまり使えないからなの。でも、両替は空港とかじゃなくて、町中の両替所がいいよ。絶対に得。それから、現地の金になんか替える必要はないからね。全部ドルでオッケーよ」

「そうすか」

　完全に吉見に征服された気分で不承不承頷く。吉見、チーフ、空知の母親。自分は年上の仕切り屋女に、どんだけ仕切られてきたんだろうか。

　その点、空知の姉妹たちは美しく優しいだけでなく、控えめだった。このシェムリアップの闇に瞬く、赤やオレンジの小さな光のように楚々《そそ》として。

　そんなことを連想した時、不意に、晃は、橙子や藍が鄙《ひな》びた売春宿で身を売っている姿を想像して、思わず身悶《みもだ》えた。そんな不謹慎な想像をしたのは初めてだった。カンボジアの蒸し暑い夜の闇に、何か自分を唆すものが存在しているのだろうか。

　辺りを見回すと、空港の建物の陰で待っていた若いドライバーと目が合った。彼は、晃の発情はわかっているといわんばかりに、にやりと笑って手を振った。口髭《くちひげ》、灰色のポロシャツに黒い半ズボン。ビーサンを履いた細い脚が陽に灼けている。晃はきまり悪くなって、曖昧《あいまい》に笑った。

乗り物は、人力車のバイク版だ。これがトゥクトゥクという乗り物らしい。ダサい吉見と並んで座ると、妙なカップルに見られるようで恥ずかしい。晃はなるべく吉見から体を離して座った。

空港からの道は、まるで日本のど田舎だった。舗装路の向こうに、ところどころ派手なネオンの輝く店があるが、それ以外は、ジャングルの暗闇に沈んで見えない。

ジャングルにはきっと、毒蛇や毒虫や害獣がたくさん潜み、人知れず死んだ人間の骨も、地雷も埋まっているのかもしれない。そんな息苦しいものに取り囲まれている街を想像すると、少し気味が悪かった。

やがて道路の先に、ギラギラした歓楽街が見えてきた。同時に、音楽と嬌声《きょうせい》も聞こえてくる。二人を乗せたトゥクトゥクは、その歓楽街のまっただ中を突き進んで行った。

大きな通りの両側の店は、西洋風の造りのパブやレストランやカフェで、軽薄な英語だらけだ。欧米人、アジア人、中東の人、そして、わけのわからない人々。浮かれた観光客で、どの店も溢《あふ》れていた。色とりどりのネオンサインに、派手なイルミネーション。

道路には屋台が並び、それぞれ大音量で音楽を流している。クラブミュージックあり、八〇年代ポップスあり、マイケル・ジャクソンありで、気が変になりそうだ。

その喧噪《けんそう》の中を、つんと澄ました白人女のグループが歩いて行く。揃いも揃って、白のタンクトップに、びらびらした現地のパンツのようなものを纏《まと》っている。呼び込みあり、その呼び込みを振り切る客あり、ナンパする男に誘う女。ジャングルに囲まれた歓楽街は、滅茶《めちゃ》苦茶で、支離滅裂。

熱帯版「ブレードランナー」に出てきそうな光景だった。

「すげえとこですね」

「これがパブストリート。ガイドブックに載ってたでしょ?」

吉見は、こんなとこは飽き飽きしたという表情をする。

「宿はこの近くなんですか?」

「うん、割と近く。立地がいいから、お薦めなのよ」

確かにこんな歓楽街が目の前にあって、一泊三ドルなら絶好の宿かもしれない。毎日、このストリートに来て、ソフトドラッグの売人でも探そうか。日本ではできない経験が、いっぱいできそうだ。

もしかすると、空知もそんな罠《わな》に嵌《は》まって、脱《ぬ》け出せなくなっているのかもしれないと、晃は考えた。となると、橙子たち姉妹も、空知を取り返そうとして、逆に拉致《らち》監禁されているのかもしれない。俺が二人を助けたら、どんな褒美を貰えるだろうか。やはり最初は橙子に手ほどきをして貰って、それから藍と付き合うのがいいだろうか。晃の妄想は、ジャングルの中の蔦《つた》のように、どんどん伸びて絡まり、蔓延《はびこ》っていくのだった。

やがてトゥクトゥクは狭い路地に入り、もっと狭い路地を曲がり、別の路地をひた走り、パブストリートからは数キロ離れた地点の、しもた屋に毛が生えたようなコンビニ店の前で止まった。店では、老婆が一人、店番をしていた。

その店にもたれかかったように建てられた二階家が、ゲストハウスだという。まるで日本の風呂《ふろ》屋のような大袈裟《おおげさ》なファサードに向かって、途中で折れ曲がる階段が外壁に設《しつら》えられていた。二階が入り口らしい。

「マジか」

ゲストハウスとも思えない、お粗末な家に絶句していると、吉見が腕を突《つっ》いて、ドライバーを指差した。

「あの人に、チップ込みで十ドル払って」

「俺が払うんですか」

無駄と知りつつも、一応抗議してみる。

「だって、八目君の宿に案内してあげたんだよ」

吉見が大きく肩で息をしながら言う。晃の無礼に憤慨しているのだろう。

仕方ないので、晃はポケットからドル紙幣を出し、十ドル札を見付けて支払った。

「ちょっとちょっと」吉見がその手で紙幣を隠そうとした。「こんなとこで札ビラ出さないの。誰が見てるかわからないでしょ」

驚いて周囲を見回すが、しもた屋の婆さんが物珍しげにこちらを見ていたくらいで、自分に注意を払っている輩《やから》などいない。むしろ、吉見の仕種で、晃が大金を持っていることがばれてしまったではないか。

「そうかなあ」

「そうよ。あなた、無防備過ぎる。気を付けてね」

吉見はそう言い捨てて、晃の返事を聞かずに、ゲストハウスの外階段を駆け上って行く。晃は荷物を持って、その後を追った。

二階には、小さなフロントデスクがあり、青いシャツを着た色黒の中年男が不機嫌な顔で小さなテレビを見ていた。フロントデスクの周りは、ロビーのようになっており、布製のソファがひとつ置いてあった。数人の欧米人や東洋人がその周りで床に直接座り、スマホを見ていた。壁際にはツアーか何かのパンフが積まれていて、その前で東洋人の年老いたバックパッカーがパンフを読んでいる。

フロントの男は、入ってきた吉見の顔を見て、少し笑いかけた。吉見が何か言って、男と握手する。どうやら、知り合いらしい。

吉見は、晃の知らない言語で男と話し始めた。これがクメール語か、と耳を澄ましたら、ブロークンな英語だった。

目が合うと、男が晃に向かって叫んだ。指を三本出しているので、一ドル札を三枚出すと、紙幣を投げ返して寄越《よこ》した。

「何だよ」

「あのね、三十ドルだって」と、吉見。

「俺、十泊もしないですよ」

「だったら、その分は返すって」

吉見が男に通訳もせずに言う。前金を取られるのは理不尽な気がして、晃は素直に従えない。

「ほんとですか」

「大丈夫よ」

仕方がないので、またもドル札を出して払おうとしたが、細かい札がない。五十ドル札を見せると、フロントの男がノーノーと手を振る。

「釣り銭がないんだって。どうする?」

「じゃ、両替してきます」

「ちょっと待って」吉見が手で止めた。「ここから両替所は遠いから、ひとまずレシートを受け取って、あとで精算すればいいじゃない」

吉見が男に何か言い、「オッケー」と男が言ったのだけはわかった。

レシートどころか、その辺にあったメモ用紙にさらさらと書いて、放り投げて寄越す。「$50」とだけあって、男の名前らしいサインはあるものの、折れ曲がった釘《くぎ》のような字で、まったく読めない。

「こんな紙切れで大丈夫ですか。日付も入ってないですよ。ちゃんと返してくれるんでしょうね」

晃が不安を訴えると、吉見が面倒くさそうに男に向かって言って、何とか日付を入れさせた。

「ほら、これでいい? 安心した?」

吉見が呆《あき》れたように言う。

「はあ、まあ」

こんな安宿に五十ドルもの金を前払いさせられて、不安でないはずがない。

「お部屋に荷物置いておいでよ。食事に行こうよ」

吉見が誘ったが、晃はそんな気になれない。吉見にいろいろ教わりたい気持ちはあるが、奢《おご》る羽目になることはわかっていたし、吉見に振り回されるのが嫌だった。

「いや、疲れたんで、もう寝ます。ありがとうございました」

「あ、そう。じゃあね、元気で」

吉見がかっかりしたような顔をして、肩を竦《すく》めてから出て行った。

これで吉見には会わなくて済むとほっとしたが、考えてみれば、貴重な情報源でもある。連絡先を聞くために後を追おうかと思ったが、吉見も言わなかったことだし、もう会わなくてもいいだろう。晃は、フロント前の粗末な布ソファが空いたので、そこに腰を下ろして、案内を待つことにした。

フロントの男に案内された部屋は、ベッドが全部で六つ、壁と窓を背に、三つずつ並んでいた。そのうち、窓際の三つは先客がいるらしく、ベッド周りに荷物が置いてあった。男が、壁際の端のベッドを指差した。そこが晃の居場所になるのだろう。

鉄格子の嵌まった窓が全開しているものの、壁際のベッドまでは風ひとつ入ってこない。暑かった。こうなると、窓際のベッドの方が段違いにいいと気付く。同じ部屋代なのに、こんなに待遇の差があるのは不公平ではないか。

晃は男に文句を言いに行こうと思ったが、何と言っていいのか、英語が出てこない。我慢して、シャワーを浴びることにした。

シャワールームのマークのある場所に行くと、トイレの隣に、ビニールカーテンの被《おお》いがひとつ。石の流しに、固定式のシャワーがあった。試しに湯を出してみると、水シャワーである。がっかりしたが、出国してから一度も体や顔を洗っていないので、我慢して水シャワーを浴びることにした。

ついでにトイレを見たが、横の水槽から柄杓《ひしやく》で水を汲《く》んで自分で流す方式に仰天する。これは確かに、三ドルの宿だ。

体は清潔になったのに、ベッドのシーツは脂臭く、誰かが寝たような形跡があった。しかし、疲れ果てていた晃は横になるとすぐに眠りに落ちた。

暑い。異様に暑くて喉《のど》が渇いている。晃は呻《うめ》きながら目を覚ました。何か苦しい夢を見ていたような気がしたが、何だったか思い出せない。

目を開いたものの、自分がどこにいるのか、いくら考えてもわからなかった。頭がおかしくなったのではないか、という恐怖のもとに飛び起きる。

しかし、雨漏りの染みがある汚い天井を見上げても、ここがどこかわからない。事故にでも遭って、病院で目を覚ましたのかとも思ったが、病院にしては、すべてが垢《あか》じみていて、汚い部屋である。

やがて、部屋を見回して、ようやくここがシェムリアアップのゲストハウスだと思い出した。夜着いたので、朝の景色など、まったく想像もできなかったのだ。

枕元に置いたペットボトルの水を飲んだ。だが、水は温《ぬる》く、少ししかなかった。しかも、虫に刺されたらしく、脇腹が異様に熱を持って痒《かゆ》い。毒虫はジャングルだけではなく、シーツにもいるらしい。晃はぼやきながら体を起こした。

朝には違いないが、時差を修正していないので、腕時計を見ても、何時なのかわからなかった。横のテーブルに置いたスマホを取り上げて時間を見る。午前九時半。

何とはなしに視線に気付いて目を上げると、向こうの窓側のベッドのところに男が一人、女が二人いて、全員が晃を凝視していた。男と女の一人は、白人だ。

男の方は柔らかそうな茶色い鬚《ひげ》を伸ばし放題にし、白いランニングシャツと灰色のハーフパンツで、ベッドに横たわって本を読んでいた。晃の視線を感じると、手を挙げて挨拶《あいさつ》した。

もう一人の白人女は、見るからに質実でどケチな旅をしていそうだった。暑苦しく、汗で濡《ぬ》れた金髪を赤ら顔に張り付けて、太った体を白いTシャツと黒いスパッツに包んでいる。

こちらも一瞬だけ、にこっとして、「ハーイ」と言った。釣られるように、晃も手を挙げる。発つ準備をしているらしく、忙しそうにベッド横の棚からいろいろ出してはリュックに押し込んでいた。

最後の一人は東洋人の女だが、日本人か中国人か韓国人かベトナム人か、まったく見分けがつかなかった。黒く長い髪を後ろで結わえ、ベッドの上で、一心に足の爪を切っていた。晃から目を背けているので迷ったが、晃は黙礼だけした。

白人男がぺらぺらと英語で何か喋《しゃべ》りかけてきた。ぽかんとしていると、東洋人の女が爪を切る手を止めて、訳してくれた。日本人だった。

「あのね、暑くて寝られなかったら、あと三ドル出せば、ファン付きの部屋があるよって教えてくれたみたいです」

「サンキュー」と、慣れない英語で礼を言った後、晃は脇腹を掻きながら、のろくさと起き上がった。

あと三ドルプラスで、もっと涼しい部屋に泊まれたのだ。吉見の余計なお節介で、こんな目に遭ってしまったではないか。

とりあえず用足しに行ってから、汗を流し、隣のしもた屋で水のボトルを買い、ついでに朝食を調達して、それから部屋を替えて貰おうと立ち上がる。

すると、白人男がまた何ごとかぺらぺらと言う。晃は、日本人と思しき女の顔を懇願するように見た。

「さらに五ドル出せば、エアコン付きの部屋に泊まれるよって。そこはＷｉ‐Ｆｉも使いたい放題だそうです」と、訳してくれる。

そういや、大事なことを聞き忘れていた。

「この部屋は、Ｗｉ‐Ｆｉはないんですか？」

「ロビーと、食堂ならフリーだから、みんなそこでやるんです」

道理で、ロビーに人がいたのかと得心する。

「食堂はどこにあるの」

「一階の中庭です。今急いで行けば、朝ご飯が食べられます。と言っても、パンとコーヒーだけだけど」

「ありがとう」

「どういたしまして」

女は上品に返して、足の爪を切り続けている。爪が飛んだのか、隣の白人女が嫌な顔をしたが、気付かない様子だ。

晃は、急いで手洗いに行き、慣れない柄杓を使って小便を流した。そして、震えながら水のシャワーを浴びた。たとえ暑い土地でも、シャワーは絶対にお湯がいい。

ところで、汗にまみれた服はどこで洗濯するのだろう。下着と汚れたＴシャツを袋に入れて、一階に下りた。部屋にいる日本人の女に、洗濯場所を訊いてみるしかないだろう。

中庭のテーブルの上に、クロワッサンもどきのパンがふたつ残っていた。それにマーマレードのようなものを塗りたくって貪《むさぼ》り食べる。昨夜、吉見の申し出を断って、食べていなかったので、空腹だった。澱《おり》の残ったコーヒーを飲み干してから、隣の店に水を買いに行く。昨夜の婆さんが、変わらず店番をしていた。晃を覚えていたのか、にっこり笑ってくれる。

それから晃は二階のフロントに行き、青いシャツの男に「エアコンルーム、プリーズ」と言ってみた。

「十一ドル、ワンナイト」

先に払えとばかりに手を出したので、晃は男の書いた五十ドルの預かり証を見せた。仕方なさそうに男が頷く。よし、これで涼しく快適な部屋に移れる。晃は意気揚々と部屋に帰ってきた。吉見なんかいなくても、自分は快適でよりよい旅ができるのだ、と嬉《うれ》しかった。

部屋には誰もいなかった。欧米人二人の荷物はないが、日本人女性はまだいるようだ。

晃は自分のリュックサックとスーツケースをエアコンのある部屋に運ぼうとして、異変に気付いた。リュックサックのファスナーが開いている。中にはパスポートと財布が入っている。

慌てて中を見ると、財布から現金が全部抜き取られていた。八百ドルと日本円二十万である。ほぼ三十万あれば、三カ月は滞在できそうだと踏んで、現金は合わせて三十万程度しか持ってきていない。銀行にまだ軍資金はあるとはいえ、旅の初っぱなで、いきなり三十万もの現金を盗まれたのは、あまりにも痛かった。

「畜生」と、晃は呻いて頭を抱える。どう考えても、あの欧米人二人のうちのどちらかである。あるいは、二人か。

まったく油断していた。カードと小銭入れは持って出たが、部屋に人がいるから、まさか盗まれないだろうと安心して、置きっぱなしだったのが甘かった。むしろ、赤の他人が部屋にいるのだから、危ないと思う方が正しいのに。

現金なもので、こんな時に吉見がいてくれたら、どんなに心強いだろうと思う。

フロントに行って、男に「金を盗まれた」と訴えてみたが、「ソーリー、ソーリー」と口先で気の毒がるだけで、不注意なおまえが悪い、と言わんばかりだ。「あの二人はどこに行った?」と、滅茶苦茶な英語で聞いてみたが、男は「知らない」と言うばかり。さすがに途方に暮れた。

結局、持ち金はフロントに預けた五十ドルと、ポケットにあった数十ドルのみとなってしまった。それにしても、惜しい、悔しい。晃は呆然としたまま、何も考えられなくなった。

「部屋はどうする?」

フロントの男に言われて、グレードアップを取り消す。当面、あの暑い部屋に留《とど》まるしかないだろう。帰りのチケットはあるから、誰かに現金を借りて少し滞在を延ばすか、さっさと帰るかしかない。一泊三ドルとして、一週間で二十一ドル。

まあ、一週間が限界だなと、晃は思った。朝食は付いているから、昼や夜は安い店を探して食べれば一日数ドルであがるだろう。だったら、何とかなる。アンコール・ワットを見ようと思ったのに、それどころではないと思ったら、笑えてきた。

旅に出る前は、一気に預金通帳の残高が百万近くに膨れ上がってお大尽気分だったのに、あっという間に、貧乏人になってしまった。それも下手したら、帰れなくなるかもしれない。まさか、空知もそうだったのではないだろうか。もっとも、空知の場合は、あの美しい顔と体があるから、何とか生きていけそうだ。

「吉見さんはどこにいますか?」

とうとう訊いてしまった。

「ヨシミ?」

「イエス」

首を振って知らないと言う。ふと、晃は本来の目的を思い出した。ポケットからスマホを出して、ついでに空知の写真を見せる。

「彼を知らないか?」

フロントの男がじっと見入った後、首を振って「ゴージャス」と呟《つぶや》いたのが聞こえた。そう、ゴージャスなんだよ、空知は。急に空知に会いたくなって、晃は泣きそうになった。

フロントの男に、警察を呼んでくれと言ったら、電話をしに行くと言って、どこかに行ってしまった。代わりに、フロントに現れたのは、下のしもた屋の婆さんである。しまった、ファミリービジネスだった、と晃は警察に頼るのも諦めた。

晃は、数時間後に外に出た。行く先は、パブストリートのあたりだ。とりあえず繁華街で吉見を捜して、こんな時どうしたらいいか、アドバイスを聞くつもりだった。

吉見が見つからないなら、さっさと日本に帰るしかない。三輪に殴られようと、金がないのだから、どうしようもないのだった。

その時、運のいいことに、同室の日本人の女が向こうから歩いてきた。オールドマーケットにでも行った帰りらしく、レジ袋を提げている。昨夜の白人女のグループのように、びらびらした現地のパンツに、黒いタンクトップ。黒い野球帽から長い髪を垂らしているところは、アジア人女性っぽい。

晃は縋《すが》りつきたいほど嬉しくて、走るように寄って行った。

「あの、同じ部屋の者ですが」

「あ、どうも」と、女。晃と同じ年頃か。化粧っ気がない茶色い顔に、小さな吊《つ》った目をしている。

「あの、僕、お金を盗まれてしまったんですけど」

「えっ」と、女は大きな声を上げた。「どこでですか」

「部屋でだと思います。昨夜着いて、すぐ寝ちゃったんですよね。そして、朝起きたらなかったんです」

「私じゃないですよ」

女が慌てた風に、両手を振りながら言った。

「いや、疑ってるんじゃなくて、あと残りの二人はどうしたのかなと思って。荷物ないんですよね」

「あの人たちは、ベトナムに移動するって言ってました。あの人たちもそんなことしないと思うけどな。怪しい人も入ってこなかったし」女が首《こうべ》を回《めぐ》らせて、思い出している。「お金はロッカーに入れなかったの？」

「ロッカーなんてどこにあるんですか」

「部屋の隅にベッドの番号順に並んでるよ。でも、たいした鍵《かぎ》じゃないから、私は信用してないの。全部持ち歩いてる」

女は細いウエストを叩《たた》いてみせた。腹巻きでもしているのだろう。

「そんなこと、教えてもらってないな」

「お金は昨夜《ゆうべ》はちゃんとあったの?」

「部屋代を払う時はありました」

「その後なら、寝ている時に誰か来たんでしょうね。でも、一緒の部屋の人は真っ先に疑われるから、そんなことはしないと思うよ。ちなみに、私は絶対に違うからね」

「わかってます」

女を宥《なだ》めながら、だんだんと絶望的な気分になっていく。宿の男が盗《と》ったのなら、早く出て行きたいが、前金を預けてしまった以上、出て行けないのだ。どうしたらいいのだろうと頭を抱えたくなった。

「ねえ、お金はいくら盗られたの?」

「三十万」

「信じられない。何でそんな現金持ってきたの。その方がちょっとどうかと思う。そりゃ、盗られるよ。みんな虎視《こし》眈々《たんたん》と狙っているもの」

なぜなら、自分は行方不明になった友人を捜しにきたから、長逗留《ながとうりゆう》しなければならないのだ、だから、金が必要だったのだ。

そう言いたかったが、晃は疲れて黙った。夜の喧噪はどこに行ったのか、ただただ埃の舞うパブストリートに降り注ぐ陽射しはきつい。晃は泣きたかったが、乾期と同様、乾いた心は涙も出さないだろうと思われた。

3

同室の女は、「鈴木《すずき》」と名乗った。ありふれた名字なので、俺みたいな怪しいヤツに本名を教えたくないのか、と晃は訝《いぶか》しんだ。フェイスブックを検索しても、身許《みもと》がばれないように。もちろん口には出さなかったが、表情に表れたらしい。

「ほんとに私、鈴木という名前です。嘘なんか吐いてないから。そして、あなたのお金も盗んでいないから」

鈴木はむっつりとして、キャップを目深に被《かぶ》り直した。

晃は、日本にいる時もよく誤解されて、露骨に嫌な顔をされたり、敵意を剝《む》き出しにされたことを思い出した。それも、大概が女だった。

自分には、女を苛立《いらだ》たせる何かがある。それは、すぐに邪推したり、攻撃してしまう、ひねくれた性癖のせいだ、ということはわかっていたが、その根源が劣等感にあることまでは思い至らなかった。そして、輝かしい空知と一緒にいる時は、劣等感など感じなくても済んだことも。

「すみません。疑ってません。ただ、どうしたらいいのか、本当に困ってて」

不必要に腰を屈《かが》めて謝りながら、晃は絶望感と闘っていた。異国にいて、母語で相談できる相手が鈴木しかいないという事実。その鈴木に見放されたらどうする、という不安が頭の中を経巡っている。

「クレジットカードは持ってるんでしょう？」

「ええ、持ってます」

「クレカによっては、ＡＴＭでキャッシングできるよ」

「えっ、クレカで？」

初耳だった。

「だから、みんな暗証番号調べてくるんだけど、知ってます？」

晃は首を振った。銀行カードの暗証番号なら知っているが、クレジットカードに暗証番号があるなんて知らなかった。鈴木が呆れた顔をする。

「こんなこと言って悪いですけど、準備不足ですよね」

「そう、俺って馬鹿ですね」

「まあね。どちらかというと、甘いというか」鈴木は否定しなかった。「あのう、自分が不注意なんだから、同室の人たちを疑ったりしたら、いけないんじゃないですか。角が立つと思います。私たち、盗みなんかしませんよ。バックパッカーには、バックパッカーのルールがあるんだから」

バックパッカーのルールか。吉見も旅慣れた風を装い、海外旅行ど素人の俺を小馬鹿にしていたっけ。しかし、旅慣れる前に、金がないのだから、カンボジアから去るしかないのだ。

空知を見付けられないことよりも、せっかく長い旅をしてここまで来たのに、数日で帰国する羽目になったのは、甚だ残念だった。俺は馬鹿だ。ほんとの馬鹿だ。

そう思った途端、重力のある蒸し暑い大気にのしかかられたような気がして、晃は地面に押し潰されそうになった。周囲に漂う土埃と排ガスの臭いに、頭がくらくらする。

思わずしゃがみ込むと、鈴木が心配そうな顔をした。

「大丈夫ですか？　お水飲んでます？　ちゃんと健康管理しないと、ドミトリーには居辛《いづら》くなりますよ」

「バックパッカーじゃないからわからない」

しゃがんだ晃は気弱に言って、鈴木の顔を見上げた。ほうれい線がくっきり見えて、自分より年上らしいことに気付いた。

「じゃ、なんでドミトリーに泊まったんですか」

「それは、あの吉見さんて人に連れてこられたからです。俺は冷房の効いた部屋に泊まりたかったのに」

「その人とはどこで知り合ったの？」

「飛行機の中で隣り合わせになったんです」

鈴木が吊り上がった小さな目を、さらに吊り上げた。

「それって、怪しくないですか。その人、何でよく知らない人に、宿の口利きまでするんですかね。もしかして、マージンとか取ってました？」

「いや、別に取ってはいないみたいだけど」

「じゃ、何でそこまでするの？」

「わからない」

「その人、バックパッカーですか？」

「だと思います」

「そうかなあ。バックパッカーのふりしてるだけじゃない」

鈴木には、バックパッカーとしての矜持《きょうじ》が溢れているらしい。

だが、フロントの男に金を預けろと言われてすったもんだし、預かり証を書いてもらっている間に、吉見に財布を持ってもらった記憶があった。その時に盗らなくても、ドミトリーの部屋は出入り自由なのだから、後で忍び入ることだってできるはずだ。

「そうか、あいつだ。吉見だ。吉見が犯人だ」

晃が呟く声を聞いた鈴木が、慌てた風に手を振った。

「本当かどうかわからないんだから、決め付けない方がいいですよ」

だが、晃の中では、吉見が泥棒だという確信が固まりつつあった。こうなったら、金が尽きるまでシェムリアップに滞在して、街中を隈無《くまな》く捜し、絶対に見つけ出してやると決心する。

「ここに観光で来たんですか？　それにしちゃ、準備が悪過ぎる」

晃は当初の目的を思い出し、スマホをポケットから取り出した。

「実は人捜しなんです」

興味を覚えたらしく、鈴木が身を乗り出した。

「この人、見たことないですか？」

空知の写真を見せる。鈴木が首を傾げた時、微《かす》かに汗の臭いがした。

「カッコいい。でも、見たことないですね」

フロントの男もそうだったが、鈴木も空知の写真を見ると、感嘆した。

「この人、友達なんですか？」

「そう、親友」

急に、鈴木の晃を見る目が変わったような気がした。グレードアップ。そんな言葉が浮かぶ。

「へえ、この人どうしたんですか。行方不明なの？」

「そう。で、捜しに来たのに、俺がドジでこんなことになっちゃって」

晃は情けなくて泣きそうだった。鈴木がしれっと言う。

「この人、どうしたのかしら。やばいことになったのかな。よく麻薬浸りになっちゃったり、監禁されたりする人もいるみたいよ」

縁起でもない。晃はむっとして、Ｔシャツの裾《すそ》でスマホの画面を拭《ぬぐ》った。

「じゃ、こっちの人は？」

保存してあった橙子の写真を見せる。覗《のぞ》き込んだ鈴木が、「あれっ」と声を上げた。

「見たことある」

その通りだ。橙子はモデルだったから、テレビＣＭも出ていたし、ファッション誌にもよく顔を出していた。

「モデルだったからね。さっきの男のお姉さんだよ」

「すっごい美形姉弟ですね」

晃は自慢したくなって、藍の写真も見せた。

「もう一人いるんだよ。これが妹。三人きょうだいなんだ」

「すごい可愛い。こんな人たちに会ってみたい。みんな、カンボジアにいるんですか？」

「そう聞いている。だから、捜しに来たんだ。お父さんが亡くなったから、知らせてあげなくちゃと思ってね」

晃はついでに、空知の父親の死に顔の写真を見せた。釣られて覗き込んだ鈴木は、「全然似てなーい」と、気味悪そうに顔を背けた。

「ごめん、葬式の時の写真なんだ」

スマホをポケットに仕舞った晃を、不気味なものを見るように鈴木が横目で窺《うかが》う。

「何でそんな写真を保存してるの？」

「お母さんに死に顔を見せてって頼まれたからなんです」

野々宮雅恵の言葉を思い出しながら、確かにあの親子は似ていないと思う。両親は普通なのだから、神々しいほどの三人の美しさは異様だった。

「ちょっと気持ち悪くない？」

「ですよね」

「あのう、お金がないなら、あのゲストハウスで働いたらどうですか？　時々いますよ、そのままバイトで居着く人。でも、あそこで掃除したり、ご飯作ったりして、従業員しなくちゃならないですけど」

結局、鈴木の助言に従って、晃はゲストハウスのバイトとして雇ってもらえることになった。フロントの男が言うには、ちょうど一人従業員が辞めたところだそうで、むしろ喜ばれた。

ちなみに、フロントの男は、しもた屋の婆さんの次男で、名前はソック。中年かと思ったら、三十代だというのでびっくりした。

部屋はエアコンのないドミトリーから、エアコン付きの部屋に移り、しかも三食賄い付きで、少し小遣いももらえるという。一文無しに近い境遇を思えば、多少の不満はあっても、文句など言えない状況だ。

　翌朝、朝食を食べにきた鈴木に礼を言うと、クロワッサンを摑《つか》みながら肩を竦めた。

「よかったね。私は今日、プレアビヒアを見に行こうと思ってるの。そこからバンコクに行くから、あなたとはお別れかな」

「プレアビヒア？」

「タイとの国境付近にある寺院の遺跡なんだけど、ラピュタの城みたいで素敵なんですって。一度行きたいと思ってたんだ」

　すると、背後から顔を出して、晃に手を振ったのは、同室だった白人男性だ。前の日にチェックアウトしたはずなのに、ちゃっかり朝食を食べにきたらしい。

「あれ？」

「ユアンも行くそうだから、一緒に行きます」

　彼はベトナムに向かったのではなかったのか。釈然としなかった。まさか、彼らが。疑いの眼差《まなざ》しを向けそうになったが、晃は目を伏せて我慢した。

「あのう、メアド交換してもいいですか？」

　鈴木に頼むと、勢いよく頷いた。

「いいよ。何かあったらメールちょうだい」

　だが、連絡しても返事はなさそうだ。

4

晃が、ゲストハウスの従業員となって一週間が経った。

ようやくルーティンワークが呑《の》み込めてきたところだ。朝は六時に起床して、中庭に朝食を並べる。宿の朝食は、近所のパン屋から仕入れるクロワッサン、たまにデニッシュ。そしてバターかマーマレード。そしてコーヒーだ。

パンの数が限られているので、従業員がクロワッサンを食べるのは、基本的には禁じられていた。従業員の朝飯は、隣のしもた屋の狭い台所で、婆さんの作る青唐辛子を潰して食べる辛い麺《めん》や、青パパイヤの細切りが入ったバゲットサンドなどだ。が、晃には、そちらの方が美味《おい》しく感じられたし、しもた屋の婆さんはニエットさんといい、日本語が話せるのでとても助かった。何でも、ポル・ポト政権時代に、日本に逃れたことがあるので、日本語が話せるのだった。

朝食を片付けた後は、掃除と洗濯だ。もう一人、通いのおばさんがいるので、晃はそのおばさんの指示通りに動いた。中でも、シーツを洗うのが重労働だった。家庭用の洗濯機には枚数が入らないので、二人がかりで近くの川で洗い、護岸で干す。

洗濯機のある家は珍しく、しもた屋の婆さんは、クリーニング屋も兼ねていた。だから、宿のシーツ洗いが終わった後は、客が持ち込む様々な衣類の洗濯をした。ジーンズ、Tシャツ、ワイシャツ、ワンピース、バスタオル。泊まり客からは別料金を取り、近隣の客にも対応していた。

要するに、手洗いの面倒な衣服は、洗濯機のある家に持ち込まれるのだ。だから、洗濯機のある家は、素人クリーニング屋を開業する。しもた屋の裏庭は、いつも洗濯物でいっぱいだった。晃は、広げて干したり、取り込んで畳んだりする作業が、半端なく嫌いで、こればかりは逃げたいといつも思った。

二週間経つと、晃は接客にも慣れ、ソックの代わりにフロントに立つことも多くなった。その時は必ず、空知の写真を見せて訊ねることにした。だが、誰一人、空知を知る者には会わなかったし、ネットでも空知の名はヒットしない。

シェムリアップはそう広い街ではないので、二週間もいると、ほぼ全容が摑めてくる。在留邦人も多くいるそうだから、いずれ誰かと知り合えれば、空知に関する情報も入ってくるだろう。晃は楽観的に考えていた。

安井からは、週に一度は必ず、近況を訊ねるメールが入ったが、三輪からも、空知の母親からも、一切音沙汰《おとさた》がなかった。

八目君、元気ですか。
空知君の消息は依然、わからないのですね。
きみがシェムリアップに行ったことは把握していますが、その後、どうしてますか。
すみませんが、報告をお願いします。安井

晃は、安井に「現在まだシェムリアップに滞在しています。依然、手がかりありませんが、鋭意努力しています。また、ご連絡します」と、返信した。

それ以上詳しくは書かなかったが、安井にしても三輪にしても、どうして自分で橙子や藍を捜さないのだろうと不思議だった。二人とも仕事があって忙しく、東京を離れられないと言い訳していたが、自分のような旅慣れない人間に頼む必要などないはずだ。

本気で人捜しをするなら、もっと優秀で情報網もたくさん持っている興信所に頼めばいいのに、どうして自分なんかに頼むのだろう。

八目君、メールありがとう。
まだ手がかりがないのですね。空知君たちがどうしているか、心配です。
しかし、我々が行ってうまく会えたとしても、空知君は心を開かないでしょう。
きみなら親友だから、うまくいくと信じています。
引き続きよろしくお願いします。安井

二通目のメールを見た時に、得心した。自分が選ばれたのは、空知と親しいからという理由だけなのだ。たとえ居所がわかったとしても、空知は知人からの連絡をすべて拒んでいるのだろう。その守りの堅さだけが伝わってきて、空知はいったい何から逃げているのだろうと気になった。

晃がゲストハウスでバイトして、ひと月ほど経った頃だった。とうとう吉見がゲストハウスに姿を現した。フロントに立っていたのはソックで、いつもなら、晃は婆ちゃんの手伝いでしもた屋の店番をしていたのだが、たまたまフロントの真横で、客と話していたから運がよかった。

吉見は、ソックと親しげに話し込んでいる。が、よく見ると、吉見は親しさを装っているだけで、語っていることは、部屋が空いているかとか、何日滞在するなどの、事務的なことだった。

吉見は、ひと月前と同じ、紺の色褪せたパーカーにジーンズ。無化粧で眼鏡というむさ苦しい形《なり》をしている。

吉見に連れて来られたのは、不安そうな表情の若い女が二人だ。それもそのはず、到着便が夜だからだ。宿の予約をしないで、夜の空港に着くのは誰でも不安がある。吉見はそれに付け込んでいるのだろう。

結局、女たちはエアコン付きの部屋を選んで、ソックにそれぞれ現金で三十ドルの前金を払った。吉見が残っているところをみると、これから一緒に食事に行くことにしたようだ。

女たちが部屋に荷物を置きに行った隙に、晃は吉見の肩を叩いた。振り向いた吉見は、あまり驚かなかった。

「あれ、前に会ったことあるよね。八目君だっけ？　まだいたの？」

吉見は嬉しそうに笑ってみせた。

「何言ってるんすか。覚えてないんですか、俺にトゥクトゥク代払わせて。しかも、涼しい部屋に泊まりたかったのに、このドミに押し込めたじゃないすか」

吉見が心外そうに、眼鏡に手を遣った。

「私は親切でやってあげたんだけどね。ここは下のおばさんが日本語できるし、便利だと思ったのよ」

「それは確かにそうです。ニエットさんには、お世話になってます」

「でしょ?」と、吉見が得意げに言う。

「あの、吉見さん、言いにくいんですけど、俺の金知りませんか? てか、盗まなかったですか?」

吉見の驚愕《きょうがく》した表情を見て、晃は言い過ぎかと焦ったが、これまでずっと吉見が現れるのを待っていただけに、押し止めることができなかった。

「あの時、吉見さんだけなんだよね。チャンスがあるのは。俺が金持っていたことも知ってるし」

「私、いくら何でもそんなことしないよ。私はただ案内しただけだもの。お金なんか盗ったりしてないよ」

吉見は動揺したらしく、言葉も滑らかではなかった。

「警察呼んでもいいですよ、被害届出したんだから」

これは嘘だった。ソックが目を付けられると今後の営業に差し支えると嫌がったので、警察には連絡していない。

「警察? 酷《ひど》いこと言うのね。泥棒呼ばわりされたのって、生まれて初めてなんだけど」

吉見が憤慨したように叫んだ。

「ああ、そうですか。そうでしょうね。これまでばれなかったんだから」晃はフロントで唖然《あぜん》としているソックに向かって言った。「ねえ、ソックさん。ポリス、ポリス。ポリス呼んで」

ソックは、意味が通じないようなふりをして、肩を竦めた。

「何で警察呼べないんだよ。このクソオヤジ」

晃は怒ってソックに怒鳴った。何ごとかと、Wi-Fiのあるロビーにたむろしていた欧米人の客が、こちらを凝視している。

「酷いなあ。親切にしてあげたつもりだったのに、こんなこと言われるなんて」

吉見が涙を浮かべたので、晃も少したじろいだが、まだ止まらない。

「それがあんたの手でしょう。あの女の人たちも、どうせ誑《たぶら》かして金盗る気じゃないですか。今のうちに、俺が言ってやりましょうか」

「何言ってるの。あの子たち、貧乏旅行だっていうから、こっちを紹介してやったの。アンコール・ワット見たい一心だっていうから、明日、私が案内してあげるって連れてきたんだよ。だって、ここ、そんなに悪いゲストハウスじゃないもの。さっきも言ったけど、日本語通じるしね。あなたの時だって、同じよ。旅慣れないみたいだったから、ぼられるよりは、このゲストハウスの方がいいと思って連れてきてあげたんだよ。なのに、盗んだなんて言われるとショックだわ」

吉見が泣いて抗議するので、圧倒的に晃の分が悪くなった。吉見が連れてきた若い女たちが戻ってきて、晃を非難の目付きで睨《にら》んでいる。

「ねえ、私が犯人って証拠はあるの?」

逆に詰め寄られて、晃は絶句した。ソックに、申し訳なかった、と手で合図する。

「それはない、です。ただの憶測だけど」

「憶測でそんなこと言う? 普通? それはないよ。私がお金盗んだのに、あなたを食事に誘ったりするかな」

「わかんないです」

次第に負い目を感じて、晃は元気がなくなった。すると、吉見が急に同情を籠《こ》めて、優しく訊ねた。

「八目君、お金盗まれちゃったの？」

「ええ。次の日、目を覚ましたら、現金が全部なくなってました」

「わあ、一日目でしょう。それは気の毒だったね。あなた、たくさん持ってたものね。危ないなあと思っていたのよ。海外旅行が初めてだっていうから、いろいろ教えてあげようと思っていたのに、食事もしないで寝るっていうから、大丈夫かなと心配してたの。もっと私が注意してあげればよかったね。これは本当よ。ねえ、この人たちと一緒にご飯食べに行きましょう。私がおごってあげるからさ」

吉見が急に、世話好きのおばさんみたいになった。

「でも、仕事あるし」

「どうせ、休みもなく、こき使われてるんでしょう。いいよ、夜の外出くらい」

この後、ソックの代わりにフロントに立つことになっていたが、吉見が英語で何か言ったら、ソックは頷いて、行っていいよ、という仕種をした。

その夜は、毎晩、枕を嚙《か》みちぎるほど憎く思っていた吉見と、吉見が連れてきた若い女たちと四人で食事をすることになった。カンボジアに来て初めての、レストランだった。

連れて行かれたのは、パブストリートに近いのに喧噪が聞こえてこない、住宅街にある静かなレストランだった。白い壁に仄暗《ほのぐら》い照明が洒落《しゃれ》ていて、カンボジアにこんな綺麗《きれい》な店があったのかと超貧乏生活の晃は驚いた。

吉見はメニューを見た後、料理を決めてテキパキと注文してくれた。吉見の客の二人は女子大生とかで、互いにスマホで写真を撮り合ってははしゃいでいた。インスタグラムに上げるのだろう。

冷えたアンコール・ビールが運ばれてきた。

「すみません、頂きます」

卑屈なほどぺこぺこして、吉見にグラスを掲げる。晃は久しぶりに飲むアルコールに、身も心も緩んでいった。牛肉のマリネや、ココナッツミルクの味のする料理など、初めて食べる皿が並ぶ。

パブストリートに行ってみます、と女子大生たちがレストランを出て行った後、ビールで顔を赤くした吉見が訊いた。

「八目君、お金は全部でいくら盗られたの？」

「日本円で二十万と、八百ドルです」

「約三十万か。ここでは大金だね。キャッシングは？」

「クレカの暗証番号わからないんで」

「何だ、用意してこなかったの。それはドジだったね。でも、帰らないでここにいるのはどうして？」

「人を捜しているんです。見つかるまで、日本に帰れないから」

「じゃ、私が少しお金を貸してあげましょうか」

予想もしなかった親切な申し出に、晃は驚いた。

「いいですよ。だって、俺なんか信用できないでしょう」

「でも、ここにしばらくいるんでしょう。なら、信用するよ。五百ドルくらいなら貸してあげられるよ」

「いや、いくらなんでもそれは」

と言いつつも、固辞できない理由はあった。ゲストハウスで働いても、飯は無料だが、一日数百円がやっとで、金はなかなか貯まらない。だが、五百ドルあれば行動範囲も広がって、少しは成果を挙げることができるかもしれない。

「じゃ、日本で必ず返しますから、貸してもらってもいいですか?」

「いいよ」

人の食べ残しのパンまでもらう、けちくさい旅行をしていた吉見が頷く。晃は、もしや自分の金では、と思わなくもなかったが、有難く借りることにした。

「ところで、八目君は、どんな人を捜しているの?」

空知の写真を見せると、案の定、感嘆している。

「イケメンだね」

「これがお姉さんと妹です。こちらも捜しています」

橙子と藍の写真を見せると、吉見が眼鏡を外して裸眼を眇《すが》めた。

「この人、知ってるよ」と、橙子を指差した。

「モデルだから、いろんな媒体に出てました」

またかと思い、晃はテレビCMや、ファッション誌の例を出して説明した。が、吉見は頭《かぶり》を振った。

「違う。ホーチミンで会ったことがある」

晃は意気込んだ。

「それはいつですか?」

「ずいぶん前だよ。四、五年前。ホーチミンのスパに行ったら、この人がフロントにいて、現地の従業員に何か怒っていた。その時、コマーシャルに出ていた人だと気が付いたのよ。綺麗な人だから覚えてる」

「マジすか」

初めて生の情報に接した瞬間だった。晃は興奮して、思わず涙ぐんだほどだ。

「私、帰りにホーチミン寄るから、消息を訊いてきてあげる」

「え、マジすか」と、繰り返す。「あの、お願いしてもいいすか」

「いいよ」吉見がにこっと笑った。「だけど、その分、頂くよ」

「いくらですか」

「十万は高い？」

「日本の方に交渉しておきますけど、無理っぽいな」

「日本の方？　私が直接交渉するから、メアド教えて」

「それはちょっと」

晃は首を傾げた。三輪のすごんだ、恐ろしい顔が浮かぶ。

「じゃ、交渉しておいて」

「はい。ただし、橙子さんの行方がわかったら、ですよ」

晃は念を押した。しかし、この時から、晃は空知きょうだい捜しに本腰を入れる気になった。

第三章　ニェットさんの青唐辛子粥

I

晃は、パブストリートの喧噪《けんそう》を遠くに聞きながら、足早に夜道を歩いていた。街灯のない暗い道は、アスファルトがところどころ陥没しているから、足を取られないように注意して歩かねばならない。

吉見から借りた五百ドルは、手の切れるような新札だった。自分が盗《と》られた八百ドルも、全部新券だったことを思うと、もしや自分の金ではないかと思ったが、番号を控えていたわけでもないから、どうしようもない。

道端の草むらで、何かが素早く這《は》うように動いたのが目の端で捉《とら》えられた。蛇かトカゲか。シェムリアップの大量の残飯で、急速に増殖したドブネズミか。

草むらから姿を現したのは、茶色い犬だった。小さくて痩《や》せているが成犬だ。野良犬など見たことのない晃は、思わず後退《あとずさ》った。何か黴菌《ばいきん》を持っているに違いない。晃の不信が伝わったのか、犬は警戒の唸《うな》り声を上げた。

晃は石ころを拾って、犬に向かって投げた。犬が怯《ひる》んだ隙に、晃は飲食店のある表通りへの路地を小走りに抜けた。だが、犬はひょこひょこと後をついてくる。走り方が変なのでよく見ると、前脚が一本ない。

「おまえも可哀相だな」

痩せ犬を見て、自分自身を連想した。自分のウナギのような弱々しい体つきと、まったく切迫感のない暢気《のんき》な様子に、旅慣れた吉見はさぞかしいらついたことだろう。自分はまるで、全部盗んでくれ、と言わんばかりの無防備な顔をしていたに違いない。バックパッカーの連中と違って、苦労せずに旅費を得たからだ。

何の準備もなく、のんびりまったりカンボジアで過ごそうと考えているなんて、万死に値する、と吉見は思ったかもしれない。だからと言って、金を盗んでもいいと思うのは、吉見に何か大きなものが欠落しているからだ。つまり、倫理観てやつか。

そんな女の寄せる情報に金を払うなんて嫌だったが、仕方がない。眼鏡の奥で光る、吉見の抜け目ない目付きを思い出して、晃はざわっと身を震わせた。

徒歩でゲストハウスに戻った晃は、早速ソックに訊《き》いてみた。

「ソックさん、さっきの吉見さんに、何かマージン払ってるの?」

まともに答えるわけはないと思っていたが、ソックは即答した。

「もちろん。一人につき一ドル払ってる。当たり前だろ」

あまりの正直さに、気が抜ける。

「ヨシミと何か揉《も》めてるのか?」

逆に問われて、晃はゆっくり首を振った。吉見は一枚も二枚も上手で、揉めようがない。

数日後、中庭で朝食の準備をしていると、吉見から電話がかかってきた。

「もしもし、八目君？　朝からごめん。私、吉見。ホーチミンで、例のエステに行ってみたよ」

「どうでした？」と、意気込んで訊く。

「とっくに閉店されてた。私が行ったすぐ後だっていうから、四、五年前かな。その後は、橙子さんがどこに行ったかわからないって。ちなみに、お店の名前はエレーヌ・スパっていうの」

「そうですか、ありがとうございます」

そう簡単に見付かるわけはないと覚悟していたものの、期待していた分、思った以上に落胆していた。

「それでね、八目君、礼金のことだけどね」

「はあ」

「閉店後の行方は追えないってことで、五万でいいからね。だから、貸した分と一緒に返す時に、十万でいいよ。日本円でも、ドルでもいい」

「はい、わかりました」

そう答えたものの、最初からすでに閉店していることを知っていたのではないか、という疑いが消せなかった。要するに、吉見は信頼のおけない女なのだ。やはり、自分の金を盗んだのは吉見だろう、と晃は思った。

「それでね、お願いがあるんだけど」

吉見が甘え声を出した。

「何ですか」

「八目君にこのことを頼んだ日本の人を、紹介してくれない?」

「何でですか」

「いろいろわかったら、そっちに私が直接教えてあげた方がいいかと思って」

安井から金を引き出すつもりだろう。自分が安井の連絡先を吉見に教えたら、安井はどうするのか不安にも思ったが、もともとは安井の金でもあるし、どんな情報でも早く手に入れたいだろう。

「俺に先に教えてくれるなら、その時、教えてあげます」

どうせ、自分が吉見に情報料を払うのも限度があるから、承知した。

「もちろんよ。何かわかったら、真っ先に八目君に教えるから」

「わかりました。じゃ、その時、先方の連絡先を教えます」

「ありがと」

吉見は嬉々《きき》として礼を言った。何か摑《つか》んだのかもしれないが、まだ教える気はないらしい。晃は苛々《いらいら》した。


ゲストハウスの朝食の準備と言っても、コーヒーの用意と、クロワッサンやデニッシュを山盛りにして、バターやジャム類を揃えるだけだ。それでも、並んで待っていた欧米人の若者がどっと入ってきてパンを取り合ったので、すぐに補充が必要になった。

朝食の片付けが終わった後、晃は勇気を振り絞って安井に電話した。

「はい、もしもし」

「あの、八目です」

「どうしました？　何かわかりましたか？」

食事中と見えて、何かが口に入っている気配がする。時差からすると、朝飯でも食べている時間だろう。

「橙子さんが、四年前にホーチミンでエステをやってたらしいのですが、その後、閉店して行方はわからないそうです。そのエステの名前は、エレーヌ・スパというらしいです」

安井はしばらく黙っていた。

「あの、それでですね」

金を盗まれたので、いったん帰国したい、と言おうと思ったが、安井に遮られた。

「エステやってたのは知ってますよ。八目君に言ったじゃないですか。こっちが知りたいのは、それ以降、どうしたかってことです」

「はあ、ですよね」面目なかった。

「で、空知君の行方は？」

「そっちは全然駄目です」

「ネットを駆使して捜しても駄目ですか」

カンボジアに来てから、空知の名前を冠したツイッターを開設したが、まったくと言っていいほど、投稿に対して返事はなかった。

「ないです。インスタも始めましたが、反応ゼロです」

「おかしいなあ」と、安井は独りごちた。

「それでですね。実は金を盗まれてしまったので、送金してくれませんか？」

おずおず切りだすと、安井が怒りだした。

「送金だって？　あのね、八目君、金を盗まれたなんてことを、堂々と言わないでくださいよ。ここは物乞《ものご》いをしてでも、捜してください。何のために、あんたに七十万もの金を払ったと思ってるんだよ」

安井も三輪と同じ輩《やから》だ。血も涙もない、と晃は溜息《ためいき》を吐いた。

2

朝食の片付けの後、部屋の掃除がひととおり終わると昼食だ。晃はしもた屋の婆ちゃんの家に向かった。

婆ちゃんの家は、店の裏手にある。晃は、三食すべて、婆ちゃんことニエットさんの家で食べる。ゲストハウスでは賄いは出ず、ソックも、通いの掃除のおじさんも洗濯係のおばさんも皆、家に帰って食べるからだ。

「どうしたの、浮かない顔して」

片手にタバコを持った婆ちゃんが、晃の顔を見て心配そうに言う。テーブルの上には、焼きそばが載っている。

「いや、日本のおっさんに怒鳴られたから」

晃は箸《はし》を摑んで、ぶつぶつと呟《つぶや》いた。

「何で怒鳴ったの?」

「俺が金をなくしたからです」

「ああ、盗難のことかい」

婆ちゃんにはすべて打ち明けていた。

「金がないから送金してくれって頼んだら、怒鳴られた」

「冷たいねえ。こんな若い子が困っているのにね」

婆ちゃんは、太った指で晃の髪を撫《な》でた。

「俺がサボってると思ってるんだろうな」

晃はずるずると太い麺《めん》を啜《すす》った。

「例の人捜しかい?」

うん、と晃は頷《うなず》いた。

「吉見さんがホーチミンで、橙子さんを見たことがあるっていうから、こっちも俄然《がぜん》やる気になったけど、もういないそうです。それで吉見さんも一緒に捜すから、日本の雇い主の連絡先を教えろって」

「図々《ずうずう》しい女だね。金儲《かねもう》けになると思ってるんだ」

婆ちゃんは苦々しげにタバコを潰《つぶ》した。

「だよね。俺なんか金がないから、どこにも行けねえよ」

晃が愚痴ると、婆ちゃんが愛《いと》しげに言う。

「うちの子になるばいい、あれ、なればいいだっけ?」

「なればいい、だよ」

婆ちゃんは、日本語が喋《しゃべ》れるし、うまい。だが、時々間違えることがあって、そんな時は絡み合った言葉をほぐしているかのように、少しの間、首を傾げている。こんな風に考えている時、婆ちゃんは若く見える。

「アキラ、ずっとここにいなさい。私の息子にしてやる」

「いや、ずっとは無理でしょ。それに、ソックさんがいるし」

婆ちゃんは何も言わずに、太った肩を竦《すく》めて引き息で笑った。

白髪が多いので、晃は「婆ちゃん」なんて呼んでいるが、ソックによれば、まだ五十八歳なのだそうだ。

婆ちゃんは、太めの体型で化粧気は一切ない。白髪を後ろで纏《まと》めて、いつも白いブラウスに、もんぺみたいな柄付きのパンツを穿《は》いている。

言われてみれば、目の輝きや皮膚の張りなどは、老女のそれではない。しかし、晃には、五十代以上の女性はすべて「おばさん」か「婆さん」でしかなく、年齢を言い当てることなど、至難の業だった。そもそも、自分の母親の歳さえ覚えていなかった。

「ホーチミンは大都会だからさ。人捜しなんて、海に落ちた針を捜すようなもんだろ」

婆ちゃんが、豚肉の入った揚春巻きの皿をこちらに突き出しながら言った。晃は早速、幼児のような握り箸で春巻きをつまむ。婆ちゃんの料理はどれも旨《うま》い。

「ああ、ホーチミン行きたかったな。悪いけど、シェムリアップと違って、都会は楽しいもん。食い物旨いし、何でも売ってるし、女の子はお洒落《しゃれ》で綺麗《きれい》だし。たまには、賑《にぎ》やかなとこに行かないと、人間駄目になるからさ」

何が駄目になるのか、自分で言っておいて理由がわからず苦笑いする。もともと俺は駄目人間じゃねえか、と思う。晃は婆ちゃんと出会ってから、内省的になった。

「ベトナム人ははしこいからね。カンボジア人を騙《だま》して、金を巻き上げるんだ。気を付けな」

婆ちゃんは真顔で注意する。

「俺、カンボジア人じゃねえし」

「そりゃそうだ」婆ちゃんが笑った。笑うと、前歯が一本欠けているのに気付く。

婆ちゃんは、隣接する小さなコンビニもどきのしもた屋の台所で、晃に三度の食事を作って食べさせてくれる。いつもは青唐辛子粥《がゆ》や焼きそばなどの素朴な家庭料理だが、たまに気が向くと、伝統料理のアモックや卵焼き、揚春巻き、餅米《もちごめ》のデザートなども作ってくれることがある。

ゲストハウスの経営を任されているソックは、婆ちゃんの次男で三十一歳。年子の長男はタイに働きに行き、そこで家族を持って暮らしているという。

婆ちゃんのダンナさんは、ここシェムリアップで飲食業をしていたが、五年前に亡くなった。それでゲストハウスと、しもた屋の商売を始めたのだそうだ。

「それで、ヨシミからは何て言ってきた?」

椅子を引いて晃の真向かいに座った婆ちゃんは、真剣な表情で晃を見ながら、タバコに火を点《つ》けた。

晃は、吉見の話を伝えた。婆ちゃんは、ふんと鼻を鳴らした。

「ヨシミは、いい金蔓を摑んだと思っているんだろうね。あの女が何を考えているかは、手に取るようにわかる」

カネヅルなんて言葉がよく出るものだと感心する。

「婆ちゃん、俺はこれからどうしたらいいのかな。吉見は、何か摑んでも本当のことを教えてくれるかどうかわからないよ。安井の連絡先と交換するつもりだろうけど、俺にはガセネタ摑ませるかもしれない」

婆ちゃんは、二本の白い煙を鼻の穴から勢いよく出した。

「いいよ、情報を交換なんかしなくても。最初から、ヤスイの連絡先なんて教えてやればいいじゃないか。どうせ、ヨシミが嘘を吐いたって、ヤスイが教えてくれるだろう」

「そうだけどさ、俺の面目が立たないよ」

「どうせ、もう金を盗まれた時点で面目丸潰れだよ」

婆ちゃんは辛辣《しんらつ》だ。

「なるほど」

「ヨシミと手を組んで、あちこち探らせておけばいいよ。ヨシミなりのルートでもあるのかもしれないし。こっちは、ある程度情報を聞きだしてから動く方がいいよ」

「でも、俺は吉見に儲けさせたくないんだ」

晃は、空知が汚される気がするとまでは言わなかったが、そんな気分だった。だが、婆ちゃんは、大きな手を振った。

「そんなことまで考えなくていいよ。アキラはソラチに会いたいんだろう？　だったら、そのことだけを考えればいい。吉見は信用できないけど、結構目端が利くから、利用すればいい。ヤスイも、そう判断するだろう」

　この婆ちゃんの頭には、何が詰まっているんだろう。晃は不思議な思いで、遥《はる》か年上の女の皺顔《しわがお》を眺めるのだった。

3

「あんた、日本人かい？」

　しもた屋の婆さんに、いきなり流暢《りゆうちよう》な日本語で話しかけられた時は驚いたものだ。

　晃が、「日本語、お上手ですね」と世辞を言うと、婆ちゃんはにこりともしないで答えた。

「こういう商売をやってると、日本人も泊まりにきてくれることがあるから嬉《うれ》しいよ。私は十九歳から二十五歳まで、日本にいたことがあるんだよ」

「道理で」

　しかし、晃は婆ちゃんの身の上話を聞いて驚愕《きようがく》した。カンボジアの歴史など、ガイドブック程度の知識しかなかったから、無知な自分が恥ずかしかった。

　婆ちゃんは、ここシエムリアップで、教師の家に生まれ、裕福な生活を送っていたという。本を読むのが好きで、将来は、父親と同じ教師の職に就きたいと願っていた。

　しかし、一九七六年にポル・ポト政権になってから、インテリの父は捕らえられて処刑された。三歳上の兄と、二歳下の弟は、どこかに連れ去られたまま、二度と帰ってこなかった。いまだ、その行方はわからない。

婆ちゃんは、当時十六歳。母親と一緒に女性ばかりの更生労働キャンプに送られて、毎日毎日、農作業に明け暮れたんだそうだ。もともと病弱だった母親は、衰弱が目に付くようになった。このままでは母親が処刑されるかもしれない、と怖れた婆ちゃんは、ある夜、決死の覚悟で母親を連れて脱出した。昼は山中に隠れ、夜は歩き通しに歩いて、五日かけて実家にこっそり戻った。

そして、家を出る時に、庭の隅に埋めておいた金品を掘り出した。ありったけの現金や金製品などを持たされた婆ちゃんは、母親を一人残して、タイの難民キャンプに逃れたのだという。母親は略奪されて何もなくなった家で餓死したと、後で聞いた。

「最後に手を握って、別れたの。後で必ず合流するから、あんただけ先に行きなさいって強く言われてね。母親の手が痩せて細くなってて、まるで骨を握っているようで頼りなかった。一人じゃ行きたくないと泣いていると、早く行きなさいと、どんと背中を押されてね。思ってもいない、強い力だった。私は何度も振り返ったよ。今でも、あの時の別れを思い出すと、泣けて仕方がない。お母さんは、自分が足手まといになるとわかっていたんだ」

婆ちゃんは、太った指で目を何度もこすった。

「歩いて歩いて、やっと国境線まで行った。鉄条網の下の地面を手で掘って、何とか鉄条網をくぐり抜け、国境線を越えたんだ。夜、タイの兵士がハンモックで寝ている真下を、こうやって這《は》い蹲《つくば》って進んだんだよ。見付かったら、殺されるから、それはそれは怖かった。でも、更生労働キャンプで、しょっちゅう人が殺されるところを見ていたから、何かが麻痺《まひ》していたのかもしれないね。怖いけれども、キャンプほど酷《ひど》い地獄はないとわかっていたから、まだ希望に向かって行く途中で殺されるのなら、それはそれで仕方がない、ずっとマシなんだから、と思ってた。それで、やり通せたんだろうね。やっと難民キャンプに辿《たど》り着いた時、持っていた金でコーラを買って、浴びるほど飲んだ。アイスクリームも死ぬほど食べた。こんな美味《おい》しいものが、この世にあったんだと思うと信じられなかった。コーラもアイスも、甘くて冷たくて美味しくてね。全然、止めることができなかった。今でも好きだから、虫歯になった」

「お兄さんと弟はどうしたの？」

「どこかで殺されたんだろうね」

婆ちゃんは、悲しみも憎しみも超えた口調で、淡々と喋る。

「よく平気ですね」

すると、婆ちゃんは目を伏せた。

「まさか、平気ではないよ」

「すみません」

晃は叱られるかと身を縮めたが、婆ちゃんは穏やかに笑っただけだった。

「カンボジアの人間は、みんな辛《つら》く悲しい思いをしてきたんだ。だけど、私は日本に難民として受け入れてもらったんだから、あり得ないほどの幸せを得られた。本当に恵まれていたんだよ。それで悲しいなんて言ったら、罰が当たる」

この時、晃は婆ちゃんに限りない尊敬の念を抱いたのだった。こんな気持ちになったのは、生まれて初めてだった。

婆ちゃんは、杉並《すぎなみ》のカソリック教会の神父の尽力で、難民として受け入れられ、教会で暮らした。

でも、お金がなくて、とても苦労したらしい。

「一カ月に、三千円のお小遣いしかもらえなかった。毎日、ひもじくてね。公園で鯉の餌にするパンの耳を十円で売っていたから、それを買っては、齧《かじ》っていたよ。でも、高校に入れてもらって、奨学金で大学まで出させてもらったんだ。本当に、神父様には感謝しているよ」

婆ちゃんは、二十五歳の時に、遺跡修復ＮＧＯの働きかけで、やっとカンボジアに戻ることができたのだという。

「空港から出た時、大地にキスをした。ああ、戻ってこられたんだ。祖国よ、私を迎え入れてくれてありがとうってね」

晃は、婆ちゃんの話にいたく感動した。以後、婆ちゃんを空知捜しのメンターとして、何でも相談し、指示を仰ぐことにしたのだった。


「ところで、ネットの反応はどうなんだい？」

婆ちゃんは、短くなったタバコを、バドワイザーの赤い灰皿で潰しながら訊いた。灰皿はタバコの脂《やに》で黒く変色している。

「今のところ、何もない」

「インスタグラムっていったっけ？　あの写真と動画がメインのやつにも何もこないのかい？」

「うん、何もこないね」

晃が自分のインスタを見せると、婆ちゃんは老眼の目を眇《すが》めて画面を眺めてから、呟いた。

「ソラチは自分のことを検索したりしないのかな」

「エゴサーチか」

「よほど隠れていたいんだね」

晃はどきりとした。

「婆ちゃん、俺は、空知が何か困ったことになってるんじゃないかと思うんだ」

「どうしてそう思う?」

「だって、日本に音信不通なんて、おかしいじゃないか。それも三人きょうだい全員だぜ」

婆ちゃんは、新しいタバコに火を点けて、煙とともに言葉を吐き出した。

「そうだね、これほどまでに連絡が密になった社会は、いまだかつてないからね。私だって、フェイスブック始めたら、子供の時の生き残ってた友達と繋《つな》がったよ。みんな苦労したけど、今は幸せに生きているのがわかって安心した。あれは便利だね」

「婆ちゃん、フェイスブックやってるのか」

カンボジアで驚くのは、洗濯機もない家なのに、Ｗｉ‐Ｆｉが完備していたりすることがままあることだ。近代を飛び越えて、いきなり「今」を生きている。

「ソラチは、あんたが捜しているのを知らないはずはないと思うよ。だから、連絡できない状態にあるのかもしれないね」

「それはどういうこと?」

「囚《とら》われているとか」

晃ははっとして、婆ちゃんの目を見た。

「誰に?」

「さあね」

婆ちゃんはとぼけて言わなかった。晃は、婆ちゃんが更生労働キャンプのようなものを思い出しているのだろうと感じたが、口にはしなかった。

「俺、あいつが死んでるんじゃないかと、ふと思ったことがあるんです」

「殺される理由はあるのかい？」

晃は首を振った。皆目、見当が付かなかったし、想像するのも嫌だった。

「わかんないですよ、そんなの。考えたくもないし」

「もしかすると、ソラチはアキラに会いたくないのかもしれないね」

晃は衝撃を受けて黙り込んだ。急に自信がなくなった。

高校を出てからの空知は、急速に晃から離れていった。晃が思っているほどに、空知が自分のことを懐かしくも何とも思っていないのだとしたら、永遠に会えないだろう。

「そうだとしたら、俺はただのピエロだな」

「いや、あんただって、最初は頼まれ仕事のつもりだったんだろう。それが次第に本気になったのは、ちっとも行方が摑めないからじゃないか。前はもっと簡単に連絡が取れると、舐《な》めていたんだろうが」

さすが婆ちゃんだ。晃は黙って頷いた。

「だから、ソラチは変わってしまったのかもしれないよ」

「どんな風に？」

「それはわからない。だけど、私は戦争で変わってしまった人はたくさん見たよ。人間は追い詰められたら変わる」

「婆ちゃん、怖いこと言うね」

晃は不意に、野々宮家の人々の変貌《へんぼう》を思い浮かべた。母親はどんどん俗になっていくし、父親は病のために変わり果てた姿で亡くなった。そして、空知たちは、三人揃って行方不明。野々宮家に、いったい何が起きているのだろう。

「これからどうしたらいいかな」

「ヨシミと情報を共有して、もっと調べなさいよ」

「俺、あいつ嫌いなんです」

「まあ、そう言わないで。明日《あした》、連絡してごらん」

それが婆ちゃんのご託宣だった。

「わかりました」

「あと、私の知り合いがプノンペンにいるから、紹介してやるよ」

「誰ですか、それ」

「日本人だ。あまり、いい人間ではない」婆ちゃんは苦々しい表情になった。「でも、いろんなことをよく知っている」

「よろしくお願いします」

晃は頭を下げるしかなかった。

4

その晩、晃は空知の夢を見た。

夢は、通いのおばさんと川で洗濯したシーツを護岸で広げ、えいやっと二人がかりで畳んでいるところに、ソックがせかせかやってくるところから始まった。

三十一歳と聞いて、老けてるなと思ったことがあるせいか、夢の中のソックの髪は、しもた屋の婆ちゃんと同じく白髪になっていた。

白髪のソックは、晃にこんなことを言う。ソックとは、普段ブロークンな英語で話しているのだが、夢だから、もちろん日本語だった。

「とうとうソラチがここにやってくることになった。シーツなんか早く畳んでしまって、フロントまで来いよ」

当たり前だが、晃は夢の中でたいそう喜んだ。空知は、晃が捜していることを知って、シェムリアップまで訪ねてきてくれたのだろうと。

やはり、あのインスタグラムとツイッター作戦は功を奏したのだ。喜びの中には、俺は何て頭がいいのだろう、という自画自賛も入っていた。

晃は浮き浮きしながら、フロントに向かった。果たして、空知はすでに到着していた。晃に背中を向けて、宿帳に何か書き付けているようだ。

「空知、俺、ずっと捜してたんだぜ。懐かしいな。何年ぶりだろう」

肩を叩《たた》き、抱きつこうとすると、振り向いたのは白人の顔をした男だった。

薄い色の金髪に縁取られた小さく整った顔は陽に灼《や》け、困惑した様子で晃を見ている。白人の顔というより、白人そのものだった。ビールをがぶ飲みして仲間と大騒ぎしている、パブストリート辺りでよく見かける輩だ。

「あれ、おまえ、いつの間にガイジンになったんだ」

晃が訊《たず》ねるも、空知は日本語がわからないというジェスチャーを繰り返して、肩を竦めるだけだった。だが、その白人は、どういうわけか空知なのだ。

晃は途方に暮れて、頼りにしているしもた屋の婆ちゃんを捜しに行くのだが、婆ちゃんはしもた屋にも、宿の厨房《ちゅうぼう》にも見当たらない。

どうしよう、早くしないと空知がまたどこかへ行ってしまう。焦って、ゲストハウスの中をあちこち捜し回っているうちに、目が覚めた。


完全に覚醒《かくせい》した晃は、ベッドの上に半身を起こし、ここはどこだと辺りを見回した。やがて、ドミトリーだと気付いて、深い溜息を吐く。六人部屋のドミトリーは真っ暗で、入り口の常夜灯だけが、暗闇にぼわんと光っている。静かな鼾《いびき》が聞こえていた。

晃は従業員だが、エアコン付き六人部屋ドミトリーの一番端のベッドを、ねぐらとして与えられていた。そして、若干の特権も。暗証番号付きロッカーがふたつ使えることと、家族が入る風呂《ふろ》場も、望めば使わせてもらえることだった。

だが、晃は泊まり客と同じ水シャワーを使っていた。慣れてしまえば、どうということはないし、客に、おまえと同じように風呂を使えないのはなぜだ、と文句を言われると面倒だからだ。ちなみに、その夜の六人部屋の客は、晃を除いて二人。イタリアからきたカップルだった。彼らは消灯後、声を押し殺してセックスした挙げ句、ひとつのベッドで熟睡していた。

晃は、額の汗を手で拭《ぬぐ》った。エアコンが効いているにも拘《かか》わらず、悪い夢を見た証拠に、背中にもびっしょりと汗をかいていた。

枕元のペットボトルから水を飲み、再びベッドに仰向《あおむ》けに横たわる。しもた屋の婆ちゃんの、「ソラチは変わってしまったのかもしれないよ」という言葉が、今の夢を見させたのだと思った。

確かに、これだけ呼びかけても現れないのだから、何か理由があるのだろう。だけど、空知が変わってしまったのだとしたら、何をきっかけに、どんな風に変わってしまったのか。しかし、いくらなんでも白人には変わってないだろう、と夢を思い出して苦笑した。

晃は、暗闇の中で、スマホを操作した。橙子の名前を検索して、これまでに何度も見たモデル時代の橙子の写真を眺める。冷たく見えるほどの鋭い眼差《まなざ》しと細い顎《あご》。そして果実のような分厚い唇は、アンジェリーナ・ジョリーもかくやと思えるほどセクシーだった。橙子に整形疑惑が生じるとしたら、真っ先に、この完璧《かんぺき》な造形物としての唇が自然か否かだろう。

しかし、その疑惑を払拭《ふっしょく》するのは、そっくりな容貌をした弟の存在だった。橙子と空知は、まるで男女の双生児のようによく似ている。空知は橙子の男版であり、橙子は空知の女版だった。対して、藍は目許《めもと》は同じだが、唇が薄く清楚《せいそ》に見えるから、三人きょうだいの中では、最も親しみやすい。

スマホの中で微笑む橙子の顔を見ながら、そんなことを考えているうちに、晃は奇妙なことに気が付いた。どうしてこのきょうだいは三人とも、あの両親に似ていないのか、ということだった。三人子供がいれば、一人くらいは遺伝子を受け継いでもよさそうなのに、誰も似ていない。

亡くなった空知の父親も、俗世間代表のような母親も、子供たちに美の遺伝子を残せるような容貌ではなかった。母親の雅恵は、若い頃は少しは綺麗だったかもしれない。だが、橙子ほどの絶世の美女ではなかったはずだ。

まして父親は、赤ら顔で太り肉《じし》の、いかにも豪快を装った土建業のオヤジだった。死んだ時は、ふたまわり縮んで別人のようになっていたが、それでも人の好《よ》さそうな下がり眉《まゆ》は変わっていなかった。

もしかすると空知たちは、野々宮家の子供たちではなかったのではないか。ふと浮かんだ疑問。晃は、その疑問を消すことができずに、スマホに保存してある野々宮父の死に顔をつい見てしまう羽目に陥った。気味が悪いから二度と見たくなかったのに。

死に顔をガン見したが、やはり、どこも似ていない。野々宮空知の両親は、どうやら偽者ではないか、という結論に達した。

晃は、朝までまんじりともしなかった。空知という男は何者なのか。どこからやってきたのか。まるでエイリアンが生まれ故郷の星に戻ったかのように、三人は見事に消えてしまった。

空知とは親しくしていたつもりだったが、まったく何も知らされていなかったのではないか。そう思うと、無邪気に親友だと思っていた自分自身が崩れ去るような、不安な心持ちになるのだった。

眠れなかったせいで、いつもより早い時間にしもた屋の台所に行くと、昨日と同じ格好をした婆ちゃんはすでに忙《せわ》しなく動き回っていた。

「おはよう、早いじゃないか」

婆ちゃんは、レバーの入った生姜《しょうが》のお粥を、晃の目の前にどんと置いた。作り立てらしく、どんぶりから湯気が立っている。晃は礼を言って、アルミのスプーンを手にした。

「空知の夢を見たら、眠れなくなったんです」

「ほう、夢の中のソラチはどうだった?」

婆ちゃんは、タバコに火を点けてから窓を開け、煙を吐き出した。まだ薄い色の青空が覗《のぞ》ける。これからどんどん色が濃くなるのだ。今日も暑くなりそうだった。

「それがね、白人になってました。パブストリートにいるオージーみたいなね」

「白人?」婆ちゃんが高らかに笑った後、真剣な顔になった。「でも、ソラチって、日本人だったんだろ?」

「だと思ったけど」

違うかもしれない、親と全然似てないし。そう思ったら、安井も三輪も、なぜ金を掛けてまで、空知たちを捜しているのだろうという、至極まっとうな疑問が浮かぶのだった。

何の考えもなく空知捜しを引き受けてしまった自分は、とんでもない国際謀略にでも巻き込まれているのではないだろうか。そんなことが一瞬頭を過《よ》ぎったものの、今更後戻りもできないし、謀略という言葉は浮かんでも、それが何なのか想像もできない。

「空知って、もしかすると出生の秘密とかがあったのかな」

晃の呟きに、婆ちゃんが肉の付いた肩を竦めた。

「さあ、どうだろ。一人くらいならあるだろうけど、三人ともなんて、滅多にあることじゃないよ」

婆ちゃんの鼻から、二本の白い煙が勢いよく吐き出された。

「そりゃそうだな。聞いたことない」

「余程の事情がないとね」

「余程の事情って例えば？」

「それはもう、ポル・ポト的なことか、金しかないよ」

ポル・ポト的というのは、政治による強制だろう。しかし、時代が違う。

「金かあ」

確かに、空知たち三人きょうだいは美形で有名だったが、両親は別人じゃないかという冗談にもならない噂もあった。思い出していると、婆ちゃんに肩を叩かれた。

「そんなことはいいからさ。まずはご飯を食べてから、ヨシミに電話して状況を詳しく聞いてごらん」

「はい、わかりました」素直に頷く。

婆ちゃんの指示通り、六時半から始まる朝食の準備と、十時の後片付けが終わってから、晃は吉見に電話をした。

「もしもし、俺です。八目です」

「ああ、あんたか。何の用？」

吉見は不機嫌だった。

「橙子さんを捜してる安井さんて人の情報、これからメールで教えますから、そっちもわかったことを教えてください。よろしくお願いします」

吉見は損得勘定をしているらしく、一瞬、間が空いた。やがて、嫌そうに答える。

「実はさ、橙子の妹の藍って言うんだっけ。あの子にそっくりな人を、プノンペンのホテルの駐車場で見かけたのよ」

「マジすか」晃は驚喜した。「それはすげえ。吉見さん、やったね」

「まだわかんないよ」吉見は珍しく慎重だった。「何か王族が関係しているようなホテルだからさ。こっちも迂闊《うかつ》に動けないの。写メでも撮ったら証拠になるんだけど」

「それは是非お願いします」

「わかったよ」吉見は偉そうに答える。「じゃ、まずそっちから、メアドを教えてくれない？　メールで教えてよ」

「はい、それで、そのホテルの名は何ですか」

「先にメールちょうだいよ。だって、私が先にホテルの名前を教えたら、あんたはその情報をすぐに安井に知らせる気でしょ」

そんなの当たり前だろうと思ったが、晃はとぼけた。

「まさか、俺、そんなに器用じゃないすよ。俺はただ、本当に空知や橙子さんたちが心配なだけなんです」

それは嘘ではない。

「わかったわよ。早くメアド教えて」

「わかりました」

晃は安井のメアドと電話番号を一緒に送った。

「八目ちゃんも、素直ないいとこがあるじゃない」

すると十分後に、吉見から電話がかかってきたのには驚いた。

「安井さんに連絡したんすか」

「ええ、今電話した。そしたら、お礼を言われた。すごい情報だから、もっと探って、確認してくれたら、報酬を払うと言ってもらった」

「よかったですね。ちなみに、プノンペンの何ていうホテルなんですか」

「ラムドゥール」

聞き覚えのない言葉にうろたえて、聞き逃した。

「すみません、もう一度」

「もう二度と言わないよ、ラムドゥールだってば。カンボジアの国花の名前だよ」

「国家って?」

「国の花だよ」

吉見は面倒臭そうに言うと、「もういいでしょ」と電話を切った。晃は、すぐさまスマホで検索したが、ホテル・ラムドゥールは名前が載っているのみで、めぼしい情報はほとんど書き入れられていなかった。

日課となっている水回りの掃除と、ベッドのリネン類の取り替え、洗濯などの作業をひととおり済ませた後、しもた屋の店番をすると、すでに午後五時だ。二時間ほどの休憩の後、家に帰って家族と夕飯を食べるソックの代わりに、夜十時までフロントに立つ。ちなみに、夜勤はソックで、その間、晃は自由時間となる。

しかし、客も来ないので、晃はＷｉ‐Ｆｉフリーのロビーにたむろする客たちに交じって、スマホでホテル・ラムドゥールを調べた。ソックに見付かれば、フロントデスクを離れたと叱られるが、この時間は自宅にいることがわかっているので気楽だった。すると、安井からメールが届いた。

吉見さんという人から、電話がありました。
きみが教えてくれた例の情報のネタ元らしいですね。
法外な金を要求されたのですが、仕方なく払うと答えました。
ある程度聞きだしたら、きみの方で動いてください。
それまでは協力するふりをしてください。　安井

さすが、安井だ。吉見をなるべく安く使って情報だけ得ようとしている。「了解です。しかし、乞う送金」と簡潔に返したが、例によってその返信はこない。

感触はどうかと、晃は吉見に電話してみた。

「あら、八目君？　連絡しようかなと思っていたのよ」

吉見は上機嫌だった。外でビールでも飲んでいるのか、電話の背後から街の喧噪が聞こえてきた。

「先ほど、安井さんから連絡がありましたよ」

「あら、そう。何ですって？」

「吉見さんに協力するように、と言われました。だから、よろしくお願いします」

「でしょう？」

吉見は得意げだった。

「しかし、よく藍ちゃんらしき人を見つけることができましたよね。偶然にしたって、すごいです。俺、吉見さんに、空知たちの写真を見せておいてよかったですよ。でないと、プノンペンだなんて、永遠にわからなかった」

「ほんとね。実は、プノンペンに、日本人経営のエステがないか調べてたのよ。もしかしたら、橙子さんがこっちに移って、エステをやってるかもしれないじゃない。そしたら、ラムドゥールに豪華なエステが出来たと聞いたもんでね。それで行ってみたの。超高級ホテルで、普通では入れないようなところよ。それがちょっと臭ったのね。ラムドゥールは、入り口がどこかわからないくらい、ゴージャスなところなのよ」

「エステの経営って、そんなに簡単にできるものなんですか。俺はエステなんか行ったことないからわからなくて」

「そりゃそうよね。男だものね。エステには縁がないよね」

「いや、吉見さんだってないでしょう」

思わず、本音が飛び出てしまった。美容院やエステ、ネイルサロンなど、女性が出入りするような場所に、吉見は絶対に行かないだろうという確信があった。むしろ、装うことを拒絶し、装う人間を軽蔑《けいべつ》しそうだ。

「あら、私だって美容院くらいは行くよ。エステはないけど」

吉見が口を滑らせたが、そのことにまだ気付いていない様子だ。四、五年前に、ホーチミンのエステに行って、橙子を見かけたと言わなかったか。晃は、吉見がもたらした情報が、何もない大海での、たった一本の縋《すが》れるロープになったのだから、よく覚えていた。

「あれ、吉見さん、エステ行ったことないんですか。前にホーチミンのエステで、橙子さんを見かけたって言いませんでした？」

慌てて言い直す。

「ああ、そうだ。一回だけ行ったことがあったわ。エレーヌ・スパね」

「そこで橙子さん、見かけたんですよね。じゃ、エステも行ったことあるんだ」

「実はね、私、そこでバイトしてたの。でも、橙子さんは雲の上の人で、滅多に会ったことなんかなかったわ」

吉見が慌てて言い繕った。

「働いてたんですか。知らなかった」

「それはほんの数カ月よ。人使いの荒いとこだった」

何か恨みでもあるのか、吉見は憎々しげに言う。しかし、その恨みが、橙子を捜す原動力になったのかもしれない。

「ともかく、何かわかったら、俺か安井さんに教えてください。俺、できる限り協力しますんで」

「はいはい、よろしくね」

慌てふためくように電話は切れた。吉見は今頃、自分が喋ったことを吟味しているだろう。晃はしばらく腹立たしかった。婆ちゃんの言う通り、吉見は信用できない女だ。安井に大金を請求したと言うけれど、いったいいくらなのだろう。だが、信用できないろくでなしの吉見でも、今のところ彼女しか頼れる者はいない。

どうしたものかとぼんやりしていると、後ろから肩を叩かれた。「フロント、フロント」と、ソックが難しい顔で立っていた。

「安い金で雇ってるくせに、こき使うなよ」

思わず日本語で返すと、ソックが驚いた顔をした。母親の影響で、日本語もある程度わかるのかもしれない。ソックが吉見と組んでマージンを取っていたことを思い出し、ソックも信用するのはやめようと思うのだった。

5

数日後、掃除のためにバケツを持ってロビーを通りかかると、ソックが晃に封筒を掲げて見せた。

「チェクチェク」と盛んに言って笑う。

渡された封筒を見ると、安井からの小切手だった。「乞う送金」と執拗《しつよう》に送ったメールが効いたらしい。封筒を開けてみると、二千ドルの小切手だった。カードで必要な物はある程度買えるし、吉見から借金もしたが、カンボジアで現金がないのはどうにも不便だったから助かった。

すぐにお礼のメールを送ると、安井は「帰国したら返してくれ」と返信してきた。世知辛い。すでに金は受け取っているのだからもっともだが、赤貧に耐えて異国で人捜しをする俺の身にもなってくれよと、晃は言いたかった。

婆ちゃんに小切手を見せたら、二千ドルもあるなら、銀行に行って口座を開けと言う。プノンペン商業銀行の場合、必要書類は勤務先の雇用契約書と、パスポート、五ドル以上の現金だけでいいのだそうだ。ただし、プノンペンに行く必要がある。だったら、ついでに吉見に会って、様子を探ることにする。

小切手の届いた翌日、三輪から初めて連絡があった。安井と三輪は連絡を取り合っているのだろう。出国以来、まったく三輪に連絡をしていなかった晃は、メールを見て少し慌てた。


連絡がないので気にしていました。

連絡は密に願います。

藍を見かけた情報があると聞きました。

成功報酬の二十万は目の前です。

頑張ってください。三輪

何が頑張れだ。いきなり頰を張られた時の恐怖と屈辱が蘇《よみがえ》ると、捨て置けという気分になる。しかし、安井には連絡していて、三輪には知らん顔というのはまずいだろう。晃は、「何かわかったら連絡します」とだけ書いて送った。しかし、吉見からは連絡が途絶えている。

数日後、婆ちゃんに書類を揃えてもらい、ソックに休みをもらって、晃はバスでプノンペンに出かけた。吉見に訊くと、また紹介料をぼられるだろうから、ゲストハウスは婆ちゃんの助言に従ってシェムリアップで予約した。

プノンペンに向かう夜行バスの中で、晃は吉見への腹立ちが収まらず、苛々していた。頼んでもいないのに、吉見が野々宮きょうだい捜しに加わろうとしているのは、明らかに金目当てに決まっていた。それでも、吉見を頼らねばならない自分の不甲斐《ふがい》なさに腹が立つ。

バスは、体が触れ合うほど座席が狭い。さっきから隣席のオヤジが汗臭くて、閉口していた。だが、吉見への苛立ちは、その不快さを忘れさせるほどだった。

俺は少なくとも金目当てではない、と晃は思う。親や友人に何の連絡もせずに、異国で消息を絶った親友が心配なのだ。

勿論《もちろん》、空知捜しのための巨額（自分にとっては）の報酬をもらったのは事実だ。仕事を辞めた後、すぐに動こうとせず、その報酬でゲーム三昧《ざんまい》の日々を送ってしまったのも事実だ。

自分はたいした人間ではなく、ちっちゃな意地悪をしたり、ネットに悪口を書き込んだり、弱い立場の女性社員に八つ当たりをして、セクハラ野郎と告発されたのも事実だ。

そうだ、俺は何の取り柄もない、卑小で姑息《こそく》な男ではある。

だが、少なくとも、俺が空知に会いたくて仕方がないのは正直な気持ちだし、空知の身の上を心の底から案じている。空知だけでなく、一緒に消息を絶った彼の姉妹、橙子と藍のことも心配なのだ。俺の高校時代がとても輝かしかったのは、空知とその姉妹が、俺と仲良くしてくれて、大事にしてくれたからに他ならない。

空知のことなど何も知らないくせに、吉見はなぜ、俺の清らかな思い出を汚そうとするのだ。旅慣れた風を装いやがって、ただのホームレス女じゃないか。俺の金を盗っただろうと言ってやったら、酷く慌てていたではないか。絶対に、あいつが犯人に違いない。

晃は憤怒《ふんぬ》に駆られながらスマホを取り出し、バスの写真を撮って、「シェムリアップから、プノンペン行きの夜行バスに乗ってます」と、インスタに投稿した。少し経ってからチェックすると、インスタの閲覧数は、三十八から五十六と増えていた。「私もそのバスに乗りました」というコメントがふたつ。ちなみに、フォローしてくれている人物は、二人しかいない。安井と三輪だ。

この五十六の中に、空知は入っていないだろう。もう何年も音信不通だということを勘案すると、空知はすでにこの世にはいないのかもしれない。

何年も前に死んで、カンボジアの乾いた大地に埋められているのではないだろうか。その亡骸《なきがら》の上に草が生え、磨《す》り減ったビーサンを履いた何も知らない人々が、土埃《つちぼこり》を上げて歩き回っているのではないか。

そんな想像までして、晃は涙ぐみそうになった。思い立てば、いつでもその人と会えると思っているから、人は安心して生きていける。だけど、空知がこの世にいないかもしれないと思うと、晃は足下が崩れるような大きな不安感に襲われるのだった。

自分が卑劣で卑怯《ひきよう》な人間でいられるのも、美しく清い空知が頭上にいて見守ってくれているからではなかったか。空知が自分に手を差し伸べて、優しくしてくれたからこそ、自分のような人間でも、のうのうと生きてこられた。

だから、空知が窮地に陥っていたら、今度は自分が何が何でも救い出さなければならない。空知の死は、自分のよき半分の死でもある。

待てよ。これは、もしや恋情というものではないか？

いや、違う。限りなく恋情に近いが、れっきとした友情である。そうだろ？

晃は焦って否定し、同意を求めるように周囲を見回した。

隣席のオヤジはますます汗ばんだ膚《はだ》を晃に押し付けて、鼾をかいて熟睡していた。晃は、オヤジがまだ手にしてはいるが、ほとんど下に落ちかけている新聞紙を取り上げて、そっとオヤジと自分の間に挟み込んだ。

長距離バスはほぼ満席。半分以上が、欧米やアジアの金のないバックパッカー風旅人で、残りが現地のおじさんやおばさんだった。そのほとんどが口を開けて眠っている。誰一人、懊悩《おうのう》する晃に気付きもしない。

ホーチミン行きは、早朝に出るメコンエクスプレスで、プノンペン乗り換えだから、それを利用してもよかったのだが、晃が乗っているバスは、メコンより安いビラックブンタンの夜行直行バスだ。

晃は、夜行バスの様子をこっそり撮って、またインスタにアップした。「プノンペン行きの夜行バスの中です。みんな眠っています。野々宮空知、見てますか？」と。

とりあえずプノンペンのホテル・ラムドゥールに行き、藍を捜さねばならない。もし、見付けられなかったら、どうしよう。プノンペンに留《とど》まるか、シエムリアップに戻るか。しもた屋の婆ちゃんに相談して、意見を聞きたかった。

今、孤独な晃の心を支えているのは、安井でもソックでも吉見でもなく、ゲストハウス横のしもた屋の婆ちゃんこと、ニエットさんだ。

腹立ちも眠気には勝てない。Tシャツの肩に涎《よだれ》を垂らしてうとうとしていると、スマホが震えた。安井からメールが届いたのだ。開いてみると、「インスタ見た」とだけあったので、うんざりしてすぐ目を閉じた。

バスターミナルで、プノンペンに到着した旨を知らせようと、吉見に電話をする。この数日、吉見からは何の音沙汰《おとさた》もないので、気になっていたところだった。昨日、これからプノンペンに行くことを知らせようと電話したのだが、出なかった。

まさか、探った情報を握って日本に帰国してしまったのではあるまいか。そんな邪推が湧いて、気ばかり焦っていたところだ。

「もしもし?」

吉見とは全然違う、女の甘い声が聞こえた。だけど、不安そうにこちらを探っているかのようだ。かけ間違ったのかと思い、晃は切ろうとした。

「あ、すみません。吉見さんの電話じゃないんですか?」

「そうですけど、どちら様ですか?」

「八目といいますが」

「八目さんて、どんな字ですか」

まるで尋問だなと思いながらも、仕方なく答える。

「八つの目です」

「あのう、実は吉見さん亡くなられたんです」

晃は驚愕して声も出なかった。やっと言えたのは、こんな言葉だった。

「マジすか」

「マジです」と、相手も答える。「一昨日《おととい》、トンレサップ川に落ちて亡くなったんです。橋の上で引ったくりに遭ったみたいで、バッグを取られそうになって揉み合っているうちに落ちたんですって。引ったくりは慌ててバッグを置いて逃げたそうです。で、遺体が昨日上がったところなんです。まさか、吉見さんがこんな亡くなり方をするとは思ってもみませんでした。信じられません」

女は啜り泣いているようだ。晃は啞然《あぜん》として、どうしたらいいかわからなかった。人生経験が少ないから、適切な言葉も出ない。あのあの、とうろたえていると、見かねたらしい女の方が自己紹介をした。

「私は、ここでブログを発信してるミネアというものです。吉見さんに頼んで、取材とかしてもらってたものだから、ショックでショックで」

俺もショックだ。けちで信用できない狡《ずる》いおばさんだったけど、死ぬことはないだろう。晃は脱力して、しばらく肩を落としていた。

6

数日後、ミネアの自宅に呼ばれた晃は、プノンペンはトゥールコークという街で途方に暮れていた。トゥールコークは、プノンペン屈指の繁華街、リバーサイドの北側に位置している。広い街路の両側には樹木が植えられ、庭に椰子《やし》林があるような立派な邸宅が連なっている高級住宅街だ。

その街路で、晃は迷っていた。三十七、八度は優にありそうな暑い日で、屋外に立っているだけで、額から汗がだらだらと流れた。なのに、トゥクトゥクから降ろされた場所が見当外れだったらしく、ミネアが教えてくれた五階建ての集合住宅とやらは、全然見当たらない。

道を訊ねようにも、クメール語は挨拶《あいさつ》程度しか喋れないから、誰も相手にしてくれない。ミネアは、吉見の携帯電話で自宅住所を教えてくれただけで、自身の携帯番号は教えてくれなかったので、直接訊いて確かめることもできなかった。

結局、一時間近く彷徨《さまよ》って、ようやく目当ての建物を見付けられたのは、たまたま出会ったアメリカ人に、下手な英語で訊くことができたからだった。ミネアの自宅は、住宅街の外れの古いマンションだった。

「八目です」

約束の時間から一時間遅れでインターフォンを鳴らした晃に、さすがにミネアは取っつきが悪かった。

「あら、今頃？　今日はいらっしゃらないのかと思いましたよ」と、迷惑そうな声で返答された。

「道に迷ったんです。すみません」

容易に汗が引かず、Ｔシャツの袖《そで》で顔や腕の汗を拭っているところに、鋼鉄製の玄関扉がやっと開いた。ドアが開いたと同時に、芳香剤の安っぽいにおいがした。しかし、黴臭《かびくさ》い空調の冷気も流れ出てきたので、晃は助かったと安堵《あんど》の息を漏らした。

「あら、お若い方なのね」

ミネアが、晃の全身を眺めて意外そうな声を上げた。晃もまた、太り肉で白髪のミネアを見てがっかりしていた。声が爽《さわ》やかで、甘ったるい喋り方をするから、もっと若い女を想像していたのだ。

晃の露骨な落胆を敏感に感じ取ったらしいミネアが、言葉遣いは丁寧だが、冷ややかな声で請《しょう》じ入れた。

「どうぞ、お入りになってくださいな」

「はあ、すみません」

とにかく涼しい場所に行きたい。門前払いを喰《く》らわなくてよかった、と晃はそそくさと部屋に入った。白い猫が、素早くソファから下りて、家具の陰に隠れるのが見えた。

部屋は片付いてはいるものの、猫の毛があちこちに付着していて空気が澱《よど》み、どことなく一人暮らしの気配がする。

「どうぞ、お座りください。暑かったでしょう。冷たいものでもお持ちしますよ。何がいいですか?」

ミネアがにこりともせずに言うので、晃は気圧《けお》されて遠慮した。

「何でもいいです。いや、水でいいです」

ミネアは、若い男を家に入れたことを、警戒しているらしい。

「遠慮しないで、そこに座っててください」と、厳しい声で言い置いて、キッチンに向かった。

疲れた晃は、遠慮なくダイニングの椅子に腰掛けて、部屋の中を見回した。広いリビングルームは日当たりが良過ぎて、冷房がなければ炎熱地獄になりそうだ。窓際に、生育のいい植物の鉢が幾つも置いてあるが、植物に疎い晃には、それが何の鉢かはわからない。

アンコール・ワットの夕景の写真が何枚も壁に飾ってあった。が、シェムリアップでは、どこにでも売っているような代物だ。

ミネアが、アイスティーらしいグラスを盆に載せて運んできた。氷がたっぷり入っているので、中身は少ないだろうと晃はがっかりする。手持ちのミネラルウォーターは、とっくに尽きていた。

「すみません、頂きます」

礼も詫《わ》びもすべて「すみません」しか言えない語彙《ごい》の乏しい晃は、アイスティーのグラスにすぐ口を付けた。うんと冷えていて、ミントの味が旨かった。すぐに飲み干してしまう。

ミネアはちらりと空になったグラスを見たが、すぐにお代わりを持ってこようとはしなかった。晃はがりがりと氷を食べた。

「八目さんにお電話頂いたのは、大使館にいた時だったんです。早く縁《ゆかり》の方に連絡しなくちゃと思っている時だったのでびっくりしました。八目さんは、吉見ちゃんとはどういうご関係ですか？まだお若い方のようだし」

晃とミネアは、互いに好奇心から会うことになったのだ。

「はあ、吉見さんとは、行きの飛行機で隣り合わせになって、親切にしてもらったんです。それで、僕はカンボジアで人捜しをしているものですから、結果として、吉見さんに手伝ってもらうことになりまして」

自分から頼んだわけではないことを強調する。吉見が勝手に金のにおいを嗅《か》ぎ付けて、動いたのだ。

「人捜しですか？」興味を抱いたらしいミネアが身を乗り出した。「それって、モデルの野々宮橙子さんたちのことかしら？　吉見ちゃんは、野々宮橙子さんが経営しているエステサロンを探していたのよ」

ミネアが、そこまで知っているとは意外だった。

「そうです。僕が吉見さんに野々宮さんきょうだいを捜していると言ったら、橙子さんをホーチミンのエステで見かけたと教えてくれて。それで、吉見さんも興味を持って調べようとしてくれたんだと思います」

吉見に金を盗まれたばかりか、欺されて、出し抜かれたことは言わなかった。

「そうだったの。吉見ちゃんは詳しくは言ってなかったわ」

ミネアは、何か考えごとをしているらしく、左手にした緑の石の嵌《は》まった指輪をいじくったまま、一点を凝視している。

「あのう、吉見さんの携帯電話って、ちょっと見せてもらってもいいですか？」

晃は頼んだ。安井とどういう内容の連絡をしたのか、また他にどんな情報があるのか知りたかった。しかし、ミネアは首を振った。

「もう携帯電話は手許にないんですよ。吉見ちゃんの遺品は、すべて大使館からご実家に送られるということでしたので、預けちゃいました。だから、今日は八目さんに連絡したくてもできなかったの」

言外に遅刻を責めているようでもある。面目なくて、晃は項垂《うなだ》れる。

「いや、遅れて、ほんとすみません。それにしても、僕、まさか吉見さんが亡くなるなんて突然だったから、びっくりしちゃって、何て言っていいかわからないです。つい最近、話したばかりだったし。あの人は旅慣れてた風だったから、そんな引ったくりに遭って川に落ちるなんて、信じられないです」

　本音だった。

「ほんとにねえ。彼女、プロのバックパッカーだったものね。だけど、プノンペンも最近は治安がよくないんですよ。このあたりも引ったたくりが増えているから、私も夜はあまり出歩かないことにしてるんです。そういう情報は、私もきちんと発信していかないと、と思っています」

　発信？　何のことかと顔を上げた晃に、ミネアが説明する。

「私ね、ブログをやってるんです。ミネア、カンボジア、で検索すると、すぐにわかりますよ。吉見ちゃんとは、それで知り合ったの。彼女、プノンペンに来るたびに連絡くれてね。いろんな生の情報を教えてくれたわ。半ばこっちに住んでいるような人だったから、ほんとに残念です」

　ミネアがブロガーだと自己紹介したことを思い出した。そう言われてみれば、部屋の隅にあるデスクの上に、ノートパソコンが開いて置いてある。

「ああ、そうですか。じゃ、ブログ拝見します」

「ええ、見てみてね、是非」

　アイスティーを飲み終えてしまった晃は、話の接ぎ穂が見付からず、しばらくぼんやりした。ミネアも、手持ち無沙汰のように、また左手の指輪をいじくりまわし始めた。

「あのう、吉見さんが、ラムドゥールとかいうホテルに、橙子さんのエステがあるんじゃないかと調べている最中に、野々宮さんの妹さんを見かけたらしいんですが、そのこと聞いていますか？」

「聞いてますよ。橙子さんのごきょうだいが、みんなこっちにいらしてるらしいって。それでホテルにはロイヤルが付くから、何か王族と関係しているんじゃないかしらって言ったのよ」

ミネアが面倒臭そうに答える。

「王族?」

確か、吉見はそんなことを言っていた。

「ええ、カンボジアに王族はたくさんいますからね。そのうちの誰かと仲がよければ、そういう凄《すご》いホテルにも出入りできるだろうと思ったの。でも、当てずっぽうですよ。そしたら、吉見ちゃんは、もっと調べるって張り切ってたけどね」

「そのホテルって、そんなに高級なんですか?」

ミネアは不承不承という感じで頷いた。

「そうらしいわ。そこに野々宮橙子の超高級エステがあるかもっていうから、私が取材してきてって頼んだんですよ。でも、敷居が高いというか、入り口の場所さえわからないし、チェックがうるさいらしいの」

「結局、ホテルにエステは、あったんですか?」

「いえ、すぐ追い出されたからわからないって。その直後にあの人亡くなったから、何だか申し訳なくてね。私が取材を頼んだりしたから、目立ったんじゃないかと。関係ないとは思うけど、最近は余計なことに鼻を突っ込むと、変なことが起きることも多いでしょう。特に、ここプノンペンではね」

「変なことって、いったいどういうことですか?」

晃にはまったく見当も付かなかった。

「ほら、いろんな人が行方不明になったり、逮捕されたり、気持ちの悪いことが次々に起きてるでしょう。私もブログには、政府批判とかうっかりしたことが書けないから、気を付けているのよ。だから、正直に言うと、吉見ちゃんの件はちょっと怖かった」

晃が首を捻《ひね》ると、ミネアが小馬鹿にしたように言った。

「あなたみたいな若い人は、政治になんか興味がないでしょうけど、今、カンボジアは独裁政治になってきているのよ。去年、総選挙があったでしょう？　それは、フン・センの人民党のひとり勝ちだったの。野党は陰謀でつぶされて、ファシズム状態よ。私は日本語で書いているから、多分、大丈夫だとは思うけど、ネットで政府をちょっと批判するだけで逮捕されるって」

ミネアは、社会的なことも書くブロガーらしいが、晃にはどうでもいいことのように思えた。

「あのう、それって、吉見さんのことと、何の関係があるんですか？」

ミネアが、晃の鈍さを笑うように言った。

「さあねえ、多分、関係はないと思うわよ。吉見ちゃんのは、本当に運が悪かっただけでしょうね」

ミネアは明るく言ったが、不安そうな表情は変わらなかった。そんな政情不安のことは、しもた屋の婆ちゃんも話してくれていない。

「僕、そういう話は聞いたことないです」

「あら、そう？」ミネアは首を竦めるような仕種《しぐさ》をしたが、肩が肉で盛り上がっているので、あまり効果はなかった。「ところで、八目さんは、どこに滞在してるんですか？」

「シェムリアップのゲストハウスでバイトしてます」

「ああ、シェムリアップにいるなら、あまりぴんとこないかもね。あそこは観光で儲けるだけの街だからね。プノンペンにいると、ちょっと違うわよ。経済は伸びているけど、みんな中国資本だから、国民に還元はされてないの。それで、不満は溜《た》まっている。でも、余計なことを指摘すると、すぐに政府から嫌がらせをされるの。その速さは怖ろしいくらいよ。だから、何も気が付かないふりをして生きている方が断然いいの。みんなそうよ。これよ、日光《にっこう》の三猿」

ミネアは、目を塞《ふさ》ぎ、耳と口を押さえる真似をしてみせた。しかし、晃には、そのことと吉見が死んだことがどう関係するのか、よくわからなかった。単に、ロイヤル・ラムドゥールという高級ホテルを、探りに行っただけではないか。

「あのう、じゃ、そのラムドゥールとかいうホテルだけは見てこようかと思いますので、場所を教えて頂けますか」

「いいわよ。八目さん、あなた吉見ちゃんの代わりになって。橙子さんの超高級エステのこと、何かわかったら教えてちょうだい」

図々しいおばさんだと思ったが、晃はやむを得ず頷いた。


ロイヤル・ラムドゥールの周辺にいれば、偶然、藍が通りかかるかもしれない。あるいは、そこにサロンを開いているかもしれない橙子が、姿を現すかもしれない。

カンボジアに入国して、ひと月半。やっと二人が身近になったような気がして、晃は嬉しかった。ホテルに入れなくても、外で見張っていれば、会える可能性もあるだろう。

しかし、高層ビルにあるホテルの入り口付近には、ガードマンが立っていて、貧乏な若者にしか見えない晃は、入るのはおろか、入り口に視線を遣《や》るだけで、何の用かと誰何《すいか》された。まして地下駐車場に行くことなど、絶対に不可能だ。

晃は早々に諦《あきら》めて、裏通りにあるゲストハウスに帰ってきた。吉見の死を、まだ安井に知らせていなかったことを思い出し、メールに認《したた》める。すると、よほど驚いたのか、電話がかかってきた。

「もしもし、安井です。吉見さんのこと、本当ですか?」

「本当です。俺もびっくりしました」

「プノンペンの治安が悪化しているという噂は聞いてたけど、それほどまでとは思わなかったよ。八目君も気を付けてくださいよ」

「はあ」と生返事をして、晃は聞きたかったことに触れた。「それはそうと、安井さん。吉見さんは、情報を独り占めしようとしていたので、俺に何も教えてくれませんでしたが、藍ちゃんのこと、何かわかったって、言ってましたか?」

「ああ、そのことだけど。亡くなる前のメールには、どうやらカンボジアで、ある人の愛人になっているらしいので調べる、と書いてあったよ」

「愛人?」

晃には、その言葉だけでも充分衝撃だった。愛人とは何だ。空知の清純な妹が、汚された気がする。

「それって嘘じゃないんですか」

怒りが抑えられなかった。何に対しての怒りなのかもわからない。

「さあ、どうだろう」

「俺、信じられないすよ」

「でも、美人姉妹だからね」

安井が笑ったようで、さらに不快だった。黙っていると、安井は阿《おもね》るように言った。

「ま、引き続き、よろしくお願いします。お金も送ったことだし」

「はあ、どうも」

それだけ言って、晃は電話を切った。八方塞がりで、不貞寝《ふてね》するしかない。銀行口座を開いた後は、数日プノンペン観光をするつもりだったが、さっさとシェムリアップに帰る方がいいと決めた。

だが、藍のことを思い出すと気が塞いだ。同級生に圧倒的人気を誇っていた藍が、年寄り男（に決まっている）の愛人となって、ラムドゥールのような超高級ホテルに出入りしているのが許せない。もう観光なんかやめて、さっさと婆ちゃんのところに帰ろうと、帰りのバスの予約をするためにスマホを覗いたところ、インスタグラムに「ｕｎｋｎｏｗｎ」の名でコメントの投稿があった。


あなたが捜しておられる野々宮空知さんは、二年前に亡くなられました。

事故だったと聞いています。

まだご存じないようですので、お知らせいたします。

なお、こちらのアカウントに返信しても無駄ですので、ご承知おきください。


いたずらかもしれない。だが、「死」という字を見ただけで、血が逆流しそうだった。空知は本当に死んでしまったのだろうか。死んだとしたら、どこでどんな風に死んだのか。そして、なぜそのことが日本に伝わらないのだ。

空知が死んでいるのだとしたら、これまでのことはすべて無駄になった。その悔しさと、空知には二度と会えない悲しさがこみ上げてきて、晃はどうしたらいいかわからなくなった。とりあえず、安井には自分のインスタグラムを見ろ、とメールした。

こんな夜は、知らない他人と、同室で息をしているのが嫌で堪《たま》らない。居ても立ってもいられず、晃はゲストハウスを飛び出した。夜のリバーサイドの裏通りは危険だと言われていたが、どうせ奪われる金もないし、空知が死んでしまったのなら、どんな目に遭っても構わないと思った。

空知は自分の半分なのだ。それも良き半分である。生き残った八目晃は、生きていても仕方のない、どうでもいいヤツなのだった。

気が付くと、上階にロイヤル・ラムドゥールがある高層ビルの前まで来ていた。麻薬の売人のような怪しい連中や、見るからに喧嘩《けんか》をふっかけてきそうな目付きの悪い輩がビルの前をうろついていたが、晃はエントランスに上る階段にへたり込んだ。空知がこの世にいないのなら、橙子や藍を捜すことに何の意味もないと思う。気力が失《う》せていた。

「んなもん、どうでもいいんだよ」

晃は、屋台で買った瓶ビールに安ウィスキーを流し込んで、ラッパ飲みした。夜空を仰ぐ。プノンペンの夜は、ギラギラ輝く高層ビルと、薄暗くて汚いスラムとが共存している。なぜかスラムの方に、汚れた藍がいるような気がして、晃は暗い街の方に向かって酒を飲み続けた。その時、安井からメールが届いた。

空知君死亡説は、フェイクかもしれません。

亡くなったという確証が欲しいので、引き続き調べてください。

よろしくお願いします。安井

「何だこいつ。血も涙もないヤツだな。『亡くなった確証』って、いったい何だよ。いったい何が目的なんだ」

晃は独り言を言った後、生温《なまぬる》い夜気に含まれた排ガスを吸って咳《せ》き込んだ。気が付くと、若い男たちに取り囲まれている。

「うるせえよ、あっちに行ってろ。おまえらにやる金なんかねえよ」

晃が怒鳴ってポケットを裏返すと、晃の自暴自棄を感じ取ったのか、つまらなそうに消えてしまった。ふと気配を感じて振り向く。痩せた中年男が、尻《しり》ポケットに入れた晃のスマホを抜き取ろうとしているところだった。

「駄目だ、これは」

男の腕を摑むと、振り払われる。晃は慌てて男にしがみついた。男が蹴《け》って逃げようとするので、相手のTシャツを握って浴びせ倒し、逆に蹴りをどすどす入れた。自分のどこに、そんな機敏さと力があったのか、自分でも信じられないほどの暴力性で男を退散させた。落ちたスマホを拾って、懐に入れる。すると、インスタに新しい投稿があったのに気が付いた。


藍です。

ｕｎｋｎｏｗｎさんが言う通り、兄は死にました。

日本にお帰りください。

藍ちゃん、何でそんな冷たいことを言うんだよ。俺がせっかく来たのに。大変な思いをして捜しているのに。晃は泣きたくなって、しばらく藍の投稿を眺めていた。

数分後、予想した通り、三輪から直接電話がかかってきた。フォローしている晃のインスタに、藍と思《おぼ》しき人物が投稿してきたので、慌てているのだろう。

めんどくせえ。晃は三輪からの電話に出なかった。頬を張られた時の痛みと屈辱が蘇る。無視していると、何度も鳴った。

「もしもし」

電話が鳴っていると目立つので、一応出てやることにする。

「そっちは何時か知らないけど、電話してごめんな。藍が投稿しているじゃないか。見たかい?」

「はあ、知ってますよ」

「藍に何とか連絡取れないかな」

「無理でしょうね。あんたがやってみたらどうです? ネットなんだから、日本にいたってできるでしょう」

「どういう意味だよ」

三輪がむっとしたようだ。

「三輪さん、藍ちゃんは、こっちでオヤジの愛人やってるそうですよ。あんたの言ってることなんて、どうせ嘘でしょう。藍ちゃんがオペラを歌うなんて、聞いたこともない。あんたの目的も、どうせ空知だけなんだろ。違いますか?」

三輪が黙ったので、晃はさっさと電話を切った。今後かかってきても、二度と出ないつもりだ。

晃は、路地の奥へと向かって歩いて行った。建物が次第にバラックのようになり、ゴミが散乱している。路地の奥に炎が見えた。どうやら、焚《た》き火をしているらしい。

何を燃やしているのだろう。人間か。

酔った晃は、ふらふらしながら焚き火に近付いた。その時、何かに躓《つまず》いて前に倒れた。すると、晃の尻ポケットから、またぞろ誰かがスマホを抜き取っている。

「やめてくれ、それがないと困るんだ。金はいくらでもやるから、スマホだけは返してくれ」

日本語でそう言ったが、呂律《ろれつ》が回らなかった。すると突然、強い力で抱き起こされた。

「大丈夫ですか?」

男の声。日本語だ。

「あなたのスマホは今、取り戻しましたよ」

「すみません」と、やっとの思いで言うと、晃は昏倒《こんとう》した。どうなってもよかった。

第四章　さらば青春

1

晃は、強烈な喉《のど》の渇きで目が覚めた。部屋は薄暗く、自分がどこにいるのかまったくわからず面食らった。どうやらベッドに寝ているらしいが、スプリングの良好さや、空調の静かさ、周囲に人のいる気配がないことから、自分のゲストハウスの部屋でないことは確かだった。

不安から、起き上がって周囲を見ようとしたが、まだ酔っていて、ぐらぐらと目が回る。どうしても、頭を起こすことができない。仕方なく、渇きを我慢して、また横になった。すると、枕に頭を載せ直しただけなのに、衝撃で頭が物凄《ものすご》く痛んで、目眩《めまい》がした。思わず、両手でこめかみを押さえて唸《うな》る。

吐き気はないけれど、気分がすこぶる悪かった。起き上がることもできずに、ただ呻《うめ》き声を上げるだけだ。こんなひどい酔いを経験したのは、生まれて初めてだった。

大学に入学したての頃、同級生と一気飲みして、悪酔いしたことがある。翌日は二日酔いに苦しんだものの、これほどの苦痛ではなかったし、起き上がれないということはなかった。もしかすると、混ぜ物の入った悪いアルコールでも飲んだのかもしれない。

だとしたら、どう考えても、屋台で買ったメコンウィスキーだろう。あれを瓶ビールに流し込んで、指で蓋《ふた》をしてシェイクして飲んだのだ。確かに、いかにも怪しげな瓶だった。メチルアルコールだったら、どうしよう。俺は目が潰《つぶ》れるかもしれない。

異国で目が見えなくなったら、即、野垂れ死にだ。あちこちで見かけた、土埃《つちぼこり》にまみれて路傍に横たわる、襤褸《ぼろ》布を纏《まと》った人たちを思い浮かべる。ああはなりたくない。

晃は恐怖に耐えきれずに、両手で両目を押さえた。自分の手の温かさに、少し気が安らいだ。それにしても、何であんな不気味な代物を、浴びるほど飲んだのだろう。

「あっ」

晃はようやく、空知が死んだと知らされたことを思い出して、大きな声を上げた。そうだ、空知は死んでしまったのだ。

俺は、何のためにカンボジアくんだりまでやってきたのだろう。親友の死を知るためだけに来たのか。激しい失意と虚《むな》しさとで、また頭痛が酷《ひど》くなった。晃は必死に目を瞑《つぶ》り、頭痛をこらえるために、歯を食いしばった。そのうち、意識を失うようにして、また寝入ることができた。

夢の中で、晃は一生懸命スマホを眺めていた。だが、とても小さくて文字が見えない。おかしい、俺のスマホはもっと見やすかったのに。アイフォンの8だぞ。でも、これは5じゃないか、と怪訝《けげん》に思っている夢だった。そのうち、自分のスマホは誰かに預けたのだ、と夢の中で思い出し、それが誰かわからないままに早く取り返さねば、と焦っているところで目が覚めた。

部屋はまだ薄暗い。夜明けか夕方かわからないが、さっき目覚めた時よりも、少し明るいようでもある。見回すと、晃がいるのは、まるで病室のような白い壁に囲まれたシンプルな部屋だった。ホテルルームかと思ったが、枕元のテーブルに電話やメモがないことから、違うようだ。

喉が渇ききっている。唾《つば》を飲み込むことも、舌を動かすこともできなかった。晃は水分が欲しくて、起き上がった。まだ頭が痛いが、何とか我慢できそうだ。それよりは、渇きを何とかしないとならない。

ベッドを降りると、床に自分のスニーカーがきちんと揃えられているのに気付いた。ベッド脇のテーブルに、持ち物も置いてあるようだ。スマホもちゃんとあったので安心する。服装は、と見ると、ハーフパンツは自分の穿《は》いていたものだが、Tシャツは見覚えがなかった。洗い込んだように薄くなった白いTシャツで、胸に青いロゴが入っている。

「何だ、こりゃ」

晃はTシャツの裾《すそ》を引っ張って、逆さからロゴを読んだ。KIMURAN。いずれにせよ、昨夜は飲み過ぎて、誰かに大きな迷惑をかけたのは確からしい。

親切に声をかけてくれて、スマホを取り返してくれた人はどうしたのだろう。日本語だったから、日本人だろうか。この家が、その人のうちだったら、礼を言わなくてはならない。

晃は、よろよろと壁伝いに歩いて、洗面所らしきドアを開けた。小さな浴室には、シャワーと洋式トイレがある。小さな窓から薄暗い空が見えた。夜明けか、夕方か。

晃はまず洗面台で、両手で水をすくって飲んだ。日の光で温まったのか、たいそうぬるかったが、水を出し続けているうちに冷たくなった。それを思いっきり飲んだ。水を飲むと、少し頭痛も治まったようだ。それから、トイレで長い時間をかけて放尿した後、激しい下痢をした。何とか腹が治まった後、シャワーを浴びたら、少しすっきりした。

ベッド脇のテーブルに置いてあった自分のスマホを見る。日付は、何と翌日の夕方になっていた。誰の家か知らないが、こんな見ず知らずの酔っ払いを、丸一日も泊めてくれるなんて、奇特な人もいたものだ。

すると、隣の部屋から、微《かす》かな物音が聞こえることに気付いた。わーわーと歓声のような音だ。晃は、もうひとつのドアをそっと開けてみた。

照明を落とした薄暗い部屋に、皓々《こうこう》と明るい光が当たる場所があり、さっきの歓声のようなものがはっきり聞こえた。誰かが部屋を暗くして、テレビを見ているらしい。その時、「ネクストバッターズサークルには」というアナウンサーの興奮した声が耳に入った。どうやら、日本のプロ野球を見ているらしい。

晃がドアを大きく開けると、テレビを見ていた人が、暗がりから立ち上がった。青白いテレビの光に照らされて、その人の全身が見える。太り気味でガタイのいい初老の男だった。黒っぽいTシャツに、灰色のハーフパンツ。Tシャツとハーフパンツは、カンボジアに住む、すべての男の普段着だ。男は陽に灼《や》け、ギョロ目の濃い顔をしていた。白髪頭からすると、六十代か。

この人が、日本語で声をかけてくれた人だろうか。だが、色黒の顔立ちが現地の人のようにも思える。何と話しかけようかと晃が躊躇《ためら》っていると、男が日本語で言った。

「目が覚めましたか?」

この太い声には聞き覚えがある。助けてくれた男だ。晃はほっとして頭を下げた。

「どうもすみません。お世話になったみたいで」

「いや、いいですよ。起きないから心配してたんだけど、大丈夫ですか？」

男はそう言いながら、部屋の照明を点《つ》けた。天井に埋め込まれたオレンジ色のライトに照らされて、広い部屋が浮かび上がった。大きな革張りのソファや、ガラステーブルのある、豪華なリビングルームだった。テレビも七十インチはある壁掛け式だ。

「はあ、何とか生き返りました」

晃はまだ少し痛む頭を振って答えた。

「まだ具合悪そうですね。何か飲みますか？」

「二日酔いみたいなので、お水を頂けると」と、遠慮がちに頼んでみる。

「わかった。取ってこよう」

男は身軽な動作で、背後のドアから出て行った。晃は突っ立ったまま、壁に掛けられた巨大なテレビ画面を見上げた。男は、日本のプロ野球の録画を見ていたようだ。いつの時代かわからないが、ユニフォームを見る限り、かなり前の広島・阪神戦だった。

それを見ていると、タイムスリップして過去に戻ったような不思議な感覚があった。昔、よく野々宮家のリビングで、こんな場面を見たような気がした。

空知の父親が、リビングのテレビの前で一杯飲みながら、プロ野球をよく見ていたのだ。空知の父親は広島ファンだった。うるさいくらいの応援団のブラバンの音と歓声。空知の父親は、広島に点が入るたびに、大声を上げて喜んでいた。夏の宵の野々宮家には、茹《ゆ》で上がりの枝豆やトウモロコシのような、懐かしい匂いも漂っていた。

しかし、空知の父親も、空知も死んでしまったのだ。もう二度と戻らない日々を惜しんで、晃は嘆息した。

「オレンジジュースとコーラがあったよ。どっちがいいかな。二日酔いなら、少し糖分が欲しいだろう」

男が盆を手にして戻ってきた。コーラの瓶と、オレンジジュースのペットボトルが載っている。両方ともよく冷えているらしく、水滴が付着していた。グラスにも氷がたっぷり入っている。

「すみません、両方飲んでいいですか?」

図々《ずうずう》しい願いだと畏縮《いしゅく》しながらも、ジュースもコーラも飲みたくて手を出す。

「いいよ。好きなだけ飲みなさい。お代わりもあるよ」

男も、テレビ前のガラステーブルに置いた水割りらしいグラスに口を付けた。その時、ちょっと乾杯の仕種《しぐさ》をしたので、晃も頭を下げた。

男がソファに腰を下ろして、晃にも椅子を勧めてくれた。座って冷たいジュースとコーラを、それぞれ一気に飲むと、気分がかなりよくなった。意識が明瞭《めいりょう》になり、胃腸が落ち着いた気配がある。回復の兆しだった。

「それにしても、あんた、ひどい酔い方だったね。あのまんま道路に寝てたら、追いはぎに全部持って行かれるところだったよ。朝の光の中で、丸裸で目覚めたくないだろう? 金はちゃんとあったかい?」

晃は恐縮して頭を下げた。ポケットの中にあったものは、全部、サイドテーブルの上に載っていた。

「大丈夫です、全部ありました。ありがとうございます。あのう、俺、何か変なもの飲んだみたいで、全然覚えてないんです」

「そうだろうな、途中ですごい吐いてたもんな。うちの若いもんが、玄関のところにあるホースで、顔とか服に直接水をかけてね。それで洗ったんだよ。それでも、あんた、目を覚まさなかった。数人がかりで、ベッドに運んだんだよ」

粗相をしたのではないかと思ったが、やはりそうだったか。だから、違うTシャツを着せられていたのだ。

「服はさ、メイドがもう一回洗って乾かしたから、後で渡すよ」

「申し訳ありません」

その場で土下座したいくらいだったが、男は責めている様子でもない。

「ま、よくあることだよ」と笑う。「ところで、俺は日本人だけど、あんたも日本人だろう？」

「はい、そうです。八目晃といいます。八つの目と書きます」

「ヤツメ？　八目鰻《うなぎ》のヤツメかい？　珍しい名前だね」

「みんなに言われます」

「そうだろ。俺はね、木村《きむら》だよ。よくある名前だろう。こっちで建築の仕事して、もう三十年近くいるかな。最近は養鶏にも手を広げた。みんな成功してるよ。こっちに住んでる日本人で、俺の名前を知らない人はモグリだよ。最近、ビジネスチャンスとか言って、日本人もたくさん来てるけどね。でも、カンボジアの商売は案外難しいんだ。中国資本がのさばってきてるからね。みんな、それを知らないで、現地のやつらを馬鹿にして失敗するんだ。要は、俺に教えを乞《こ》わないようなヤツは成功しないってことだよ」

木村は腹の横を掻《か》きながら、苦々しい顔をした。

「はあ、そうですか」

空知が死んでしまった今、カンボジアの現況を聞いたところで、何の感慨も浮かばない。せっかくビザを延長したのに、目的がなくなったからには、日本に帰るしかない。

安井には残った金を返して、三輪には適当に言い繕って、新しい仕事を見つけねばならないだろう。部屋を残しておいてよかったが、仕事はうまく見つかるだろうか。

暗い思いで、あれこれ考えている晃に、木村が訊《き》いた。

「八目さんは、観光旅行かい?」

「そうです」

「旅行者にしちゃ、ずいぶんまた、ディープなところに一人で来たね。あのマーケット付近は危険なんだよ。俺はたまたま、うちの若いのと車で通りかかって、あんたがスマホを抜き取られそうになるところを見たもんだから、それで駆け付けたんだ。運がよかったね」

「本当にありがとうございます」

晃は項垂《うなだ》れて礼を言った。

「あのさ、こんなこと言って悪いけど、八目さんは、助かって本当によかったと思ってるのかな?」

木村は疑わしげな目で見た。

「どういうことですか?」

「いや、何だか自棄《やけ》っぱちに見えたからさ」と、言いにくそうに言う。

確かに昨夜の自分は自棄になっていた。もうどうなってもいいと思っていた。

晃は、最初にスマホを盗もうとした男を、こっぴどく殴ったり蹴《け》ったりしたことを思い出して嫌な気持ちになった。右手に青痣《あおあざ》がいくつもあるのは、男を殴った時に出来たのだろう。痣を見て黙っていると、木村が話を変えた。

「そろそろ腹が減っているんじゃないかな。よかったら、一緒に飯を食わないか?」

「いや、とても入らないので、そろそろ失礼します。ここはいったいどこですか?」

「トゥールコークってところだよ」

何だ、ミネアの住む街ではないか。

「あれ、昨日の昼間、来たところです」

「へえ、誰か知り合いでもいるの?」

木村は興味を抱いたように身を乗り出した。

「はい、ミネアさんというブロガーの女の人です。日本の人だけど、本名は聞いてないです。結構、年配で」

「ミネア? 知らないなあ」木村は唇を尖《とが》らせた。同じ街にいる日本人のことを、自分が知らないのが許せないようだ。「その人、どの辺に住んでるの?」

「外れの方のマンションでした」

「どこのマンションだろう。そんな人、知り合いでいたかなあ」

木村は、盛んに首を捻《ひね》っている。晃は潮時かと思い、立ち上がろうとした。

「あのう、もう大丈夫ですので、そろそろ失礼します」

「ちょっと待って。この辺は住宅街だけど、夜は誰も出歩かないよ。何なら、車で送ってやろうか。

俺はもう飲んでるから、誰かに送らせるよ」

晃は恐縮した。

「いや、それには及びません。歩いて帰ります」

「だからさ、そしたら、また同じ目に遭うって言ってるんだよ」

木村は苛立《いらだ》ったようだ。どうしたらいいのだろうと晃が迷っていると、木村が肩を竦《すく》めた。

「じゃ、明日の朝まで、もうひと晩泊まるといいよ。あの部屋は空いてるんだ。前は息子が使っていたんだけど、今はパリに行っちゃって、もう戻らないって言うから、片付けてゲストルームにしちゃったんだよ」

戻らない、という言い方が寂しそうに聞こえた。そういや、妻の姿もない。この邸宅に一人暮らしなのだろうか。

「もう、戻らないんですか？」

「うん、パリの方が楽しいし、好きなんだってさ。パリに留学した途端に、カンボジアも日本も嫌いになったんだそうだ。両方とも母国なのにね」

「へえ、じゃ、木村さんの母国はどっちですか？」

晃は思わずそんな質問をした。

「俺の母国は、今はカンボジアだね。ここで死んで、ここに骨を埋めてもらうよ。人間到る処青山《せいざん》あり、だ」

「だったら、空知の墓はどこだろう」

思わず独りごちると、木村が顔を上げた。

「誰のこと？」

「高校の時の友人です。カンボジアで失踪《しっそう》したので、捜すことになったんです。でも、手がかりはないし、死んだって言われてショックでした」

「あんたの友達なら、若い人なんだろうね」

木村がしみじみ言ってグラスに口を付けた。

「そうです。俺と同じだから、二十五歳」

「何で死んだの？」

「知らないんです」

木村は顔を顰《しか》めた。

「そりゃ駄目だよ。ちゃんと調べて、お父さんやお母さんに知らせないと」

「でも、お父さんが亡くなったんで、それを知らせにきたんですよ」

「そうか。父親が亡くなったのを知らないで死んだのか」

「いや、空知の方が二年前に死んだそうですから、空知が先ですね」

「てことは、オヤジの方が、息子の死を知らないで死んだってこと？」

「そうなります」

「変だね」木村が首を傾げた。「いくらカンボジアだって、客死したら、国に連絡はいくよ。日本国民なんだから」

それはそうだ。しかし、人知れず死んだのならば、仕方がない。だったら、どうして藍もあんな連絡を寄越《よこ》すのだろう。

「八目さんが捜している人は、何て名前なの？　もしかすると、俺が知ってるかもしれないからさ」

木村が、リモコンでテレビを消した。急に静かになる。

「彼の名前は、野々宮空知といいます。空知は僕の高校の時の同級生で、仲良くしてました。でも、大学の途中で、アジアに旅行に出てそのまま帰らず、カンボジアで消息を絶ちました。その頃、空知のお姉さんの橙子さんも、妹の藍さんも、失踪しちゃったんです。それで僕が捜しにくることになったんです。でも、インスタで空知に会いたいと騒いでいたら、知らない人から投稿がきて、空知が死んでいるというのです。嘘かと思っていましたが、妹の藍さんからも、兄は死んでるから捜さないで、という投稿がきました。それでショックで飲んだくれてたんです」

「俺、野々宮って男なら知ってるよ」

木村が腕組みをして告げたので、晃はびっくりした。

「空知を知ってるんですか？」

「いや、その子じゃなくて、違う野々宮だ。昔、ここで一緒に建設の仕事をやっていたんだよ」

では、空知の父親ではないか。東京でも、「野々宮建設」という建設会社をやっていた。しかし、以前、カンボジアにいたなんて、初耳だった。

「その野々宮さんの名前は何ですか？」

「下の名前は忘れたな」

「野々宮俊一じゃないですか？」

木村は自信なさそうに首を傾げている。

「そんなような名前だったけど、確信はないね」

「じゃ、ちょっと写真を見てください」

晃は自分のいた部屋に戻って、スマホを取ってきた。野々宮父の死に顔の写真を、木村に見せた。木村は、死に顔と聞いても怯《ひる》んだ様子もなく、凝視している。

「間違いないね。これは俺が一緒に働いていた野々宮さんだよ。かなり病気でやつれているけど、目許《めもと》なんか変わってない。そうか、亡くなったのか。残念だな。野々宮さんはね、ゼネコンに勤めていてね。プノンペンに派遣されてきたんだよ。当時は、ポル・ポト政権時代に荒廃した国土を再建するという仕事があってね。その国際協力の企業派遣だった。俺は個人の土建屋で一匹狼だから、勝手に渡ってきたクチだ。だから、野々宮さんのことを、最初はゼネコンから来た、でかい顔したヤツじゃないかと思ってたけど、知り合ったら、謙虚ないい人だった。だから、時々会っては、一緒に飯食ったり、飲んだりしてたよ」

「マジすかー」

晃は思わず叫んでいた。こんな奇遇があるだろうか。泥酔した挙げ句に、窃盗に遭いそうになり、助けてくれた親切な日本人が、空知の父親を知っていたのだ。

「八目さん、本当に不思議なことだが、本当だよ」

木村も嬉《うれ》しそうに目を潤ませている。

「ありがとうございます。俺、カンボジアで彷徨《さまよ》って、初めて空知の関係者に会うことができました。それも、俺を助けてくれた人だなんて、勝手ながら縁を感じます」

カンボジアに来てひと月半。しもた屋の婆ちゃんに助けてもらうまでは、いろんなことがあって心細かった。そして、吉見の思いがけない死があり、さらに空知の死の知らせで、失意のどん底にいた。それなのに、木村に会って、急に周囲が明るく、彩り豊かになるような気がした。二日酔いの気分の悪さは、完全になくなった。

「野々宮さんのことは忘れられない。彼は偉い人なんだよ。東京に奥さんがいたのに、孤児を連れて帰ることにしたんだ。それも自分の養子としてね」

「それが、空知たちだ。道理で似ていないと思ったんだ」晃は叫んだ。「でも、三人いるんですよ。お姉さんの橙子さんと妹の藍ちゃん」

「みんなきょうだいだと思う。最初に女の子で、次に男の子だったと思う。俺が知っているのは二人だけだけど、両親が追われていたか、囚《とら》われていたか、何らかの事情があって、育てられなかったんだよ。それで引き受けたんだ」

「どんな事情なんですか?」

「詳しくは知らないけど、当時だって政情不安だったんだから、何でもあるよ。今だって、かなり独裁になりつつあるからね」

だから、空知たちきょうだいは異様に美しく、両親とは全然似ていなかったのだ。それが評判になっても、あの家族は全員平然として、淡々と生きていた。

晃が空知の部屋で遅くまで喋《しゃべ》っていると、飲んで遅く帰ってきた俊一が、挨拶《あいさつ》にやってくることがあった。早く帰れ、という意味かと思っていたが、そうではなく、空知の友人である自分を大事に思っていてくれたのではないだろうか。こんなに自分勝手で、空知と釣り合わない自分でも、空知の友人だから大事に思ってくれていたんだ。

不覚にも、晃は泣きそうになった。野々宮父の葬儀に行ったことに端を発したカンボジア行きが、こんな風に繋《つな》がるとは思ってもいなかった。

俊一が、晃にもウィスキーを勧めたりすると、空知は「んなもん要らねえから、早くあっち行ってくれよ」と、邪険に俊一を追い出した後、「オヤジは、あれがオヤジとしての姿だと思って、磊《らい》落《らく》なふりをしてるだけなんだ」と言った。そして、最後にこう付け加えた。

『本当のオヤジは弱いけど優しくていい人だ』

彼らは、互いにわかっていたのだ。

空知の母親、雅恵が何となく冷淡で剣呑《けんのん》だったのも腑《ふ》に落ちる。あの美しい子供たちは、自分の腹を痛めた子ではなく、夫がカンボジアから連れ帰った養子だったからだ。

雅恵の、自分に対する不親切はなぜだろうと、晃はいつも訝《いぶか》っていたが、やっと謎が解けた。雅恵は、俊一と違い、あのきょうだいも、その友人である自分のこともきっと好きではなかったのだ。

「俺、もう少しカンボジアに残って、どうして空知が死んだのか、そして墓がどこにあるのか、他のきょうだいがどこにいるのか、捜してみることにします」

晃は木村に告げた後、「さよなら、空知」と心の中で言った。「俺の青春は終わったよ」と続ける。クサい台詞《せりふ》だけどさ、おまえの苦しみを知らなかった俺は、これから一人で生きられるように頑張るよ。そしたら、おまえをもっと近く感じられるだろう。

「今日はここに泊まっていけばいいよ」と木村。

「ありがとうございます」

晃は素直に礼を言うことができた。

2

「ほら、あんたもやんなさい」

プールサイドでぼんやりしていた晃は、木村から、火の点いた線香花火をいきなり手渡された。こよりのような頼りない花火を突然持たされて、晃は先端の小さな火玉が落下しないかと冷や冷やした。だが、線香花火は急に膨らんだかと思うと、華やかな火花を四方八方に散らし始めた。見入った途端、火は燃え尽きて、ぽとりと下に落ちた。

「ああ、終わっちゃったなあ」

覗《のぞ》き込んでいた木村が、子供のような笑顔を見せた。

「あ、はい」

「どう、線香花火？　懐かしいだろう？」

木村が笑いながら訊いた。

「はあ、子供の時以来ですね」

そうは答えたものの、子供時代、こんなしょぼい花火をした覚えはなかった。

「そうだろう、そうだろう」木村は嬉しそうに相好を崩している。「俺のとこはな、日本の花火を大量に買っておいて、パーティとかあると、庭でやるんだよ。みんな驚くぜ。何せ、日本の花火は出来が繊細だからな。うちの庭は広いからさ、打ち上げ花火だってできるよ」

自慢げに、木村が分厚い肉の付いた掌《てのひら》で、芝生の敷き詰められた庭を示した。庭は確かに広く、照明の届かない四隅は夜の闇に溶けて見えない。しかも、十五メートル四方ほどのプールもあって、プールの周囲と中はＬＥＤの照明で青白く照らされていた。

プールと母屋の間のテラスに、バーベキューの大きなコンロが設置してあった。そのコンロの前では、Ｔシャツと短パン姿の若い男たちが、肉を焼いたり、野菜を切ったりして、せっせと働いている。

「おい、誰か。花火上げろ」

木村が顎《あご》をしゃくると、カンボジア人の若い男が二人飛んできて、筒状の打ち上げ花火を何本か持って庭の奥に消えた。

「八目さん、ビール飲むかい？　アサヒがあるよ」と、木村が缶ビールを掲げた。

「いや、今日はやめときます」

メイドらしきエプロン姿の女性が、母屋からビールや冷たい飲み物を盆に載せてどんどん運んでくる。夜の八時。晃の激烈な二日酔いはさすがに治まったが、まだ酒を飲む気にはなれなかった。

木村はクメール語でメイドに命じ、晃のためにコーラを持ってこさせた。

「すみません、頂きます」

コーラを受け取った晃が、まだ手にしていた線香花火の燃えかすを水の張られたバケツに入れると、缶ビールに直接口を付けていた木村が言った。

「八目さん、これも何かの縁だから、うちで働かないかい？」

「でも、俺、何もできないっすよ」

晃は驚いて首を振った。

「仕事なんか、見よう見まねで覚えられるさ。仕事をしたくなけりゃ、居候してもいいよ。うちに逗留《とうりゅう》して、野々宮さんの子供のことを調べればいいじゃないか。俺も、野々宮さんの名前を聞いたの久しぶりだから、嬉しかったよ」

木村は楽しそうで、声のトーンも高い。

「はあ、ありがとうございます。だったら、木村さん、俺に何か仕事させてください。シェムリアップでもゲストハウスの手伝いしてましたから、何かできることがあれば、是非お願いします。ただいるだけじゃ、申し訳ないんで」

「あ、そう。じゃあ、あいつの下に付けよう」

木村は話をどんどん先に進める。おい、と急に手を挙げて、コンロの前で焼けた肉を切り分けていた若い男を呼び付けた。

「おーい、サガミ。こっち来い」

サガミと呼ばれた男が、皿を置いて飛んできた。両手を後ろに回し、直立不動で木村の前に立つ。

「はい、何でしょう」

サガミは、晃よりも四、五歳は年上らしい。短髪で、黒縁の眼鏡をかけているところなどは、実直で真面目そうな教師に見えた。

「サガミ、八目さんをおまえの下に付けるからさ。仕事を何か手伝ってもらって」

「承知しました」

サガミは、すべて呑《の》み込んだように頷《うなず》いた。小気味がよい応対は、どこか軍隊めいている。

「どうも、八目です。よろしくお願いします」

晃は、サガミを警戒しながらお辞儀した。いろんなことが急速に進んでいることに、少し怖《お》じる自分がいる。

「じゃ、こっちに」

サガミが手招きすると、木村が怒鳴った。

「そんな急な話じゃねえよ。明日《あした》からって意味だ。今日はまだ客人だからな」

「わかりました。すみません」

サガミは、木村に怒られ慣れているのか、動揺もせずに平然と謝って、またバーベキューのところに走って戻った。

「俺、手伝ってきましょうか」

晃が立ち上がろうとすると、木村が手で制した。

「いいんだ、いいんだ。今日はたらふく肉食って、花火でもやってなさいよ。何なら、プールで泳いだっていいんだから」

その時、母屋から嬌声《きょうせい》が聞こえて、急に賑《にぎ》やかになった。若い女が十人近く、どやどやと庭になだれ込んでくる。現地の女性たちらしく、甲高い声でクメール語を話している。皆、ピンクや黄色の派手なサマードレスを着て、中にはビキニ姿の者もいた。

数人の女が木村の周囲にやってきて、グラスにビールを注いだり、肉の皿を持ってきたり、甲斐《かい》甲斐《がい》しく世話を焼き始めた。水着姿の者は、勝手にプールに入って泳いでいる。

その時、暗がりからヒューッと音がして、打ち上げ花火が上がった。かなり上空で、ぱっと火の花を咲かせた。ちょうどよいタイミングの打ち上げに、木村が手を叩《たた》いて喜んだ。女の子たちも花火を指差して笑った。

「八目さん、この中に気に入った子はいるかい?」

木村が上機嫌で囁《ささや》いた。晃は仰天して首を振った。

「いや、俺は、いや、僕は、こういうのはちょっとわからなくて」

「遠慮しなくていいんだよ」と、笑う。

「いや、遠慮とかじゃなくて、急に言われたんで、何かすごく混乱しちゃってまして」

慌てた晃は、しどろもどろで返事した。ふと視線を感じて振り返ると、サガミがこちらを見て薄笑いを浮かべている。

「女が要らないなら、花火やるか?」

「じゃ、やります」

晃は籠《かご》に盛られた花火を一本抜き取って、近くの蠟燭《ろうそく》の火にかざした。たちまち、シャワーのように色鮮やかな火花が散って、女たちが感嘆の声を上げげた。木村が、女たちにも花火を配り始めた。皆がきゃあきゃあ言いながら、自分の持つ花火に火を点けてもらっている。全員が一斉に花火を始めたので、辺りが急に眩《まぶ》しくなった。

晃は目眩がして、夜空を仰いだ。すぐ近くに、ライトアップされたホテル・ロイヤル・ラムドゥールの入る高層ビルが見えた。

つい、この間、あの吉見が死んだというのに、そして、空知はもうこの世にいないというのに、自分はどうしてこんなところにいて、何をしているのだろうと、晃は思った。

一人だけ乗れないままに花火をしたり、焼肉を食べたりしていると、突然、ぽつりぽつりと雨が落ちてきた。頃合いと見たのか、木村が立ち上がる。

「じゃ、俺は引っ込むから。八目さん、また明日」

酔ったのか、素っ気ない変わりようだった。木村の大きな体を支えるようにして、二人の女が両脇に寄り添って母屋に入っていく。残った女たちは、仕事が終わったとばかりに顔を見合わせて、あっという間にいなくなった。

雨がだんだん激しくなってきたので、メイドや男たちは片付けを急いでいる。晃はどうしたらいいかわからずに、母屋の庇《ひさし》の下に立って片付けを見ていた。

「八目さん、宿舎に案内しますから」

やっと庭が片付いた頃、サガミがそばにきた。サガミは、晃よりも頭ひとつ背が低いが、格闘技でもやっているのか筋肉質だ。

「宿舎があるんですか」

「いや、宿舎ってほどのものじゃなくて、ただの隣の棟ですけど」

サガミはにこりともせずに言う。二人で雨に濡《ぬ》れた芝生を踏んで、敷地奥にある平屋建ての簡素な建物に向かった。建物には等間隔にアルミサッシの窓が並んでいて、その下には、それぞれエアコンの室外機があり、ひとつの窓に取り込み忘れた洗濯物が雨に濡れていた。

サガミは玄関ドアを開けた。真ん中に廊下がまっすぐ延びて、両脇に同じドアが四つずつ並んでいる。ここは中野の俺のアパートみたいだ、と晃は思った。おそらく、木村が日本のアパートに似せて建てたのだろう。

「ここが空いてますから、使ってください」

サガミが一番手前のドアを開けた。天井の照明を点けると、蛾や羽虫が何匹も飛び立った。部屋は、シングルベッドと机があるだけの六畳間ほどのスペースだ。まるで収容所のような殺風景な部屋だが、カンボジアに来てから、ゲストハウスのドミトリーしか泊まったことのない晃は、個室が嬉しかった。

「机の上に、八目さんのTシャツを置いておきました。廊下の突き当たりに冷蔵庫がありますので、そこの水は飲んでも構いません。トイレは外の小屋です」

机の上に、反吐《へど》で汚したTシャツが綺麗《きれい》に洗濯して置いてあった。

「あ、すみません。昨日はご迷惑かけちゃって」

『うちの若いもんが、玄関のところにあるホースで、顔とか服に直接水をかけて』という、木村の言葉を思い出して、それはサガミのことではないかと恐縮する。

「いや、俺はいいんです。よくあることですしね」サガミは急に笑った。「ところで、八目さんは、こっちの方ですか?」

突然、サガミが手を口許に寄せて囁くので、晃は意味がわからずにぽかんとした。サガミはにやにやしている。

「どういうことですか?」

「いや、女は好きじゃないのかな、と思って。何なら、そういう人を紹介しなくちゃと思ってさ」

木村に、『好きな女の子を選べ』と言われた時に、晃が遠慮したのを見ていたサガミの顔を思い出す。真面目な教師のようなサガミが、俄《にわか》に下卑て見えて、晃は気持ちが悪かった。

「いや、僕は女が好きです。さっきはあんまり突然だったので、どう反応していいかわからなくて」

「ああ、そうだったんですね」サガミが、さっきと同じく薄笑いをした。「社長はね、ああやって、部下に女をあてがうのが好きなんですよ」

あてがわれたりしたら、どうすればいいのだろう。呆然《ぼうぜん》としながら、言葉を探したが見付からない。さっき、木村に突然水を向けられた時は、半ば冗談かと訝ったのだが、どうやら本気だったと知って、自分はとんでもないところにいるのではないかと不安になった。

「あのう、木村さんの仕事って、何をするんですか」

サガミが出て行こうとしたので、その背中に訊いてみる。サガミが振り向いて、意外に逞《たくま》しい顎に手を置いた。

「いろいろですね。社長はあちこち手を出しているので」

「建築関係ですか」

「それもあります」

サガミは、はっきり言わなかった。

「養鶏もやってると聞きましたけど」

「それは田舎でやってるんで、プノンペンではありません。ま、いずれわかりますよ」

「そうですか」

晃は曖昧《あいまい》に頷くしかなかった。

「じゃ、おやすみなさい」

サガミが出て行こうとしたので、晃は再度呼び止めた。

「すみません、サガミさん。充電器があったら、お借りできますか。明日、ゲストハウスに取りに行きますけど、ちょっと危ないんで」

一瞬、間があった後、サガミが頷いた。

「いいですよ。後で、お部屋に届けます」

だが、いくら待っても、サガミは現れなかった。しもた屋の婆ちゃんに電話で報告したかったが、バッテリーがかなり減っているのでできない。知らせることがいっぱいあったのに、と辛《つら》かった。することもないので、寝ることにする。丸一日寝ていたのだから、眠れるかどうか心配だったが、ベッドに横たわった途端、すぐに寝入った。よほど疲れていたらしい。たくさん夢を見たが、何一つ覚えていなかった。

翌朝、晃は空腹で目覚めた。サガミは、食堂の場所も教えてくれなかった。まず、この部屋を出て何か口に入れてから、ゲストハウスに荷物を取りにいこうと思う。

庭が騒がしい。外に出てみると、木村が芝生の庭でアプローチショットの練習をしていた。打ったゴルフボールを、サガミともう一人の社員が集めては、木村のところに運んでいる。木村はTシャツにハーフパンツという、昨夜と同じ格好をしていた。

「おはようございます」

木村の背に声をかけると、全員が振り向いた。

「おう、早いじゃやない」

木村がむくんだ顔で笑わずに言う。

「ゲストハウスの方をチェックアウトしてきます」

「おう、何時に戻る？」と、こちらを見ずに訊く。

晃はスマホで時刻を見た。午前八時過ぎだった。

「十一時には戻れると思いますが」

「あ、そうだ。八目さん、飯食ったか？」

木村が思い出したように言う。

「いや、まだです」

「サガミ、ちゃんと食堂の場所を教えたのか。おまえに頼んだんだぞ」

「すみません」

サガミは直立不動で謝ったが、動じる気配もない。

「八目さん、宿舎の裏に食堂があるので、そこで食べてください」

サガミに教えられて、晃は木村の前を辞した。ただで泊まれて、食事もできるのなら、木村のもとにいるのは確かに得ではあるが、サガミの存在が何となく胡乱《うろん》に感じられる。

昨夜の木村の狂騒を思い出すと、このままフケてしまおうか、と思わなくもない。しかし、木村は在留邦人のことはよく知っているだろうし、金を持っている実力者であることは確かだ。ここにとどまった方が、情報は集められるのではないか。迷うところだった。

教えられた通り、宿舎の裏に回ると、掘っ立て小屋のような食堂があった。日本人らしき男たちが数人、テーブルを囲んで食事をしていた。壁際のテーブルに、ビュッフェ形式で総菜が置いてある。豆腐の味噌汁《みそしる》、卵焼き、アジの干物、鮭、海苔《のり》、納豆、沢庵《たくあん》、白飯。目にした途端、大量に唾が出た。カンボジアに来てから初めて、日本の朝食を見た晃は、自分でも驚くほど動揺していた。

「どうも」

中の一人が頭を下げて、椅子を勧めてくれた。まだ二十歳前の若い男だ。

「好きに取ってください」

薄いほうじ茶を茶碗《ちゃわん》に入れて差し出してくれる。

「すみません」

頭を下げてから、晃は我慢できずに立ち上がり、まず味噌汁を椀《わん》によそった。刻みネギをたっぷり入れる。それから卵焼きやアジ、鮭などを皿にてんこ盛りにし、納豆をふたパックもかけたどんぶり飯を食べた。二杯目は、味付海苔とわさび漬けで食べる。苦しくなるほど腹一杯食べた晃は、こんな飯が毎日食えるのなら、多少のことがあっても、ここにいた方が得だ、と結論づけたのだった。

晃はトゥールコークの住宅街から、木村の豪邸を振り返った。ミネアの住む街に来て、庭に椰子《やし》林があるような大邸宅の存在に驚いたものだが、木村の家はそのひとつだった。母屋は広壮な二階建てで、二階の正面のファサードは、まるでアメリカ南部の屋敷のような瀟洒《しょうしゃ》なバルコニーで飾られている。

木村はカンボジアに残って大豪邸を構えるまでになり、野々宮空知の「父」は、日本で建設業を営んで、自分の子供ではない子供たちを育てた。空知の父親も、カンボジアに残っていたら、木村のような金持ちになったのだろうか。

輝くような「息子」や、絶世の美女となった「娘」たちに囲まれて、野々宮父はどんな気持ちだったのだろう。晃はスマホに入っている、野々宮父の死に顔をまた見た。カンボジアの青い空の下で見る死に顔は、何だか現実感がなくて作り物めいている。

晃はゲストハウスに戻ってすぐ、スマホに充電した。頃合いを見計らって、しもた屋の婆ちゃんに電話する。

「もしもし、婆ちゃん？」

婆ちゃんは何か食べている最中だったらしく、慌てて呑み込むような音を立てた。背後からは、男女が喋る騒々しい音が聞こえてきた。テレビを見ながら、食事をしているような様子だった。

「アキラか。銀行口座は開けたかい？」

ごくりと何か液体を飲む音もする。

「うん、開けた。そっちはいいんだけど、いろいろ話したいことがあるんだ」

「どうしたの」

「俺、しばらくプノンペンにいることにした。だから、ゲストハウスの仕事は休むからって、ソックさんに言ってくれないかな」

「いいけどさ。人手が足りないって、ソックは怒るかもしれないよ」

「婆ちゃんがうまく言ってくれよ。息子だろ」

「ああ、うん、まあね」

婆ちゃんが、いやいや返事をした。息子ながら、しっかり者のソックが苦手なのだろう。

「あと、荷物は取りに行くから、そのまま婆ちゃんのところに置いておいてくれない？」

「運ぶのも私かい」

不満が募っているようだ。

「ごめん、そっちに行きたいんだけど、とんぼ返りじゃ金が勿体《もったい》ないよ」

晃が帰ってこないので、婆ちゃんは機嫌を損ねたらしくて無言だった。

「婆ちゃん、実はさ」晃は本題に入った。「そっちに帰ったら、言おうと思っていたんだけど、当分帰らないことになったから、今言うけど」

「そういうの、日本語で何て言うんだっけ。もったいもってる？　だっけ？」

婆ちゃんが、自信のなさそうな声で訊いた。

「何言ってるんだよ。勿体ぶってる、だよ」

「そうそう。勿体ぶってる」

「実は吉見さん、死んじゃったんだ」

さすがに驚いたらしく、婆ちゃんが大声で叫んだ。

「ヨシミが？　どうしたの、いったい」

「引ったくりに襲われて、バッグを盗まれまいと揉《も》み合っているうちに、トンレサップ川に落ちたんだって。遺体はその翌日上がったって、ミネアっていう人が教えてくれた」

「あのヨシミが死んだのか、可哀相に。あいつは金の亡者だったけど、死ぬことはないよ。いくらなんでも、死ぬことはない。いくらなんでもね」

婆ちゃんはショックだったのか、ぶつぶつと独りごちた。そのうち独り言がクメール語になり、日本語に戻る。

「それはおかしいね。ヨシミは旅慣れているから、バッグを盗《と》られることもないし、たとえ盗られたとしても、危険だから、揉み合うはずなんてないよ。何かあったんじゃないかな」

「何があったんだろう」

「わからない」

「婆ちゃん、それからさ。俺のインスタ見てる?」

「いや、見てない」

「そこに、空知がもうとっくに死んでるって書き込まれたんだ。それも二人から。一人は、藍ちゃんを名乗っている」

「ソラチは死んでるの?」

婆ちゃんは混乱したみたいで、そう訊いた後、しばらく無言だった。

「そうなんだ。それで俺、ショック受けちゃって。泥酔したら、スマホ盗られそうになって、日本人の男の人に助けてもらった」

「すごい展開だね」

「うん、その人は木村さんていうんだけど、俺がいてもいいって、言ってくれたんだ」まさか、飯がうまくて量がたっぷり、とは言いにくい。「だから、しばらくプノンペンにいることにするよ」

婆ちゃんが、聞き覚えのない感嘆詞を叫んだ。

「驚いた。キムラって、あのキムラか。KIMURANっていう建築の仕事をしているキムラ?」

晃は、借りたTシャツのロゴを思い出して頷いた。

「そうだよ、多分」

「私が紹介してやろうかと言った人物だよ。それは偶然だったね」

「あれ、婆ちゃん、確か？」

「そうだよ、だけど、あまりいい人間じゃないって言ったよ。でも、いろんなことを知ってるから役に立つかもしれない、とも言った」

『八目さん、この中に気に入った子はいるかい？』

そう言った時の、木村の表情や声音を思い出して、晃は背筋を凍らせた。

「俺もちょっと怖いと思ったんだけどね」

「うん、キムラというのは、半分ヤクザだ。だけど、カンボジアの日本人社会の顔だよ。私も、日本に留学した時も、帰ってきてからも、大変に世話になった。本当に足を向けて寝られないくらい。得体の知れないところもあるから、あまり関わり合いにならない方がいいと思うけど、日本人社会で何が起きているか、何でも知ってるからね」

「そう。空知のお父さんのことを知ってました」

「どういうことだい？」

「空知のお父さんと昔、一緒に働いていたそうです。空知たちは、日本人じゃなくて、カンボジアの子供でした」

「私は前から、そうじゃないかと思ってた」

「マジか。何で？」

「勘だよ、勘」と、婆ちゃんは自慢げに言った。

3

うちで働かないかと晃を誘ったのに、木村はそのことを忘れてしまったかのようだ。サガミも木村の供をして、毎日二人でどこかに出かけてしまう。これは当分の間、居候をしても構わないということかと、都合よく解釈した晃は、たらふく日本食を食べて昼寝し、暑くなれば邸内にあるプールで泳ぎ、体重を増やしたり減らしたりした。

しかし、木村邸での晃の行動範囲は、あくまでも宿舎と食堂、そして広い庭の中だけに限られていた。一度、冷えたコーラを取りに母屋に入ろうとしたことがあるが、カンボジア人の召使いに押し止《とど》められた。その時、自分はもう客分ではないのだと悟って、母屋には近寄らないようにした。

たまには街に出たいと思ったこともあるが、正門は頑丈な鉄製の門扉がいつも閉じられていて、両脇に立つ二人の屈強なガードマンがいちいち用件を問うので、何となく出にくかった。というか、一度出たら、二度と戻れないような気がして不安だった。つまり晃は、木村に許された自堕落な食客暮らしを心から楽しんでいた。

いつまでこんな暮らしが続けられるのだろうと心配にはなったものの、うまい食事を腹いっぱい食べられて、Ｗｉ‐Ｆｉも自由に使えるのだから、退屈はしない。空知が死んでしまったと聞いてからは気が抜けて、橙子や藍を見つけようという気概も、少し薄れてきたようだ。吉見の死のショックも日に日に薄れ、今ではそんなおばさんいたっけ、と思うことさえある。カンボジアに着いた時の不安や、金を盗られて途方に暮れたことなどとっくに忘れ、遠い昔の出来事のようだ。これでは何のためにカンボジアにいるのだろう、と思ったこともあるが、解凍された魚のように、晃は暑い土地で弛緩《しかん》し切っていた。

ある日、プールサイドで、誰かが置き忘れた「少年ジャンプ」を見つけた。ほぼ半年前のもので、表紙は破れ、ページはめくれていたが、晃は嬉々《きき》として飛びついた。時々、WEBで読むことはあっても、紙媒体は久しぶりで懐かしい。

芝生に腹這《はらば》いになって夢中で読み耽《ふけ》っていると、ページの上に人影が差した。顔を上げると、サガミが立っていた。サガミの眼鏡のレンズに、陽光が反射して眩しい。

「八目さんは暇そうで、羨《うらや》ましいな」

サガミはKIMURANのロゴが入った黒いTシャツに、灰色の作業ズボンを穿いていた。首にはマフラーよろしく、白いタオルを巻き付けている。額に汗の粒がぷつぷつと浮いていた。

「いや、まあ、そうなんですけど」と、いやいや返事をする。

「じゃ、そろそろ仕事でもしてみますか」

「そうすね」

曖昧に返したが、寝転んでマンガを読んでいた姿がさすがに恥ずかしくて、晃は居住まいを正した。

「わかりました。社長にそう言っておきますよ」

「はあ、まあ、よろしくお願いします」

首を突き出すようにして挨拶すると、サガミが顎に手をやって考えている。

「そうか。働くとなると、保険のことなんかがあるから、パスポートをお借りした方がいいな。コピーを取らせてもらったら、すぐ返しますから持ってきてください」

「部屋にあるんですけど」

何もかもが面倒臭い晃は渋ったが、サガミは譲らない。

「じゃ、ここで待ってますんで、取ってきてくれますか」

晃は、読みかけの雑誌を伏せて立ち上がった。怠け癖がついたせいで働きたくはなかったが、そろそろ外の刺激が欲しくもある。

同じ宿舎にいる連中は、朝食が終わるとマイクロバスに乗せられて、毎朝どこかに出かけて行き、夜七時過ぎに帰ってくる。どこに行って何をしているのかと、茶を淹《い》れてくれた若い男に訊《たず》ねたことがあるが、「事務とかですね」と、ぼんやりした答えが返ってきただけだった。

木村のところで仕事をするのだとしたら、非力な自分も建設現場には向いていないから、作業所かなんかで事務的な仕事をやらされるのだろうと思っていた。

晃は、部屋に置いてある荷物の中から、パスポートを取ってきて、プールサイドで待つサガミに渡した。

「よろしくお願いします」

サガミは、力士の切る手刀の真似をして受け取った。

「どうも、すぐ返します。じゃ、八目さん、明日から一緒に仕事しましょう。朝食の後、迎えのバスに乗ってってください。バスは確か八時半発です」

「何か持っていくものとか?」

「いや、身ひとつで大丈夫ですから」

「そうですか。じゃ、よろしくお願いします」

やむを得ず一礼すると、サガミは、「あ、はい」と軽く頷いた後、晃のパスポートを無造作に尻《しり》ポケットに突っ込んだ。そして、テラスのガラス戸を開けて、我が家のように堂々と母屋に入っていった。

テラスから入れるのは、あの大きなテレビモニターのあるリビングルームだ。二階に、木村の寝室や仕事部屋があるのは知っている。そこに置いてあるコピー機でも使うのだろう。晃は再び芝生に寝転んで、日光で熱せられたマンガ雑誌を広げた。

日当がいくら出るのか、拘束時間はどのくらいか、など肝腎《かんじん》の労働条件についてサガミに確かめるのを忘れてしまった。まあ、後で聞けばいいさ。ここでは時間がゆっくり過ぎてゆく。そう思ったら眠くなって、雑誌に突っ伏して寝てしまった。目が覚めたら、陽が傾いていた。


翌朝、スマホでアラームをかけ、眠い目をこすりながら食堂に向かった。このところ、すっかり朝寝坊をする癖がついてしまったから、食堂に行く頃はすでに昼前で、誰の姿もなかったのだ。

食堂では、五人の男たちがばらばらに座って朝食を食べていた。食べ終わって、タバコをくゆらせている者もいる。四十代と思《おぼ》しき男が二人。あとの三人は晃と同じくらいの歳格好だ。最初の頃、晃に茶を淹れてくれた若い男は、姿が見えない。

晃は、入り口で軽く頭を下げた。

「おはようございます。今日から俺も行くことになりました。八目といいます。よろしくお願いします」

晃の挨拶に、「どうも」「こちらこそ」と返答した者もいるし、無言で頭を下げた者もいる。年長の四十代の二人は、晃の方に目をくれただけだった。そのうち一人は暗い面持ちで、窓の外に視線を逸《そ》らした。もう一人の男は坊主頭で、目付きが怖かった。坊主頭には近寄らないようにしようと、晃は端の席で朝食を食べた。

楊子《ようじ》で歯をせせりながら番茶を飲んでいると、姿を見なかった若い男が呼びに来た。一番年下でいかにも軽く見えるので、パシリみたいなことをさせられているらしい。皆にタカと呼ばれている。

「八目さんすか？　早く乗ってください」

気が付くと、周囲には誰もいない。晃は慌てて立ち上がった。

マイクロバスには、運転手を除いて七人の男が乗っていた。先ほどの五人に加えて、タカと、普段見かけない初老の男だ。初老の男は寝癖が付いた白髪頭を逆立てたまま、一番前の席でガラケーを眺めている。

バスはトゥールコークの高級住宅街の中を走った。途中、ミネアの住むマンションが見えた。ここだ、ここだ、と晃はバスの中から、築年数の古いマンションを見上げた。

ミネアの部屋の黴臭《かびくさ》いエアコンの冷気を思い出すと、懐かしい気持ちになった。つい二十日ほど前のことなのに、本当にあったことなのかと信じられない思いだ。空知が死んだらしいと報告してから、死の証拠を探せと言われただけで、以来、安井からも三輪からも連絡が絶えている。

マイクロバスは、うねる波のようなバイクの集団を掻き分けながら進み、リバーサイドの一角にある古い雑居ビルの前で停まった。運転手がプシュッと音を立ててドアを開ける。男たちがぞろぞろとバスを降りていった。晃も最後に降りたが、冷房の効いた車内から、一気に熱暑の中に出たから、慌ててビルの階段を上った。

一階は、婆ちゃんのしもた屋に近いようなコンビニで、二階はしょぼいツーリストの事務所。三階が木村のオフィスだった。といっても、木村の姿はない。

看板も出ていないワンルームの広いオフィスで、中はいくつかのパーティションで区切られているだけだ。一緒にバスに乗った男たちは、数人ずつ分かれてパーティションの中に入っていった。

「あんた、パソコンできるか?」

白髪頭の初老男に訊かれて、晃は頷いた。

「できます」

「じゃ、この名簿の上から順に、ネットで名前を検索して情報上げてくれよ」

初老男がラップトップ型のパソコンを指差しながら、目の前に、どさっと名簿らしき冊子を置いた。

「情報ってどんなんですか」

「どんなのでもいい。どうせ、みんなツイッターとか、フェイスブックとかいうのをやってんだろう。その中にどんなことが書いてあるか見て、書きだしておいて。家族構成とか、趣味とかさ」

メモ用紙を渡されたので、晃は首を傾げた。

「書くよりも、ワードとかにコピペして、プリントアウトした方がよくないですか」

男はパソコンに詳しくないらしく、「ああ、それでいいよ、それでいい」と投げやりに言う。

「あと、フェイスブックのアカウントは誰のを使うんですか。このパソコンに何か入ってます?」

「わからん。あとで、タカに訊いてくれ」

適当な仕事もあったものである。自分のアカウントを使うしかないのか。晃は呆《あき》れて、さらに訊いた。

「あの、これは、何のためにするんですか?」

「何のってさ、顧客の情報を整理するんだよ」

晃は、男の顔に苛立ちが走るのを認めた。それ以上、知らないらしい。晃は質問するのを諦《あきら》めて、久しぶりにパソコンの前に座った。

渡された名簿は、十年以上も前の地方の私立高校の卒業名簿だった。晃は言われた通り、名簿順に名前を検索した。勤務先や家族関係、趣味など、通り一遍のことを調べているうちに、時間が過ぎた。すでに午後一時を回っているので腹が減っている。

「あのう、昼飯はどうするんですか?」

タカを摑《つか》まえて訊ねる。タカは、タバコを買いに市場まで行かされたらしく、汗びっしょりだった。

「隣の部屋に弁当を用意してます」

ほっとして立ち上がり、用を足してから隣室に入った。テーブルに積まれたランチの容器から、焼きそばの麺《めん》が数本はみ出ているのが見えた。

「冷蔵庫に飲み物ありますから」

なるほど。皆、勝手にコーラや水などを出して飲んでいる。さすがにアルコールはないようだが、飲み放題とは有難い。晃は好物のコーラを冷蔵庫から取って、弁当をひとつ手にした。窓際の席で焼きそばを食べていると、坊主頭が横にやって来た。

「あんたが八目さんか?」

「そうです。よろしくお願いします」

緊張しながら答える。男のドングリ眼を見るのが怖くて、どうしても避けてしまう。坊主頭が可笑《おか》しそうに言った。

「あんた、男の恋人を追いかけて、カンボジアくんだりまで来たんだって?」

「男の恋人?」

いったい何のことかと思った途端、空知のことと知れた。

「いや、そういうわけじゃなくて」

「いいんだよ、照れなくても。高校の時から両思いなんだって?」

坊主頭の言に、周囲にいた男たちがどっと沸いた。

「違うんです」

「いいよ、照れるなって」

「あの、それって誰が言ったんですか」

そんな問いを発しながら、木村に決まっている、と心の中で答えていた。木村に決まっている。だから、サガミは「こっちの方ですか」とわざわざ訊いたのだ。

そう言えば、周囲の人間が何となく自分を遠巻きにしているような、面白がっているような節があったと思い出す。

「誰だっていいじゃないのよ。趣味は人それぞれなのよ」

坊主頭が女の口調を真似ながらリベラルなことを言うのが、また腹立たしかった。しかし、ここで自分は女が好きなのだと宣言するのもわざとらしいように思われ、晃は長い箸《はし》を握ったまま、しばらく絶句していた。

「もしかして、両刀遣いとか?」

坊主男の言葉に、また皆が笑う。

「タカなんかどうだ?」

晃同様、端っこの席で、背を丸めて焼きそばを食べているタカを指差す。タカが振り向いて、怯《おび》えた顔で愛想笑いをした。

「あの、サガミさんはどこですか? 今日は来ないんですか?」

晃はたまりかねて抗議しようと思った。その時、昨日サガミにパスポートを渡したきり、まだ返してもらっていないことを思い出して、何となく胸騒ぎがした。

「サガミって誰」

坊主頭が誰にともなく訊いている。初老の男が、「専務のことだよ」と補足したので、坊主頭が頷いた。

「何だ、専務か。あの人はこっちには来ねえよ。ここの責任者は、ヨシダさんだからな」

ヨシダというのは、初老の男のことらしかった。

「喋ってねえで、早くメシ食えよ」

ヨシダが不機嫌に怒鳴ったので、その話はそれでおしまいになった。

その日の仕事が終わったのは、午後六時を過ぎていた。またマイクロバスが迎えに来て、帰路に就く。帰ったら、すぐに夕食。宿舎に戻って寝るだけだ。タバコを吸いながら、食堂でだべっている者もいたが、皆、十時には部屋に引き揚げた。

だが、晃は落ち着かなかった。木村とサガミに、空知のことで文句を言ってやりたかった。そして、パスポートを取り戻さねば気が済まない。しかし、宿舎の外でしばらく待ったが、その夜、木村とサガミは自邸に戻ってこなかった。その翌日も、そのまた翌日も同じだった。

「社長と専務はどこに行ったんですか?」

ヨシダに訊いてみたが、「地方に視察だろ」という素っ気ない答えが返ってくるだけだ。名簿順に検索する仕事は、だんだん飽きてきた。何のために、こんな古い名簿を繰っているのだろう。

ある日、パーティションの中を覗いてびっくりした。陰鬱《いんうつ》な中年男と、二人の若い男が代わりばんこに電話で話している。

「高松下警察署、交通課の佐藤《さとう》と申します。お宅のシゲノリさんが、先ほど交通事故に遭われました」

中年男が警察官のふりをすると、一人がスマホを近付ける。スマホから、街の喧噪《けんそう》の音が流れてきた。自動車のクラクションや走り去る音、「信号が赤に変わります」という音声、若い女たちの話し声などが録音されている。どうやら、日本の街角から電話をしている、という演技をしているらしい。

「うわ、やべっ」と、思わず声が出た。どう考えても、振り込め詐欺だ。そういや、最近、詐欺グループが外国に場所を移しているという話を聞いたことがあったが、まさか自分が荷担しているとは思ってもみなかった。木村は得体の知れないところもあると、婆ちゃんは言っていたが、まさかこんなことにまで手を染めているとは。

一刻も早く、ここから逃げ出さなくてはならないが、サガミにパスポートを預けてしまったのは不覚だった。しかし、紛失したと言えば、大使館で再発行してくれるだろう。

とりあえず、今はおとなしく何も気付かぬふりをしながら、仕事を辞めたいとサガミに申し出るのが無難だ。それとも、夜逃げするか。いや、それは捕まるとまずい。何とか円満退社する方がいい。

ああでもない、こうでもない、と考えながら仕事をしたので、よほどぼんやりしていたのか、「おまえ、どうしたんだよ」と、ヨシダに不審がられた。


日曜の昼間、やっとサガミの姿を見かけた。前夜、木村と一緒に遅くに帰ってきたらしい。サガミは、短パンにランニングというくだけた格好で、プールサイドで一人ごろごろしていた。ビールをラッパ飲みして、リラックスした様子だ。

「サガミさん、ちょっといいですか」

晃は勇気を振り絞って、近付いていった。

「八目さんかあ。これ見てよ」サガミが、脚を指差した。「これ、三年前に毒蛇に咬《か》まれた痕《あと》だよ」

確かに、紡錘形に筋肉が付いた逞しい脹《ふく》ら脛《はぎ》に、白くなった傷痕がある。

「毒蛇？　マジすか？」

「マジ、マジ。ほら、ポイズンリムーバーって知ってる？　あの毒を吸い出すヤツ。あれで助かったんだよ」

「あんなんで効くんですか」

「いや、効くんだ。放っておいたら、足首からだんだん熱が上がってきて、足がぼんぼんに腫《は》れてくるんだよね。そして、最後は心臓にくるんだよ。こりゃやばいっていうんで、慌ててポイズンリムーバーやってさ。毒を吸い出して吸い出して、何とか助かったのよ」

「血清とか使わないんですか」

「そんなのあるわけないだろ。ジャングルだったんだからさ」

楽しそうに喋り続けているので、気が引けたが思い切って言う。

「あのう、俺のパスポートですけど、返してもらっていいですか」

サガミは忘れていたらしく、はっとした様子だった。

「ああ、ごめんな、遅くなって。忘れてたわけじゃないんだけど、出張してたからさ」

サガミがビールを傍らに置いて立ち上がったので、ほっとした。

「寛《くつろ》いでいるところにすみません」

「あ、そうだ。今日は駄目だった」急に思い出したらしく、大きな声で言う。「社長の金庫に入れてもらったんだけど、金庫の鍵《かぎ》は社長が持ってるんだわ」

「木村さんは、いないんですか」

「朝早くゴルフに出て、まだ帰ってきてないよ。日曜だからさ、明日じゃ駄目かい？　絶対に返すから」

「もちろん、明日でいいです」不安だったが、渋々承知する。

「ごめん、ごめん。そりゃ、ちょっと心配だよな」

サガミが同情したように言う。

「いえ、それからですね。俺、仕事辞めさせてもらってもいいですか」

急いで付け加えると、サガミが仰天したように目を剝《む》いた。

「何でまた」

「何か向いてないんです。俺、ゲストハウスとかで働く方が向いてるみたいで」

「そうか。そりゃ、困ったな」サガミが脇のテーブルに置いてあったスマホを手にした。「実は、八目さんの部屋代とか食費とか、結構な額いっちゃってんだよ」

「部屋代？」

晃は驚いて声を上げた。思いがけないことだった。

「うん」とサガミは頷き、スマホの画面を見せた。「部屋代が一泊五十五ドルで、食事が同じく四十八ドル。一日百三ドルとして、二十四日間いるから、二千四百七十二ドルになってる。これ、払える？」

不覚だった。食事も宿も無料だと思っていたのだ。無料と信じ込ませて、好きなだけ自由にさせていたのも、木村のやり口だったのか。愚かだった。

「そんな金ないです」

「だから、俺もそれが心配で、そろそろ働いてみないかと訊いたんだよ。経費のこと、社長から聞いてなかったの？」

晃は悄然《しょうぜん》として、答えられなかった。こうなれば、パスポートは諦めて逃げるだけだ。大使館に駆け込んで、詐欺グループだと訴えるしかない。

「逃げても無駄だよ。木村さんはプノンペンの顔だ」

晃の思いを読んだように、サガミに言われてどきりとした。

「そんなこと考えてないです。働いて返します」

「うん、そうしてよ」

サガミは軽い調子で言って、またどっかと椅子に座った。


その日、サガミは日がな一日、プールサイドでごろごろしていた。晃は、その様子を横目で窺《うかが》いながら、逃げる方法を何とか見つけたいと、玄関脇の植え込みの陰に立っていた。

突然、門扉が開いて黒塗りのベンツが入ってきた。運転手付きのベンツは、木村の車だ。ゴルフから帰ってきたらしい。

後部座席に、木村の大きな顔が見えた。ティアドロップ形のレイバンのサングラスを掛けている。その横に女が乗っていた。珍しいこともあるものだ、と好奇心に駆られた晃は、背伸びして車の中を覗き込んだ。

後部座席のウィンドウは、スモークがかったプライバシーガラスになっているので、はっきりとはわからなかったが、女の横顔は橙子にそっくりだった。激しい動悸《どうき》がする。何年かぶりに直《じか》に見る橙子のような女はとても美しく、空知を思い起こさせた。

晃は、急いで庭に向かった。サガミの姿がないことにほっとしながら、晃は腰を屈《かが》めて母屋に近付いた。そっとリビングを覗く。木村と橙子に似た女は、ソファに相対して座り、穏やかに話をしている様子だ。女は後ろ向きなので顔はわからないけれど、ショートにした髪のウェーブや肩の形など、橙子によく似ている。

晃は裏手に回った。バックヤードに通じる裏口は、食料庫になっているはずだが、そこから入るしかない。幸い、扉は開いていた。キッチンでは、カンボジア人の召使いが一人、スマホを片手にクメール語でお喋りしながら、飲み物の用意をしていた。盆の上に、キリンの缶ビールとグラスをひとつ、そしてミントの葉を添えたアイスティーを載せている。

召使いが出て行ったのを確かめてから、晃は一階の客用トイレに忍び込んだ。そこで橙子を待つつもりだ。女がトイレを使わなかったらそれまでだし、もし、トイレに来た女が橙子でなかったら、自分は犯罪者として警察に突き出されることになる。いや、もしかすると、この家でサガミや坊主頭にリンチを受けて殺され、敷地内に埋められるかもしれない。そう思うと、恐怖で足が震えた。

しかし、女が橙子だとして、何も知らずにトイレに入ってきたら、それは千載一遇のチャンスというものである。とうとう野々宮きょうだいの一人に再会できるのだ。興奮のあまり、動悸が治まらなかった。晃は、ポケットの中のスマホをマナーモードにして、お守りのように握り締めたが、汗でぬるぬると滑った。

4

晃は、何とも落ち着かない気持ちで、ゲスト用トイレの調度を眺めていた。これがパウダールームというヤツか。えらく豪華で、洗面台の上の壁全体が鏡になっており、化粧直しのスペースが広く取ってある。

洗面台には、液体石鹸《せっけん》の入った洒落《しゃれ》たグラスボトルと、ハンドタオルが何枚も綺麗に畳まれて入った竹籠が置いてあった。隅には、紫色の蘭の鉢まで飾ってある。植木鉢自体も、やたらと高価そうである。

晃はこんな豪勢なトイレを見たのは、生まれて初めてだった。タオルを一枚手に取り、匂いを嗅《か》いでみる。いい匂いがしたので、一枚ポケットに入れた。

しかし、振り込め詐欺集団を雇い、自分のパスポートを取り上げた上に、まるで仕組んだみたいに滞在費まで請求する木村が、こんな美しいパウダールームを、来客のために用意していること自体が、邪悪で薄気味悪くも感じられるのだった。

橙子と思しき女性は、なかなか現れなかった。もう、帰ってしまったのかもしれない。晃ははらしながら待つことに、耐えられなくなってきた。とうとう鏡の前の椅子に腰を下ろして、自分の顔を眺める。二十四日間のだらけた逗留で、緩みきっていた顔が緊張で引きつっていた。

木村が、このトイレを使うこともあるやもしれないと思うと、恐怖で動悸が激しくなった。トイレに籠《こ》もっている言い訳をあれこれ考えるも、これといった理由を思いつくことができなかった。つくづく自分という人間は、嘘が下手で、機転も利かず、役に立たない男だ、と嫌気が差す。こんな時、人たらしの空知なら、きっとうまくやってのけるだろうと、今は亡き親友を思い出すのだった。

トイレで待つこと三十分、やっと廊下を歩く軽い足音が聞こえた。来た、と晃は唾を呑み込んだ。緊張の一瞬だ。

ドアが開いた瞬間、晃はドアを背にして鏡に向かって立ち、思わず目を瞑った。相手が誰であれ、いきなり鉢合わせする勇気はない。

「あっ」と、女の声がした。

晃は目を開けた。髪をショートにした女性が驚いて、立ち竦んでいる。晃は、思わず口の前に人差し指を立てた。緊張で女の顔をまともに見られない。しかし、女が驚いて出て行ってしまうと困るから、どうしたらいいかわからなかった。

「驚かしてすみません」と、小声で謝る。

「ああ、びっくりした」

返事は日本語だった。晃はおずおずと目を上げて、鏡越しに女の顔を見た。ノースリーブの黒いドレスを着た橙子にそっくりの美人だ。が、橙子ではない。もっと若い。人違いだったか、万事休す。

諦めかけた時、女がドアを閉めながらこう言った。

「もしかして、八目さんですか？」

驚いて振り向いて正面から顔を見たが、誰なのかわからない。

「橙子さんじゃないよね？」

「それは姉です。私は藍です」

「藍ちゃんか」

高校を卒業して以来、橙子や藍には一度も会っていない。自分より三歳下だから、藍は二十二歳になっているはずだ。以前は親しみやすい容貌《ようぼう》の可愛い女の子だったが、髪を整えて化粧をすると、橙子によく似た美しい女性に変貌していた。見間違えるのも、無理はなかった。

「藍ちゃん、すごく綺麗になったからわからなかった」

藍は声を潜めた。

「八目さん、カンボジアに来てたんですね」

「うん、俺にコメントくれたよね？」

「ええ、私です。八目さんがこっちにいることがわかったので、余計なことしない方がいいと思って」

「捜すのは、余計なことなの？」

心外というよりも、ショックだった。呆然としていると、藍が外の様子を探るように振り返ってから、囁いた。

「今ここでは話せないから、明日、ホテルに来てください」

「ホテルって？」

「ロイヤル・ラムドゥール。三十二階にいるリンに会いに来たと言えば、通してくれるから」

「リン？　藍じゃないの？」

「リンが本当の名前なの」

「知らなかったな」

空知たちきょうだいが、実はカンボジア人だったという実感が迫ってくる。

「八目さん、それより、今のうちに出て行った方がいいと思う。木村さんは、二階の自分の部屋のトイレを使うって言ってたから、もうじき戻ってくるよ」

「わかった。ありがとう」

トイレから出て行こうとした晃は、振り向いて藍に確かめた。

「藍ちゃん、本当に藍ちゃんだよね。夢じゃないよね？」

「はい、野々宮藍です」

「やっと会えて感激だよ」

野々宮父の死に顔の写真を見せてやりたかったが、時間がない。また会えるのだから、と先にトイレから忍び出た。

侵入した経路を辿《たど》って、無事に晃は再び玄関脇の植え込みに隠れた。やがて、車の音がして、木村のベンツが門から出て行くところを見た。後部座席に乗っている人影は一人だった。中はよく見えないが、小柄な人物が座っているから、藍一人のようだ。木村が自分の車で、ラムドゥールに送っていかせたのだろう。

明日、ここを抜け出してラムドゥールに行き、藍と話す約束だ。パスポートを取り戻すことは、諦めざるを得ないだろう。再発行は、大使館に駆け込んで木村を告発すればいいとは思うが、パスポートがなければ不便この上ない。

今思えば、サガミが有無を言わさぬ調子でパスポートを借り上げたのも、滞在費を請求した際に逃げられないようにするための方策だったのだろう。木村たちの巧妙さにまんまと欺《だま》された、おのれの迂闊《うかつ》さに臍《ほぞ》をかむ思いだ。

その夜は、やっと藍に再会できた興奮と、木村のもとから逃げる緊張とで、ほとんど一睡もできなかった。

翌朝、晃は普段通り納豆などの朝食を食べ、ヨシダやタカら七人の男たちと一緒に、マイクロバスに乗り込んだ。いつもなら手ぶらで、緩んだTシャツと短パンというだらしない格好で仕事に来るのだが、今日は綺麗めなTシャツにジーンズ、スニーカーだ。しかも、リュックサックを前に抱えている。

衣服のほとんどは部屋に置いたままで、少しの着替えと充電器、必要な書類だけをリュックに詰めて出てきたのだ。昼休みに、頃合いを見て逃げるつもりでいる。

一人だけ、きちんとした身なりをしているので、何か言われるかと思ったが、バスの中では、誰も気付いた様子がない。

「あれ、八目さん、今日はカッコいい」

三階の部屋に入る時に、初めて気付いたようにタカが言ったが、晃は誤魔化した。

「冷房がきついんだよね」

「さすが、言うことが女だな」

横で聞いていた坊主頭が揶揄《やゆ》して皆が笑い、話は終わりになった。タカは坊主頭が苦手らしく、さっさと退散している。晃は、坊主頭は差別野郎だと常々不快に思っていたが、今日ばかりは有難かった。

午前中の仕事が終わり、やっと昼食の時間になった。休憩室になっている隣室からは、焼きそばの匂いが漂ってくる。最初の頃は旨《うま》いと思って食べていたが、毎日同じ店から出前で取るので、さすがに飽きてきていた。しかし、晃は残さず全部食べた。

トイレは外廊下の端にあるが、トイレに行くために荷物を持っていくとさすがに怪しまれる。晃は、悩んだ末に、腹を下したふりをすることにした。

「あいててて」と腹を押さえて、リュックを手にして中を覗いた。「紙があるかな」

「いちいち断るなよ、バカ」

まだ食べている最中の坊主頭が箸を振り回して怒鳴ったので、「すみません」と、弾《はじ》かれたようにして立ち上がる。リュックを持ったまま、腹を押さえて部屋を飛び出した。

「何かあたったのかな」

「イカじゃねえか。ちょっと古かった」

話す声が聞こえたが、ドアをバタンと閉めたので、その後の会話は途絶えた。晃は階段を駆け下りて、一階のしもた屋の横から往来に飛び出した。

冷房の効いた部屋からいきなり外に出たので、頰に熱風を感じた。午後二時。プノンペンは暑さのピークで、人の影が濃い。

追っ手が来るのではないかと焦って周囲を見回すと、往来の角に数名の男たちがたむろしているのが見えた。トゥクトゥクだ。晃はそこまで走った。停まっているトゥクトゥクを指差しながら、飛び乗った。

「ロイヤル・ラムドゥール」

行き先を告げて、リバーサイドに聳《そび》える高層ビルを指差す。トゥクトゥクが走りだしてから後ろを振り返ったが、誰も追ってこないので安堵《あんど》した。

トゥクトゥクが熱気にうだる街を進んで行く。行く手にセントラル・マーケットの白いドームが見えてきた。巨大なドームから四方に建物が長く延びて、たくさんの店が出ている。周囲には、車やバイクが停まって、買い物客が大勢歩いていた。

セントラル・マーケットの威風堂々としたドームや、集まった人々を見ているうちに、晃の身内に溢《あふ》れるものがあった。何ものからも自由になりたい、という強い欲求だった。楽ちんだと思っていた木村邸での食客の日々が、実は嘘くさく、またつまらないものに感じられる。

カンボジアに来ることができたのも、他ならぬ空知の縁ではないか。その空知は、この土地で死んだ。晃は、パスポートなどなくしたままでもいいのではないか、と思い始めている。日本人と認定されなくても、プノンペンやシェムリアップで、準カンボジア人として生きていけるかもしれない。

藍のように、カンボジア人の名前をもらってクメール語を覚え、この土地で暮らす努力をする。シェムリアップで、婆ちゃんの孫となって、しもた屋や、ソックのゲストハウスの手伝いをして生きていくのはどうだろう。東京でしがないリーマン生活をして、セクハラ野郎、などと女たちに告発される生活よりも、ずっと幸せに暮らせるのではないか。

これは、自分が「吉見化」してきている、ということかもしれない。晃はスマホを手にして、吉見からの着信履歴を見た。嘘吐きで強欲で、やたらと調子のいい吉見も、ひとつだけいいことを教えてくれた。旅先では、新しい自分になれる、それも何度でもなれる、ということだ。

そんなことを考えているうちに、トゥクトゥクは、いつの間にかロイヤル・ラムドゥールの入っている高層ビルの前に到着した。五ドルと吹っかけられたが、おとなしく支払って、トゥクトゥクを降りる。いよいよ、藍との対面だ。

ひと月近く前、このビルの前の路上で、スマホを奪おうとする男と揉み合ったり、安酒を呷《あお》ったりしていた自分が信じられなかった。やはり、吉見が見た藍のような女というのは、藍自身だったのだから。

　ホテルへの入り口がわからず難儀したが、裏手の隠し扉のようなところから入るのだと、オフィスビルのガードマンがいやいや教えてくれた。裏手に回ると、そこには別のガードマンと、ホテルのボーイらしき男が二人で立っていた。

「三十二階のリンさんに呼ばれてきた」

　晃が下手な英語で告げると、すぐに通してくれたばかりか、ボーイも同乗してエレベーターのパネルを操作してくれる。驚いたことに、フロントにも寄らず、三十二階まで直通だった。

　エレベーターを降りると、そこはホテルのワンフロアというよりは、邸宅の玄関のようだった。どうやら三十二階のフロア全体が、藍の住む家らしい。狭い廊下の突き当たりに、金色の扉がある。

　しかし、呼び鈴がどこにも見当たらない。晃はしばらくまごまごしていたが、思い切ってドアをノックした。すると、黒髪を撫《な》で付けた東洋人の男が顔を出した。乱れのない黒いスーツを着ているので、使用人なのだろうか。ただ、東洋人というだけで、どこの国の人間かはわからない。

「リンさんに呼ばれました」

　日本語で言うと、男は何も言わずに、丁寧な仕種で中に請《しょう》じ入れてくれた。その部屋は、使用人が用事を取り次いでくれる間、待っているような部屋らしく、ソファセットがあって、低いコーヒーテーブルの上には、雑誌やボンボンなどが置いてあった。男が英語で、座って待っていてほしいというので、晃はソファに腰掛けたが、あまりにも豪華な内装なので、居心地が悪かった。自分がまったく場違いな存在であることはわかっていた。

　それにしても、藍はどうしてこんな豪勢な暮らしができるのだろう。藍一人の力だけではないことは何となく窺い知れる。では、その人物と藍はどういう関係なのかという答えだけは、聞きたくないような気がした。

「八目さん、いらっしゃい」

左手のドアが開いて藍が姿を現した。昨日とは打って変わって、ジーンズというカジュアルな服装だった。中学生の頃の藍を思い出させたが、ぴったりしたTシャツを着ているために胸の形が露《あら》わで、晃はどぎまぎした。

「どうも」と、ぎごちない挨拶をする。

「こっちにいらして」

晃をドアの中に請じ入れる。黒いスーツの男は、無表情に立ったままだ。晃は、おずおずと藍の手招きする部屋の中に入った。そこはプライベートな居間らしく、ペルシャ絨毯《じゅうたん》が敷いてあり、その上に柔らかそうなベージュの革製ソファセットが置いてあった。ソファは低く、いつかアメリカ映画で見た富豪の家のようだった。

テレビの大型モニターが壁面に備え付けられて、壁には見覚えのある絵が飾られている。引きつけられて見とれていると、藍が言った。

「それ、ピカソですって」

きっと本物なのだろう。晃は阿呆《あほう》のように口を開けて、度を越して豊か過ぎる、藍の現在の暮らしに衝撃を受けていた。

「八目さん、どうぞ座ってね。今、冷たいものをお持ちします」

お構いなく、という言葉を言うのも忘れて、八目は部屋のあちこちに置かれた壺《つぼ》や仏頭などに見入った。アンコール・ワットから切り取ってきたのではないか、と思えるような神々の闘いを描いたレリーフも飾られている。

「結構、珍しいものがあるのよ」

藍が、手ずからアイスティーのグラスがふたつ載ったトレイを運んできた。

「すごい。博物館みたいだね」

「客間はもっとすごいの。ここは私の部屋だから、あまり多くないの」

晃はいったんソファに腰掛け、アイスティーにストローを差した。アイスティーには知らないハーブや少量の酒が入っているらしく、驚くほど旨かった。晃は、ストローでずずっとアイスティーを吸い込みながら、疑問を口にすべきかどうか迷っていた。

「八目さん、私がどうしてこんなゴージャスな暮らしをしているのかって、訊きたいんでしょう？」

藍の方から口にしてくれたので、ほっとして頷く。

「私ね、王族の一人と暮らしているのよ。彼は今の王様の異母弟の一人なの。だから、お金があるし、このロイヤル・ラムドゥールにも暮らせるの」

藍は結婚しているとは言わなかった。そのことを訊いていいのかどうか、晃は逡巡《しゅんじゅん》している。藍は空知の大事な妹だという意識が強かったし、何よりも、空知の家に足繁く通っていた時に、きょうだい三人と仲良くしていた思い出があるから、藍を貶《おとし》めたり傷付けたりはしたくなかった。

「すごく立派な家だから、気後れしちゃったよ。こんな格好だし」

晃はTシャツにジーンズ、汚いスニーカーという服装を見ながら言った。

「平気よ、そんなの。こっちじゃ、みんなそうじゃない」

藍が笑うと、中学生の頃のようだった。

「だけど、ロイヤル・ラムドゥールって入りにくそうじゃない。ネクタイでも締めなきゃ駄目なのかと思った」

「八目さん、そんなの持ってないでしょう?」

「うん、持ってない」晃はいったん言葉を切った。「ところで藍ちゃん、その王族の人と結婚したの?」

やっとのことで質問すると、藍があっけらかんと首を振る。

「私は愛人なのよ。彼はもう五十五歳で、奥さんもいるし、子供もたくさんいるの。子供たちは、みんな私より年上なのよ」

藍がはっきり言ったので、晃は衝撃を受けた。五十五歳だって? 俺の父親と同い歳じゃないか。職場にも、五十五歳になる汚いオヤジが大勢いたぞ。あいつら、みんなおしっこした後、手も洗わないで職場に戻るんだぞ。酒が入ると、すぐ女の話をしたがるような下品なヤツらだ。そんなオヤジが、藍のように若い美女を囲っているというのか。いくら金があるからと言って、許せない。

憤怒《ふんぬ》が顔に出たらしく、藍が少し笑った。

「そんな顔しないで」

「ごめん、驚いただけだよ」

「仕方がないの。異国で暮らすには、それなりのことをしないと」

「異国なの? 藍ちゃんたちは、ここの生まれだって聞いた。カンボジアの人だって」

「そうなのよ。私もそれを聞いたのは高校生の時だったから、ショックを受けた。姉は十歳上だからもちろん覚えていて、カンボジアのことや本当の両親のことをいろいろ教えてくれた」

「空知は？」

「兄はまだ小さかったから、覚えていないって言ってたけど、飛行機で日本に着いた時のことだけは、何となく覚えてるそうよ」

「全然知らなかったよ。ショックだ」

日本に逃れたのは、ニエット婆ちゃんだけじゃなかったのだ。

「ええ、私も初めて聞いた時は泣いたわ。野々宮のお父さんやお母さんは、本当のお父さんやお母さんじゃなかったんだって」

それを聞いて、晃は野々宮父の死を思い出した。そもそも、カンボジアまで空知たちを捜しにくる羽目になったのは、野々宮父の葬儀に参列したからではないか。

「藍ちゃん、お父さん亡くなったんだよ」

「えっ、野々宮のお父さんが？」

藍が顔色を変えた。

「この写真見て」

晃が差し出した、スマホの死に顔の写真に見入ってから、藍は静かに涙を流した。

「お父さん、会いたかったな。ほんとにいい人だった。私はずっと本当のお父さんだって信じてたから、カンボジアの話を聞いた時はわんわん泣いちゃった。お母さんは、何となく冷たいって感じていたから、本当のお母さんじゃないと聞いた時は、ああ、やっぱりって思った。私の勘は当たってたんだって。だから、カンボジアに来たら、逆に本当のお母さんに会えるんだと嬉しかった」

藍の語尾は静かに消えた。

「会えたの?」

「いや、もうとっくに死んでたの」

藍の語尾が消えそうになる。晃は言葉もなく俯《うつむ》いた。

「お父さんの写真は、野々宮のお母さんから、カンボジアで失踪した子供たちに会えたら、見せてやってくれって言われたんだよ。ところで、三輪って人、知ってる? 藍ちゃんがオペラの勉強を放ったらかして行方不明になったから捜してくれって頼まれたんだ」

「三輪?」と、怪訝な顔をする。「そんな人知らないし、オペラなんてやったことない。気持ち悪い」

「やっぱりな、怪しい話だと思ったよ」

晃は、カンボジアに橙子と藍を捜しにくる羽目になった話を詳しくしてやった。まず葬儀で出会った安井に、橙子を捜してほしいと頼まれ、次に三輪から連絡があったことも。

「姉は、シエムリアップにいると思う」

藍が思い切ったように言う。

「え、シエムリアップに? 俺、ひと月以上いたのに、知らなかった」

「あまり連絡してないけど、そこでまだ暮らしていると思う。でも、そのこと安井さんて人に言わないで。姉は結婚なんかしたことないはずだもの」

「あれも真っ赤な嘘か。どうして嘘を吐いて、金を差し出してまで、俺にきみら姉妹を捜させるんだよ。変じゃね?」

「本命は兄だもの」

「そうだよな、俺もそうだと思ったよ。だから、仲のいい俺に捜させているんだろう。俺じゃないと、空知が出てこないことを知ってるんだよ。空知は本当に死んだの？」

「私はそう聞いている。姉から聞いたんだけど、すごく悲しくて、一週間泣いて過ごしたわ」

「その時、王族の彼氏はどうした？」

「心配してたけど、何も言わなかった」

「関係ないからだろ」

「そんな酷い人じゃないけど」

藍は反論したが、あまり熱心ではなかった。では、シェムリアップに戻って、橙子に会わなければ空知の死の真相はわからないのか。晃は溜息《ためいき》を吐いた。

「どうして藍ちゃんは、俺のインスタにコメントして、空知は死んだからって捜すのをやめさせようとしたの？」

「だって、無駄だもの。兄を捜したって仕方ないでしょ」

「じゃ、何で日本に空知が死んだって連絡がないの？　変だよ」

「わからない」

急に藍の話が曖昧になった。晃は苛立ってきた。

「あのさ、藍ちゃん、昨日は何で木村の家に来たの？　木村は野々宮さんのこと知ってるんだよ。そして、俺が野々宮さんの子供を捜していることも知ってるんだよ。それなのに、どうして藍ちゃんが来るんだよ。俺、腑に落ちないよ」

「木村さんは、私が野々宮の子供だって知らないのよ」

晃は驚いてソファから転がり落ちそうになった。

「そんなことあるかよ」

「あるのよ。私は名前もリンで、カンボジア人だと伝えている。日本語は日本に留学している時に覚えたということにしてるから、私が野々宮だって想像もしていないと思うわ」

「何で昨日、木村の家に来たんだよ」

「木村さんには、お金を借りに行ったの」

「何で？　さっぱりわからない。王族の金持ちと暮らしているんだろう。それなのに、どうして金が要るんだよ」

「個人的に欲しいの。だって、木村さんが私を王族に紹介したんだもの」

「どういう意味？」

藍は黙ってしまった。言いたくないのだろう。

「そろそろ帰って。彼が帰ってくるから」

「わかった。でも、橙子さんの住所教えて」

藍は頷いて、部屋を出て行った。藍は何かを隠している。それは何だ。苛立ちながら、晃は壁のレリーフを見遣《みや》った。またシェムリアップに戻らなければならない。

藍が小さな紙片を手にして、暗い面持ちで戻ってきた。

「今、彼からメールがきて、こっちに帰る途中なんだって。八目さん、もう時間がないから、急いでね。これが姉のいる場所よ」

手渡された紙片には、くねくねしたクメール文字の地名と、電話番号が書いてあった。地名の方は、晃にはまったく読めない。ニェット婆ちゃんに、真偽のほどを確かめて貰《もら》うしかないだろう。

「橙子さんは、ここで何してるのかな」

晃は紙片を指差して藍に訊いた。

「多分、エステサロンだと思う」

「店の名は?」

「わからない」

「これは、橙子さんの携帯番号?」

「そう。しょっちゅう変えているみたいだから、今でも使っているかどうかわからないけどね。私たち、あまり頻繁に連絡を取ってないの。私のお母さんだけ違うって聞いたし、考え方も違うことがわかってきたから」

「そうか。せっかく生まれ故郷に帰ってきたんだから、もっと姉妹で助け合って暮らしていると思っていた」

これは愚かな感想だったようだ。藍が肩を竦める。

「みんな大人だから、それぞれの生活がある。姉はホーチミンでエステサロンを開いていたし、兄は風来坊のようにあちこち流れていたし。私のところは、彼がとても親戚《しんせき》付き合いにうるさいの。私が気に入られたのも、係累が少ないからだって」

係累が少ないことを理由に、女を選ぶ男がいること自体が信じられなかった。そして、そんな男の愛人になっている藍も。

「藍ちゃんの彼氏は、親戚が少ない方がいいの？」

藍がアイスティーのストローを弄《もてあそ》びながら答える。

「王族は利権の塊でもあるから、いろんな人が近付こうとするのよ。だから、人間関係には人一倍、注意を払う。王族と知り合いというだけで、すごくお金が入る国なのよ、ここは。彼はそれで、私の係累に神経質なのよ」

「だからって、空知の葬式にも行けないってことがあるんだろうか」

これは独り言だったが、藍の耳には届いたらしい。藍が抗議するように言った。

「兄が死んだことを姉から聞いたのは、ずいぶん後だったから葬儀にも行けなかったし、どんな状況だったのかも知らされてないの」

藍は、木村とどうやって知り合ったのだろう、と不思議に思ったが、藍は腕時計を覗いて気が急《せ》いているようなので、訊きにくかった。

「最後にひとつ。吉見さんていうバックパッカーのおばさんが、ひと月前に川に落ちて死んだんだけど、ラムドゥールの駐車場で、藍ちゃんみたいな人を見たって言ってたんだ。それで俺がプノンペンに来ることになったんだけど、その人、知らないかな」

綺麗に陽に灼けた藍の顔色が、すっと青くなったように感じられた。

「その人なら覚えている、話しかけられたから。唐突なのでびっくりしたわ。亡くなったの？」

「そうなんだよ。引ったくりに遭って、バッグを離さなかったからだと言われているみたいだけど、俺は何だか寝覚めが悪いんだよ。というのも、藍ちゃんらしき人を見たから、安井さんの連絡先を教えてくれと言われて、教えたばかりだったんだ。三輪からもメールがあったくらいだから、みんな、この情報に飛びついたんだと思う」

「だから、その人は私と彼が車に乗るところの写真を撮ったのね」

「吉見さんは、写真を撮ったのか」

初耳だった。でも、吉見ならやりかねない。晃は、証拠写真を撮ろうと躍起になっている吉見の顔を想像した。

「王族って、怖い人たちなんだね」

思わず本心が飛び出した。

「いいえ、彼は優しい人だから、そんなに怖くはないわよ」

藍は、晃の目を見ない。

「てかさ、藍ちゃんはそんな人と一緒にいて大丈夫なのかな。飽きられたりしたら、どうなるんだろう」

言わなくてもいいことを口走ったが、藍は快闊《かいかつ》に笑った。

「その時はお払い箱でしょうね。私はある程度、お金を貰えればそれでいいの。そういう役回りだもの」

「役回り?」

「そう」

それが藍の異国で暮らすコツかと、晃は失望した。

「藍ちゃん、メアドかＬＩＮＥ、教えてくれないか」

「そろそろ出た方がいいわ」

それには答えず、藍は晃の背中を押すような仕種をした。晃は仕方なく、藍の居室を出た。控えの間には、先ほど案内してくれたアジア人の執事が待っていた。

「じゃ、八目さん、お元気でね」

半開きにした部屋のドアから、藍が顔だけ覗かせて手を振っている。もう二度と会えないような気がして切なくなったが、晃の感傷的な気分を、執事が今度は淀《よど》みない日本語で遮った。

「八目様、私が下までお供します」

「日本の人ですか?」

「いえ、私は日本で生まれ育ちましたが、両親のルーツは朝鮮です」

執事は伏し目になって口早に言うと、晃を奥のエレベーターに案内した。空知たちも、日本で育ったが、両親のルーツはカンボジアということになる。晃は、期待していた分、思うようにならなかった藍との面会に疲れを感じていた。

エレベーターの表示は、三十二階と一階、そして地下の駐車場しかない。執事は一階を押した。

「ご主人様は地下の駐車場から上がってこられますので、一階から出ましょう」

黙って、エレベーターが一気に下降する圧に耐えていると、執事が言った。

「今日、リン様にお会いしたことは、誰にも口外しないでください。でないと、リン様が苦しい立場になられます」

「わかりました。言いません」

エレベーターが一階に着く寸前、晃は執事に訊ねた。

「リンさんの相手の人って、何て名前ですか?」

「お名前は明かせませんが、国王の異母弟でいらっしゃいます」

国王の異母弟の愛人なのに、木村に金を借りにくるとはどうしたことだろう。藍には、自分の自由になる金もないのかと、晃は憐《あわ》れに思った。

ホテル・ロイヤル・ラムドゥールの目立たない玄関を出た途端、晃は善は急げとばかりに、シェムリアップ行きのバスチケットを買いに行った。

藍から吉見のことを聞いたせいか、プノンペンには、これ以上長居したくない。吉見は地雷を踏んだのだ。その地雷の敷設に、自分や藍が関わっていたことを思うと、背中が寒くなるような恐怖と、申し訳なさを感じるのだった。

5

夜行バスで、シェムリアップには翌朝着いた。ひと月ぶりのシェムリアップは、相も変わらず排ガスの臭いと土埃、そして旅行客の喧噪に満ちていた。

アンコール・ワットは、世界中の若者を引きつける。パブストリートは、アリババパンツやショートパンツ姿の、膚《はだ》も露わな格好をした各国の若者が大勢、そぞろ歩いていた。

晃は真っ先に、ソックのゲストハウスに顔を出した。すると、見知った顔がフロントに立っている。以前、このゲストハウスで同室だった、「鈴木」と名乗った女だ。

鈴木は、白いタンクトップに、現地でよく売っている化繊のプリントスカートという姿で、電話をしているところだった。いっそう陽に灼けた浅黒い顔に、ピンクのリップグロスが艶《なま》めかしかった。

「あれ、鈴木さんだっけ？」

「そう、鈴木です。八目さんでしたよね、お久しぶり。しばらく見ないうちに、何か逞しくなりましたね」

鈴木にからかわれた。

「マジ？」

「いやマジです。ほんと、色も黒くなっちゃって、何か頼れる感じになりましたね」と、白い歯を見せて笑う。「で、お金のこと、解決しました？」

うん、と頷く。鈴木とパブストリートを歩いたのは、このゲストハウスで三十万も盗まれて青くなっていた時だった。それは、遠い昔のことのような気がした。

「あれから小切手を送金してもらって、銀行口座も開いたよ。だから、大丈夫。俺ここで、ひと月以上バイトしてたんだから」

「そうか、私がその後釜《あとがま》ってわけね」

鈴木が働いているのなら、求人があるかどうか心配になる。不安そうな表情を見せた晃に、鈴木が先回りして言った。

「大丈夫ですよ。私はひと月の約束でしかないから」

「安心した。違うバイト先を見つけなきゃと思った」

ほっとしつつも、これで鈴木と会えなくなるのが寂しくもある。心細さからか、人恋しくなっていた。

「この後、どこに行くの？」と、鈴木に訊ねる。

「今度は中東の方まで足を延ばしてみようかなと思って」

「危なくないの？」

「さあ、どうだろ。ＳＮＳで情報集めながら行くから、何とかなるんじゃないですか」

鈴木は笑いながら肩を竦めた。逞しいのは鈴木の方だろう、と晃は旅の疲労を感じた。

「アキラ」

奥からソックが現れた。大仰に両手を広げて喜んでいる。鈴木が辞めた後、後任がいなくて困っていたという。結局、鈴木が五日後まで働き、その後、晃が入ることに決まった。

「八目さん、あのハンサムな人、見つかりました？」鈴木に訊かれた。

空知という男を捜している、と写真を見せたことを覚えていたようだ。

「いや」と首を振る。亡くなっていたとはどうしても言えなかったが、何か不吉なものを感じたのか、鈴木はそれ以上、何も言わなかった。

晃はその後、しもた屋に挨拶に行った。婆ちゃんは、テーブルの前に座って、小さな石の擂《す》り鉢で青唐辛子を潰している最中だった。

「婆ちゃん、今帰ったよ」

「お帰り。これ、手伝ってね」

まるでお使いに出ていた子供に言うように、婆ちゃんは晃に石の擂り鉢ごと手渡した。晃は重い擂り鉢を何とか両手で受け取り、椅子に座って青唐辛子を潰し始める。ペースト状にした青唐辛子を、粥《かゆ》に入れて食べるのだ。シンプルな朝飯だ。

「婆ちゃん、話したいことがいっぱいあるんだよ」

晃は手を休めて言った。

「わかってる。ゆっくり、順繰りに話しなさい」

婆ちゃんは、背を向けてガスコンロに大鍋《おおなべ》をかけている。

「どこから話せばいいんだろう。空知が死んだことは言ったよね」

「うん、聞いた」

婆ちゃんは重々しい口調で答えた。背中を向けているので、表情はわからない。

「その妹の藍ちゃんに会うことができたんだよ。それが何と、木村さんの家だった」

「ほう」と、婆ちゃんが振り向く。驚いた顔をしている。「顔が広い男だから、不思議はないけどね」

「次の日、藍ちゃんの家に行って話すことができた。驚いたことに、藍ちゃんは、王様の義弟の愛人になってたんだ」

「へえ。でも、王様の義兄弟とやらは十五人以上いるから、どれがその人かはわからないけどね。しかし、そのアイちゃんは、たいした身分になったもんだ。普通は、映画女優とかモデルを愛人にしている、とよく聞くけどね」

「藍ちゃんは、空知の妹だから美人なんだよ。写真見せたじゃない」

「うん、大人になったんだね」と、婆ちゃんはなぜか嘆息した。

「で、藍ちゃんに橙子さんの住所を書いたメモを貰った。橙子さんはここシェムリアップにいるらしい。俺は橙子さんに会って、空知がどうして死んだか訊くことができたら、それでもう満足だと思ってるんだ」

　晃は婆ちゃんにメモを見せた。婆ちゃんが老眼の目を眇《すが》めて文字を読む。

「この住所は、ラッフルズホテルあたりじゃないかな。電話してみたかい？」

「いや、まだ」

　躊躇《ちゅうちょ》していたのは、藍が渡してくれたメモが本物かどうか、婆ちゃんに読んでもらうまで心配だったからだ。

「それはよかったじゃないか。そろそろ、アキラの旅も終わるね」

「まあね」

　婆ちゃんの家に着いて安心したのか、晃は唐辛子を潰しながら、いつの間にか居眠りをした。

「夜行バスだったんだろう。そこのソファで寝なさい」

　婆ちゃんに優しく言われるがまま、部屋の隅にある、古い刺繡《ししゅう》のカバーがかかったソファに横になると、晃は午後二時頃まで眠ってしまった。

　目が覚めたら、婆ちゃんは店にでも出ているのか姿がない。テーブルに、青パパイヤを挟んだヌンパンが置いてある。ヌンパンは、バゲットサンドだ。

　晃は急に空腹を覚えて、冷蔵庫を勝手に開けた。晃の好きなバドワイザーが入っていた。婆ちゃんは飲まないので、晃のために買っておいてくれたのだろう。晃はバドワイザーを一本開けて、ヌンパンを食べた。食べながら、なぜかわからないけれど、涙が少し出た。

　空知の死、藍の変貌。吉見の死。木村のオフィスで見た犯罪場面。すべてが、これまで経験したことのない衝撃となって、晃を打ちのめしている。一日も早く日本に逃げ帰りたいような、挫《くじ》けた気分だった。

「起きたかい?」

婆ちゃんが店から戻ってきた。肩を揉みながら、疲れた様子だ。

「婆ちゃん、ビールありがとう。勝手に貰ったよ」

「構わないよ。アキラのために買ったんだから。でも、飲み過ぎないでよ」

「わかってる。俺、店番しようか」

実家にいる時は、こんな殊勝なことを言ったことなど一度もないのに、素直に、婆ちゃんの役に立ちたいと思うのだった。

「うん、あともうちょっとしたら夕飯作るから、その時頼むよ」

婆ちゃんが出て行こうとしたので、晃は言った。

「俺さ、木村さんのところにパスポート預けたままで、逃げてきちゃった」

「何があった?」

婆ちゃんの目は鋭い。晃がわけを話すと、婆ちゃんは顔を顰めた。

「それはきっとキムラがやってるんじゃなくて、そのサガミという男の仕事だろう。キムラは事業の手を広げているから、知らないんじゃないか」

「でも、俺は無銭飲食で、振り込め詐欺の共犯なんだよ。しかも、パスポートもない。でも、このままでもいいかと思っている。俺、カンボジア人になろうかと思ってるんだ。このまま、婆ちゃんを手伝って、ここで暮らしたい」

婆ちゃんが、タバコに火を点けて煙を吐いた。

「それはどうかな。パスポートがないと、帰れなくなるよ」

「それでもいいんだ」

「よく考えなさい」

婆ちゃんはそう言うと、タバコを片手にふらりと出て行ってしまった。

だんだんと薄暗くなった。晃は、婆ちゃんの家の台所で、メモにあった番号に電話してみた。橙子が出たら何と言おうと、何度もシミュレーションをした後だったから、「現在使われていない」とクメール語でアナウンスが流れると、激しく落胆した。

もしかすると、通じないかもしれないと思わなくもなかったが、住所が実在するようなので、藍を信頼していただけにショックも大きかった。となると、この住所も怪しいし、シェムリアップにいること自体もわからない。また振り出しに戻るのか。意気消沈する。

手持ち無沙汰《ぶさた》になった晃は、カンボジアに来てから初めて、実家の母に電話した。通話料が惜しいが、直接話した方が母親も喜ぶだろうから、アパートの解約を快くやってくれるかもしれないと計算してのことだった。

五十四歳になる晃の母は、私鉄駅前の手芸店で、編み物を教えるパートをしている。日本とカンボジアの時差は二時間だから、この時間なら仕事も終わって、スーパーで買い物でもしている頃だろう。

「あー、驚いた」

母の第一声はこうだった。果たして、母のスマホからは、スーパーか商店街でかかっているらしいJポップが微かに聞こえてくる。ああ、日本だ。晃は懐かしく耳を傾けた。

「驚いた。晃なの？」

「うん、そうだよ」

「あんた、全然連絡がないから、心配してたのよ。元気なの？」

「俺は元気だよ。だから、心配しないでも大丈夫だよ」

「そうはいかないよ。突然、海外旅行に行くって言ったきり連絡がないんだから、心配に決まってるよ。たまには、LINEとかメールくらいしなさい」

母は怒っている風だ。

「わかったよ。今度からマメにするよ。でさ、悪いけど、俺のアパート解約してくれないかな。後で金払うから」

カンボジアにこれほど長くいるようになるとは思いもしなかったから、アパートはそのままにしてあった。家賃を払うのも割に合わないし、何より三輪が場所を知っているのが怖かった。もちろん解約するのは、藍と三輪が何の関係もないことを知ったがゆえである。

「解約してどうするの？　荷物は？」

「うちに置かせてよ。そのままで出てきちゃったから悪いけどさ、片付けて、うちに運んでくれないかな」

「そんなの大変じゃないの。引っ越しってことでしょう？」

さすがに難色を示すも、そこを頼み込む。

「悪いけど、頼むわ。合鍵渡しただろう？」

「めんどくさいね。一人じゃできないから、お父さんとやらなきゃならないじゃない」と、母はぶつぶつ言う。「じゃ、いつ帰るつもりなの?」

「わかんない。長逗留になりそう」

「長逗留? まさか、帰るつもりはないってことじゃないでしょう?」

急に不安そうな声音になる。

「帰るよ。日本人なんだから、帰るに決まってる。でも、それまで家賃払うの、もったいないじゃん」

そう言ったものの、パスポートを取り返せない今、このままカンボジアで暮らしてもいいような気分になっているのは確かだった。

「そら、そうだけど。あんたのアパート、冷蔵庫みたいな大物家電だってあるでしょ。大変じゃないの」

「頼むよ。お願いします」

「わかった。じゃ、お父さんに相談してみる」

母は憮然《ぶぜん》としていたが、渋々引き受けてくれた。礼を言って切ろうとした時、「ちょっと待って」と、母に止められた。

「あんた、空知さんたちと会えたの?」

どきっとした。どうして空知を捜しに行くと知っているのか。

「いや、まだ会えてないよ」

さすがにこの地で死んだとは言えずに、声が低くなる。

「空知さん、どこで何をしてるのかしらね。うちに遊びに来たこともあったわね。あの子、イケメンだったね」

母はしみじみと言う。

「あのさ、空知のこと、何で知ってるの？」

「だって、ひと月くらい前に、野々宮さんの奥さんが、わざわざ電話してきたもの」

野々宮雅恵が、晃の実家の電話番号を知っているのも驚きだったが、わざわざ電話してくるのも常軌を逸しているようで薄気味悪かった。

「野々宮さん、何だって？」

「晃さんが、空知たちを捜しにカンボジアまで行ってくれているけど、その後の様子はどうですかって。こちらには連絡をくれないので、心配してますって。私もびっくりしたわよ。あんたがそんな用事でカンボジアに行ったなんて、全然知らなかったから。観光だと思ってたのよ」

金を貰ったことは後ろめたくて、両親には黙っていたのだ。

「いや、それだけじゃなくて、観光旅行もしたかったからだよ」

晃は誤魔化したが、母は、息子がトラブルに巻き込まれているのではないかと心配している様子だ。

「だけど、お金だってかかるでしょう。いったいどうしてるの？」

「こっちでバイトしている。そうだ、母ちゃん、少し金を振り込んでくれよ。後で銀行口座教えるから」

ついでに頼むと、母は絶句していた。

「口座まで開いたの」

しかし、母のことだから、少しは送金してくれるだろう。

「頼むよ。息子が海外で飢えて、乞食なんかしてたら困るだろう?」

安井の話も嘘だとわかったから、安井や三輪との関係は絶つつもりだ。今後の送金は一切ないと思った方がいい。

「そんでさ、母ちゃん。俺が電話したこと、野々宮さんに言わないで」

「いいけど」母は不安そうだ。「ともかく元気で帰っておいで」

晃は生まれて初めて、母と話していて泣きそうになった。小うるさい親から逃れるため、就職を機に気儘《きまま》な一人暮らしになった。しかし、異国に来てから、心配してくれる人の存在が嬉しくて仕方がない。

空知たちは、野々宮の父親を喪《うしな》って、日本での、彼らを心配する人を永遠になくしたのだと思い至った。いや、もう一人、晃以外は。

そうだ、俺が橙子を何とか捜しだして、空知の死の状況を聞いてやるしか、空知を悼む手立てはないのだ。晃は自分を奮い立たせた。

第五章　冷たい石の下には

1

　晃は約束通り、鈴木と交代してゲストハウスの仕事に戻ることができた。中東に行くつもりだと話していた鈴木は、まだシェムリアップでも見ていない場所があるからと居残って、毎日精力的に出かけている。

　もっとも、雨期は観光客も減るので、晃もそう忙しくはない。鈴木が帰ってくると、一緒に定食屋で食事をしたり、部屋で話し込んだりするようになった。

　しもた屋の婆ちゃんは、本物の祖母のように優しくしてくれるし、ソックも親切だから言うことはないのだが、やはり同胞の友人は気が楽だった。しかも、旅慣れた鈴木は、いろんなことをよく知っているから頼もしい。死んだ吉見のように、押しつけがましくないところも好ましかった。

　晃は、物心ついてから、女という生き物が苦手だった。何を話していいかわからずに過剰反応をして敵視されたり、逆に無視されたりしてきた。社会に出てからは女性それぞれの個性に対応できなくて、風当たりがさらに強まったように思う。それで意固地になり、女全般が嫌いになりかかっていた。だから、鈴木のような異性の友人ができるとは、思いもよらないことだった。

「鈴木さん、下の名前は何？」

カフェでビールを飲みながら訊《き》いたことがある。すると、鈴木は恥ずかしそうに顔を歪《ゆが》めた。

「あまり言いたくないんだよね」

「何で？」

「だって、盧舎那《るしゃな》っていうんだもん。変でしょ？　すずきるしゃなだよ」

「すずきるしゃな？　変わった名前だね」

「変わってるなんてもんじゃないよ。私、めっちゃ嫌い」

「どんな字？」

鈴木は、メモ用紙にさらさらと「盧舎那」と漢字を書いてくれた。だが、晃には読めなかった。

「下が重いね」

「そうなんだよ。だから、鈴木って呼んで。私、自分の名前が恥ずかしくて、子供の時から隠してたの。それで、親を恨んでた。改名したいくらいだよ」

「盧舎那って、どういう意味？」

「ほら、奈良の大仏さんだよ。正しくは毘《び》盧舎那仏っていうらしいけど、縮めて盧舎那仏。大日如《だいにちにょ》来《らい》のことよ。毘盧舎那は、サンスクリット語で太陽って意味だって」

「カッコいいじゃんか。改名する必要なんてないよ」

「そうかなあ、そんなこと言われたの初めてなんだけど」鈴木は疑い深そうな目で晃を見た。「私、高校の時、名前呼ばないでって言ってたら、『大仏』って渾名《あだな》付けられたんだよ。あり得なくない？　めっちゃ嫌だった」

　鈴木は、吊《つ》り上がった切れ長の細い目をしている。それが何となく仏像を思わせるところもあるから、悪いネーミングだとは思わなかった。しかし、鈴木は恥ずかしがって身悶《みもだ》えしている。晃は、自分の名を恥ずかしがる鈴木にますます好感を持った。とはいえ、鈴木は晃のことを何とも思っていない様子だ。

　ちなみに、鈴木は奈良出身で、晃の五歳上の三十歳。二十六歳まで、大阪のキャバクラやガールズバーで働いて金を貯め、三百万になったところで旅に出たのだという。喋《しゃべ》っていると、時折、関西訛《なま》りが顔を出す。

「鈴木さん、あのガイジン、どうした？」

　同室だった男と一緒にタイに行くと言っていたはずだ。

「ユアンのこと？」

「名前忘れた。部屋が一緒だった白人の男だよ」

「うん、バンコクまで一緒に行ったけど、あいつ、麻薬好きでめっちゃヤバいから、すぐに別行動にした。タイって薬物に厳しいから、今頃、刑務所に入ってるんちゃう。いや、コカインとかヘビーなこと言ってたから、死刑になったかもね」

「こわっ」

　晃は身を震わせた。鈴木と日本語で喋っていると、海外にいることを忘れて気が緩む。しかし、いったん事件や事故に巻き込まれれば、誰も助けてくれない異国にいるのだ。急に、パスポートがないことが気になり始めた。

「俺、パスポートないんだよ」

「えっ、何で。なくしたの？」

驚いて大声を上げる鈴木を制して、晃はわけを話した。

「んなの、取り返してきなよ。食事代請求されたって、借りておけばいいやん。今、手持ちがありませんて言って。パスポートは必需品だから、ないならないで大使館で再発行してもらわなくちゃ駄目だよ」

「だって、木村さんのとこ、振り込め詐欺やってるんだぜ。犯罪集団だよ。超ヤバじゃん。そこから逃げてきたんだから、そこに取りに行ったりしたら、フルボッコされるんじゃやね？」

「フルボッコねえ。そういやプノンペンって、日本からヤクザも大勢来てるって聞いたことがある。木村さんて、ヤクザなの？」

鈴木も不安そうに眉《まゆ》を曇らせた。

「だと思う。だから、俺、もういいよ。このままカンボジア人になっちゃおうと思ってるんだ」

晃が決心のほどを語ると、鈴木は頷《うなず》いた。

「わからなくもないよ。私も一生、ここらで暮らしていようかと思うことはあるもん。まったりして楽だからね。だけど、パスポートなかったら、他の国に旅行したくても行けないし、この国で政変とか何かがあったら、日本に帰れなくなるよ。そしたら、どうすんの？」

晃は腕組みをした。色褪《いろあ》せたTシャツから出たおのれの腕が、陽灼《ひや》けして黒光りしているのを見る。我ながら、逞《たくま》しくなったと思う。

「いいんだ。日本に帰ったって、俺なんかどうせ、ブラック企業の派遣社員かバイトになるしかないから、どうでもいいよ。ここにいる。ここの方が楽しい」

鈴木は答えずに頬杖《ほおづえ》を突いて、天井のファンの辺りに目を遣《や》っている。薄曇りの蒸し暑い空気を、ファンはゆっくりと掻《か》き回している。

「でもさ、カンボジア人になったら、一生、日本のお父さんやお母さんに会えないよ。だって、こっちでも旅券取れないでしょう。つまり、八目クンはどこの国民でもない、風来坊になっちゃうんだよ」

久しぶりに電話で話した時の、母親の心配そうな声が耳元に蘇《よみがえ》った。

「それは困るな」

「でしょ？　パスポート取り返しに行きなよ」

「怖くて行けねえよ」

晃は溜息《ためいき》を吐いた。下痢したふりをして、ビルから逃げ出したのだから、今さら、のこのことパスポートを取りに戻るわけにはいかない。

「ニエットさんに頼んだらどう？」

「婆ちゃんに？」

「だって、木村さんのこと、知ってるんでしょう？　だったら、頼めるんじゃないかな」

「なるほど。訊いてみるよ」

「もし、ニエットさんでも駄目なら、私がプノンペンに行って、取り返してあげるよ」

晃はほっとして肩の力を緩めた。「お願いします」と言いそうになる自分がいる。情けない話だが、鈴木に頼って生きていくと楽だろうと思う。どうやら自分は、空知や鈴木のように、頭がよくて勇敢な人間の後ろをついて歩くタイプらしい。

橙子の連絡先だという住所の場所を一緒に探してくれたのも、鈴木だった。婆ちゃんが言った通り、その住所はラッフルズホテルのある場所だった。ホテルに滞在しているのかもしれないと、数日張り込んでみたり、鈴木が顔見知りだという従業員に訊いてくれたりもしたが、橙子らしき女は滞在していなかった。

しかし、鈴木は、シェムリアップにいるのもそろそろ飽きがきているようだ。次の地のことを調べたりして、そわそわし始めた。

鈴木との別れが近付くにつれ、晃は心細くなった。一緒について行きたくても、パスポートがないから、この地からは離れられない。

この旅の目的だった肝腎《かんじん》の空知は、死んでしまった。橙子の行方は、どうしてもつかめず、藍には会えたが、何か複雑な事情があるらしく踏み込めない。安井や三輪からも、空知の死を伝えてからは、連絡が途絶えている。

そんなことを思いながら、ゲストハウスの厨房《ちゅうぼう》で、朝食のコーヒーマグなどを洗っていると溜息が出た。これから、どうしたらいいのだろう。空知の死の詳細を確かめるにも、橙子がいなければ何もわからないのだ。手詰まりだった。

「何だ、憂鬱《ゆううつ》そうな顔してるね。スズキはどうしたの?」

しもた屋の婆ちゃんが、くわえタバコで現れた。

「鈴木さんは出かけてるよ」

今日は天気がいいので、鈴木は朝早くトゥクトゥクに乗って、どこかに出かけて行ったのだ。

「あ、そう。今日の夜はどうするつもりだい？　またスズキと外食するの？　よかったら、アモックでも作るから食べにおいで」

婆ちゃんは、最近、自分が鈴木とばかり仲良くして、あまりしもた屋に行かないので寂しいのかもしれない。

「ありがとう。今日は予定がないから、寄るよ」

「待ってるよ」

婆ちゃんが踵《きびす》を返したところを呼び止める。

「婆ちゃん」

「何？」

婆ちゃんが、タバコをくわえたまま振り向いた。

「婆ちゃん、木村さんと知り合いだろう？　俺のパスポートを返してくれるように頼んでくれない？　俺、あそこから逃げてきたんで行きにくいんだよ」

婆ちゃんは、ほんの少し考えていた様子だったが、すぐに頷いた。

「わかった。連絡してみるよ」

「すみません」

晃は意気地のない自分を恥じながら、最敬礼した。

午後から、晃はソックに代わってフロントに立った。ノートパソコンを開いて、宿の予約状況を見る。近頃、安いホテルや、設備の整ったゲストハウスが増えたため、ソックのゲストハウスは客が減る傾向にある。街外れにあるため、地の利に乏しいせいもある。

こうなると現金なもので、吉見のように欺《だま》してでも客を連れてくる人がいたら、マージンを払ってもいい、と思わなくもない。

晃は暇つぶしに、吉見の名を検索してみた。吉見千尋《ちひろ》。これまで関心もなかったから、探しもしなかったが、難なくフェイスブックに行き着いた。フェイスブックの写真を見るともなしに眺める。旅の景色、食べ物、道端の子供。犬。アンコール・ワット。市場。図々《ずうずう》しいどころか、狡《ずる》いおばさんだったが、写真は悪くない。何も死ぬことはなかったのに、と思う。

そのうち、一枚の写真に目を奪われた。光沢のある高そうなスーツを着た中年男が、驚いたように顔を背けている写真だ。遊び慣れた浅黒い膚《はだ》をしていて、酒太りか顔が丸い。その向こうに、白いドレスを着た若い女が硬い横顔を見せていた。藍だ。藍が吉見に写真を撮られたと言っていたのは、本当だったのだ。

吉見は亡くなる寸前に、アップしていたのだろう。キャプションはない。吉見が、藍の周辺を探っていたせいで謀殺されたのだとしたら、自分だとて危うかったのだ。そう思うと、背中がざわざわと寒くなった。

ちょうどその時、部屋が急に薄暗くなって雷が鳴った。突然、スコールがやってきたのだ。雨期のスコールは、雷鳴を伴うことがあり、まるで激しいシャワーのようにどっと降って、すぐに去っていく。

晃は、稲光で照らされたロビーを見回した。死んだ吉見の写真を見たせいか、急に薄気味悪く感じられた。これまで自分は無防備に過ぎたのではないか、と心配になった。

人が入ってきた気配に、どきっとして振り返る。オーストラリア人の女性が、散歩から帰ってきたところだった。雨に濡《ぬ》れて、薄い茶色の髪が顔に張り付いている。彼女は、濡れちゃったというような仕種《しぐさ》をしてみせて笑い、ドミトリーの部屋に消えて行った。自分はいったい何をびくついているのだろう、と晃は苦笑する。

「交代しようか」

ソックが、デスクに近づいてきた。この後、晃は婆ちゃんのところで夕食を食べさせてもらってシャワーを使い、午後八時から午前一時までフロント業務をすることになっている。その後は玄関も施錠して、ロビーは無人になる。

「ソックさん、この人誰ですか」

晃は、吉見の撮った写真を見せた。ソックは老眼の目を眇《すが》めて、パソコンのモニターを覗《のぞ》いている。

「ヤットじゃないかな。現国王の従兄弟《いとこ》か義兄弟だよ。兄弟としても腹違いだから、王位継承権は二十番目くらいだろう」

「今、何をしてる人ですか?」

「さあ、知らないけど、怪しい仕事だ」と、肩を竦《すく》める。

「てことは、金持ちですね」

「うん。こういう人たちは、中国に便宜を図っているんだ」

いずれにせよ、藍が王族の一人の愛人になっていることは間違いなさそうだ。

「この子を知ってるんです」

藍を指差して言うと、ソックはまた肩を竦めた。

「若い子だね。でも、ヤットは愛人が十人はいるって話だ」

藍はそのうちの一人でしかないと思うと、腹立たしかった。空知の妹たる者が、そんな目に遭ってはいけない。

「ただいま」

鈴木が戻ってきた。折りたたみ傘を仕舞いながら、「ちょっと」と晃に手招きする。白いTシャツに、ジーンズ。背中に黒いリュックを背負っている。帰る途中で雨に遭ったせいで、ジーンズの裾《すそ》が膝《ひざ》まで黒く濡れていた。

「濡れてるじゃん。風邪引くよ」

晃は、今まで女にそんなことを言ったことはなかった。だが、鈴木には気軽に言える。鈴木は気にしていない様子で、ロビーの隅にあるスプリングのへたったソファに晃を誘った。

「ちょっと来て。話がある」

「何だよ」

「いいから、来て」

鈴木は緊張した様子で晃を手招きした。晃が横に座ると、スマホを取り出して慌ただしくタップした。

「これ見てよ」

青空のもと、ゴミの浮いた水辺に、反ったトタンを貼り付けただけのみすぼらしい小屋がいくつも並んでいる。小屋の入り口へは、水辺に数枚の板を渡しただけの通路があった。小屋は小さいから、おそらくトイレも下の水辺にするだけのようだ。

小屋の前の地面に、貧しい格好をした子供たちが列を成していた。半裸の者も、服を着ていない者もいる。着ていても、サイズは合わず汚れていた。

子供たちは皆、背の高い一人の女と、その手にあるものを凝視していた。女は大きな袋を手にしていて、これから何かを子供たちに配ろうとしているようだ。

「これ、橙子さんか?」

晃は驚いて叫んだ。

「そうだよね? 橙子さんだよね?」鈴木が意気込んで言った。「私、最初、遠くにいたから、あれ、何だか見たことのある人やなと思ったの。そのうち、八目クンの捜しているモデルの人じゃないかなと思って、どきどきしながら近付いていった。でも、子供たちがあっちからもこっちからもどんどん出てきて、その人を取り囲んでるから、近付けなくてね。どうしようかと思っているうちに、男の人が来て、その人はどこかに消えてしまった」

橙子らしき人物は、黄色のTシャツにジーンズという格好で、白い帽子を被《かぶ》っていた。髪は後ろでまとめ、優しい微笑を浮かべている。

「うん、これは橙子さんだと思う」

晃は懐かしさに胸がいっぱいになった。

「よかった、やっぱそうだよね」と、鈴木も満面の笑みを浮かべた。

「これ、どこなの?」

「トンレサップ湖。数日前から、トンレサップ湖が増水して広がったとネットに載ってたの。私は乾期に一度行ってるから、雨期はどんな感じだろうと思って見に行ったのよ。今日は晴れて天気もよかったしね。特にここは、トンレサップの中でも、一番貧しい地域だから、そこの暮らしも見たいと思ってたの。そしたら、この人が突然船で現れて、子供たちにお菓子を配っていたの」

「船で来た?」

「うん、トンレサップ湖は大きいし、今は雨期で面積も広がってるから、船が一番便利なんじゃないかな。対岸からか、近くから来たのかはわからない。男の人が二人乗ってた。一人は船を操縦している人で、もう一人はボディガードみたいだった」

「それは日本人みたい?」

「違うと思う。多分、現地の人」

「驚いたなあ」

晃は呆然《ぼうぜん》と、橙子の姿に見入った。優美なスタイルは、まったく変わらなかった。長い首も、美しい横顔も、秀でたおでこも何もかも変わらない。ただ、子供たちに接する時の、柔らかな微笑だけは見たことがない。

「ここで、お菓子を配ってるのか」

ホーチミンでは、エステサロンを経営していたと聞いていたから、まったく意外だった。

「そう。トンレサップ湖の周辺は、水上生活をしている人たちがいるので有名なんだよ。小学校も水上にあるの。でも、ベトナム難民とか、本当に貧しい人も大勢いて、こういうスラムもあるんだよね」

「毎日来てるのかな」

「子供を摑《つか》まえて訊いたら、橙子さんは週に一度しか来ないようなことを言ってた」

「じゃ、来週、ここに行かなきゃ。鈴木さん、一緒に行ってくれるよね?」

思い切って誘ったが、鈴木が拝むような動作をして謝った。

「ごめん、私、五日後のドバイ行きを予約しちゃったんだ」

ショックだった。鈴木に会えなくなるのもショックだが、橙子捜しを一緒に完遂してほしかったのだ。また甘えている。

がっくり肩を落とした晃を、鈴木が慰めた。

「そうがっかりしなさんな。橙子さんに会う時は、一人の方がいいでしょう」

「会えたらいいけどね」

急に自信がなくなる。

「会えるよ。会って、空知さんのこと、いろいろ聞いてきなよ。だって、そのためにカンボジアに来たんでしょう」

「てか、俺もドバイに行きたいな」

本音だった。

「行けっこないじゃん。パスポートもないのに」

鈴木が笑った。

「そうだけどさ」

現実から逃げようとしている。もうじき手が届きそうなのに、自分は真実を知るのが怖いのかもしれない、と晃は思った。

その後、鈴木から、橙子を見たのはトンレサップ湖のどのあたりの集落なのか、詳しく聞いた。船で回っているのだとしたら、広いトンレサップ湖のあちこちの集落に寄っているのかもしれないと鈴木は言う。

「ね、橙子さんて、何かのNGOとか、国境なき医師団的なものとか、そういう活動をしてるんじゃないの」

鈴木が、スマホで素早く何かを検索しながら言う。

「さあ、俺が聞いたのは、エステサロンだけど」

「どう見たって、エステ関係ないっしょ」

鈴木は疲れたのか、欠伸《あくび》を洩《も》らしながら言う。

「まあね。それにしても意外だった」

「事実は小説より奇なりだよ、八目クン」

「そうだね」晃はソファから立ち上がった。「鈴木さん、ご飯食べた？　婆ちゃんがアモック作るって言ってたよ」

「私、そこでヌンパン食べてきちゃった。疲れたから、シャワー浴びて休む」

鈴木を見送ってから、晃はしもた屋に向かった。店番をしていた婆ちゃんが、台所に行けと合図する。行くと、テーブルの上にアモックと鶏《とり》の生姜炒《しょうがいた》めが載っていた。冷蔵庫からバドワイザーを勝手に出して、食べ始める。やがて、婆ちゃんが戻ってきた。

「旨《うま》いだろう」

「旨い。俺、アモック好きになった」

婆ちゃんは、晃の向かい側に座ってタバコに火を点《つ》けた。そこからなら、誰かが店に入ってきても見える位置だ。

「キムラに電話したよ。そしたら、怒ってないから、パスポート取りに来いって言ってた。ここは郵便はちゃんと届くか心配だからね」

「ほんとすか？」

晃は思わずスプーンを置いた。

「ほんとだよ。キムラはパスポートが金庫に入ったままだから、逆に心配してたらしい。私が連絡したんでほっとしてた」

「いい人なんだね」

「いい人？　さあね」と、婆ちゃんは首を傾げる。「金のためなら何でもする人だけど、私の頼みは聞いてくれるってさ」

よかった。ほっとした。だけど、自分は何もしていない。晃はめまぐるしい一日の出来事に疲れ果てて、固い木の椅子にへたり込んだ。

2

晃は、鈴木から橙子の写真をスマホに送ってもらって、毎日眺めた。いつぞや安井に見せられたスナップは、モデル時代と変わらない美しい橙子でしかなかったが、トンレサップ湖の茶色い水を背景にした笑顔は、飾り気がなくて新鮮だった。まるでミルクコーヒーのような濁った水でさえも、橙子の生気を引き立てているように思える。晃は、橙子が生きていて、この地で無事に暮らしていることが嬉《うれ》しかった。

高校生の頃、空知と二人で他愛もない話を際限なくしていると、外出先から帰ってきた橙子が、空知の部屋に顔を出すことがよくあった。晃に気付いて、「いらっしゃい」とか、「ゆっくりしてってね」などと声をかけてくれた。年上で美しい橙子に何か言われると、晃はいつも上ずって、ろくな返事ができなかったことを思い出す。

空知は、幼い頃に飛行機で日本に来た時の記憶がうっすらあった、と藍が言っていた。彼は出自や両親のことで、悩み苦しんでいたのかもしれない。橙子はそれを知って、弟を気遣っていたのだろう。野々宮の父がしょっちゅう空知の部屋を覗いていたのも、養子にした空知が心配だったからだ。

なのに、自分は何も知らず、橙子と空知、藍の三きょうだいが親しくしてくれることを単純に喜んでいた。「俺の鈍感野郎」と、晃は声に出す。親友の悩みにも気付かない鈍感野郎だから、空知は知らないうちに美大に進学して、自分から離れていったのだ。そう思うと、時間を取り戻したくて胸が張り裂けそうだった。

こんなところでぐずぐずしていると、橙子はどこかへ行ってしまうのではないかと不安で仕方がない。毎日でも、トンレサップ湖のほとりで見張っていたかったが、ゲストハウスの仕事もあるし、橙子は一週間に一度しか現れないということだったから、ここは待つしかない。

しかも、鈴木の話では、トンレサップ湖は、雨量によって自在に形を変えるというではないか。まるで生き物のような巨大湖で、果たして再会できるのだろうか。いや、一週間後もまた、橙子が実際に現れるのかどうか、それも心配だった。

「あ、また橙子さんの写真見てる」

鈴木がどこからともなくやってきて、中庭のベンチで、ぼんやりスマホを眺めていた晃の背中をどんと叩《たた》いた。

「あ、鈴木さん。俺、勿体《もったい》ないことしたなあと思って」

「何のこと?」

「あんなに空知や橙子さんに仲良くしてもらってたのに、その幸せに気付かなかったんだ」

「まるで恋愛だね」

鈴木が呆《あき》れたように言う。

「そうなんだよ。俺、ちょっとアヤしいかもしれない。俺、空知が好きなんだよ。もう二度と会えないと思うと、切なくて仕方がない。夜寝る時とか、涙出ることあるんだ」

「じゃ、私と一発やってみる?」

鈴木のとんでもない申し出に、晃は慌てた。

「え、マジ? そんなこと急に言われても困るよ」

「冗談だよ」

鈴木が目を細くして笑ったので、晃は少し傷ついた。

「冗談かよ。そんなこと冗談で言うか、普通?」

「ごめん」と、まだ笑っている。

「謝られるのも傷つくんだよね。俺、カンボジアに来てから、ずっと一人で頑張ってるじゃん。精神的にすごく疲れてんだよ」

「そっか、ごめんごめん。からかって」

「そのからかうって言葉もショックなんだよね」

「じゃ、やっぱ試してみる？」

「その軽い感じも、何か傷つく。どうせやる気なんかないのに、そういうことを言って、動揺する俺を笑っている感じがする」

うわあ、と鈴木は叫んで頭を抱えた。

「八目クンは、結構難しいヤツなんだね」

「今頃わかったのかよ」

俺はこう見えても、結構難しいヤツなんだ、複雑なんだよ。晃は心の中で何度も繰り返す。

「そうかな」

「そのくせ、気が弱いところがあるから、八目クン、生きにくいでしょう？」

「そうだよ」

鈴木がふざけて晃の髪を撫《な》でてくれた。カンボジアに来てから、一度も散髪していない。長くなった髪は、ポニーテールのように後ろで結わえている。

「これ、プレゼント。髪の毛縛るといいよ」

鈴木が自分のまとめ髪を解いて、太いゴムをくれた。金色の小さなハートが付いている。

「サンキュー」

自分の髪は輪ゴムで結わえているから、鈴木の髪ゴムを使うのは勿体ない気がして、晃はゴムをブレスレットのように手首に通した。手首から、鈴木の髪のにおいがする。

「それ、私だと思って大事にしてね。今夜これから、バスでプノンペンに行くからさ」

あっ、と思わず声が出た。

「もう行くんだっけ。明日《あした》じゃなかった？」

「プノンペン発の明日の便だよ。だから、夜行バスで行くの」

鈴木もここから去って行くかと思うと、うら寂しい。

「鈴木さん、行かないで。俺、心細いよ」

晃は鈴木に抱きつこうとしたが、笑いながら突き飛ばされた。

「おい、甘えんなよ」

「冷たいなあ」

「そんなことより、私、ちょっと心配なの。吉見さんも、事故じゃないかもしれないんでしょう？何か、そのきょうだい、危なくないかな」

「どういう意味だよ」

晃は驚いて、鈴木の仏像を思わせる細い目を見た。

「だって、最初は失踪《しっそう》した日本人ってことだったけど、本当はカンボジアの人だったんでしょう。それで亡くなったんなら、日本に連絡がないのは仕方がないかもしれないけど、何か情報があったっていいじゃない。でも、何もないどころか、むしろきょうだいが全員、身を隠してる感じがしない？　下の妹さんは王族と一緒にいるっていうけど、世を忍んでいる感じだし、何だか変だよ。事情があるんじゃないかな。もしかすると、その人たち、民主派と関係してんのかも」

「民主派って何だよ」

「救国党って聞いたことない？」

「ないよ」

「あんた、馬鹿じゃないの。ここに、どんだけいるのよ」

鈴木があからさまに軽蔑《けいべつ》したので、晃は気を悪くした。

「そんな言い方しなくてもいいじゃないか」

「でもさ、あまりに疎いよ。ニェットさんもソックさんも、いつも政府に怒ってるじゃない。でも、表立っては絶対に言わない。むしろ、政府を応援しているみたいに言ってるじゃない。あれは何かを警戒してるんだよ」

そう言えば思い当たる節はいくつもあった。晃は、自分の鈍感さをまたしても思い知らされる。

「鈴木さん、そのこともっと教えてよ」

「んなもん、ネットにたくさん記事が載ってるから、それ読めばええんちゃう。少し勉強しなよ。カンボジアにきた時もそうだけど、八目クンは無防備だし怠慢だよ。少しくらい自分で考えて調べるんだよ」

最後は、鈴木に説教されてしまった。

確かに、プノンペンのブロガー、ミネアもそんなことを言っていた。最近は、政府批判をブログに書いただけで拘束されるのだ、と。ミネアは日本語で書いているから大丈夫だろうとは思ったが、念のためにブログを覗いてみる。

すると、更新が二カ月近く前で止まっていた。ちょうど吉見が死んだ頃だ。以来、意気消沈して、書けなくなったのかもしれない。気になったので、晃はフロントから、ミネアに電話をかけてみた。

「ヘロウ」気取った甘い声。ミネアは元気そうだった。

「もしもし、ミネアさんですか。僕、吉見さんの知り合いの八目という者です」

「ああ、覚えてますよ、八目さんね。お元気？　あれから何ごともない？」

「はい、今のところは」

「それならよかったわ。うちは今、大変なのよ」

「どういうことですか」

「うちのマンション古かったでしょ。それで再開発に引っかかったのよ。このあたりをぶち壊して、洒落《しゃれ》たショッピングモールを建てるんだって。三カ月で荷物まとめて出てけって言われて、大騒ぎよ。私も反対運動しているんだけど、それだけで当局に目を付けられて逮捕されるっていう実例があるから、あまりおおっぴらにできないし、でも、黙っているのも癪《しゃく》だしって感じで困ってるの」

「それは災難ですね」

「災難も災難。プノンペンは今、こんな話ばっかよ。中国人の開発業者が政府と手を組んでいるから、話し合いも何もなくて、いきなり強制なのよ。一方的なのに、何の補償もされないんだから、ほんとに腹立たしいわ」

憤懣《ふんまん》やるかたない様子で、ミネアは憤る。

「それは酷《ひど》いですね。あの、ミネアさん。木村さんてご存じですか？　ＫＩＭＵＲＡＮという建設会社をやっている人です」

「もちろん知ってる、こっちの有名人よ。昔、取材に行ったこともあるわよ。その木村さんの会社が、入札で中国の会社に負けたのよ。それで、うちのモールは中国の建設会社が造るの。木村さんも、最近は景気悪いって噂よ」

だから、振り込め詐欺に手を出しているのか。だとしたら、摘発されるのも、時間の問題かもしれない。早くパスポートを取りにいかないと、トラブルに巻き込まれかねない。晃は焦った。

「木村さんは、元気なんですか?」

「さあ、どうだろ。昔はブイブイ言わせてたけど、今はしけてると思うわよ」

「木村さんは、政治家にどこまで食い込んでるんですかね」

「あの人は恥知らずだから、その時の政権よ。だから、今はフン・センの人民党にべったりよ。なのに、中国にちゃっかりやられちゃ、立つ瀬ないわよね。この先、木村さんがどう出るか、みんなが注目してるんじゃないの」

ミネアは、嘲笑《あざわら》うように言った。

「俺は、ミネアさんがご無事なら言うことないです」

晃が調子よく言うと、ミネアは機嫌がよくなった。

「ありがとう。プノンペンに来たら、また遊びにきてちょうだいな」

晃は、飲み足りなかったアイスティーを思い出したが、礼を言う。

「ありがとうございます。そうします」

「でも、引っ越し先が決まらなかったら、ホーチミンにでも行って暮らすかもしれないわね。そしたら、さよならだけど」

「そうなっても、知らせてください」

「そうは言うけど、あなたもいずれは日本に帰っちゃうでしょ？　ホーチミンまで来てくれる？」

「どうですかね」

晃は曖昧《あいまい》に答えた。三日後、トンレサップ湖で橙子に会えたら、橙子の仕事を手伝ってこの地で消えてしまおうか、とまで思っていることは、誰にも言わない方がいいだろう。

「ともかく近況はお知らせするようにするわ。いいえ、ブログに載せるから、また読んでください」

自分とは、その程度の付き合いということか。ミネアとの電話を切ってから、晃は木村のところにいつ行こうかと、スマホのカレンダーを眺めて考えていた。

そこに、旅支度を終えてバックパックを背負った鈴木が、挨拶《あいさつ》にきた。

「じゃ、八目クン、ともかく行ってきます。また帰ってくるから、それまで荷物預かっておいてね。お願いします」

「了解。気を付けて」

晃が玄関まで送ると、鈴木が振り向いて言う。

「あのさ、明日、飛行機乗るまで時間があるから、木村さんのところに行って、八目クンのパスポートを取り返してきてあげようか。中東はひと月で回る予定だから、届けるのが少し遅くなるけど、必ず届けるから安心して」

以前の晃なら、平身低頭して感謝したところだが、ミネアの話を聞いたので慎重になっていた。

「いや、いいよ。俺が自分で取りに行く。鈴木さんを一人で、木村のところになんか行かせられないよ」

「何で？」

「だって、裏で何をしてるヤツか、わからないじゃない。リスキーだよ」

鈴木が驚いたように、晃の顔を見直した。

「カッコええやんか。凜々《りり》しいわ」

からかわれたが、腹は立たなかった。しもた屋の婆ちゃんに、晃が自分で取りにくるように言ったということは、木村の方でも何か話があるのかもしれない。

「私の行動を知りたかったら、SNSでチェックしてね。ほんで、何かあったら、LINEかメールで連絡して。電話くれてもいいよ。出られなかったら、すぐに折り返すから」

鈴木はそう言い置いて、トゥクトゥクで走り去ってしまった。

3

三日後の曇った蒸し暑い日、晃はソックに休みをもらってトンレサップ湖に向かった。シェムリアップから、トゥクトゥクで約三十分。運賃は往復で十ドルだ。

ネットのガイド記事によると、シェムリアップの南側に位置するトンレサップ湖は、東南アジア最大の湖で、乾期は琵琶湖《びわこ》の四倍、雨期は琵琶湖の十五倍にもなるらしい。とはいえ、晃は琵琶湖を見たことがないから、今ひとつぴんとこない。湖の周辺には、ひとつのブロックで一万人。ブロックは百以上はあるので、だいたい百万人が暮らしていることになるのだとか。

トンレサップ湖に着いてみると、そこは湖というより、泥色の果てしない海のような水溜《みずた》まりだった。魚の種類が多いとガイドブックに書いてあったが、ミルクコーヒーのような濁った水に、生き物が多く棲息《せいそく》しているのが信じられない。晃は泥のような生温《なまぬる》い水に指で触れてみた。確かにぬるりとした汁粉のようで、栄養はありそうだ。ちなみに、トンレサップ湖周辺で暮らしている人々はベトナム人が多く、そのほとんどが漁業と観光で食べているという。

湖に浮かぶ学校や教会などのある有名な水上村は、湖の中央に行かないと見られないのだそうだ。しかし、湖の真ん中に出たところで、この先は船を乗り換えないと奥まで行けない、などと言われて、ドルをぼられるのだとか。それでも、人気の観光地らしく、大勢の観光客がボートを待っていた。

鈴木から聞いた話では、橙子を目撃した場所はチョンクニアという、トンレサップ湖の一番メジャーなボート乗り場付近の、スーパーの前だったらしい。

そのスーパーがすぐに見付かると思ったのに、晃は困って立ち往生した。これが目印だ、と鈴木が教えてくれた、青いトタン屋根のスーパーがどこにもないのだ。

うろうろと捜し回っていると、客引きの若い男たちが寄ってくる。皆、薄汚いTシャツに短パン姿で、ボート、ボート、と客待ちの船を指差す。

大蛇を体に巻き付けた少年や、猿を紐《ひも》で繋《つな》いで犬のように引き連れた少女もいて、金払いのいい客を鵜《う》の目鷹《たか》の目で探していた。彼らは、観光客と一緒に写真を撮って金をもらうのが目的らしい。

晃が日本人だと見当をつけてか、「コンニチハ、フネ、イカガ?」と日本語を喋る若い男が寄ってきた。晃は、日本語で話しかけてきた男に、スマホの写真を見せた。

「この青い屋根の店はどこにある?」

男はわからないようだった。仲間にも訊いてくれたが、誰も知らない様子だ。ここがチョンクニアというボート乗り場であるのは確かだが、同じ地名の違う場所なのだろうか。晃は不安に駆られて、「他にもボート乗り場はあるのか」と訊いてみた。「他にもあるが、そこは遠い」という答えだったから、チョンクニアに間違いはあるまい。

晃は途方に暮れて、鈴木に電話することにした。

「どうした？　橙子さんに会えた？」

食事中だったのか、鈴木が口の中に何か入れた状態で電話に出た。喋りにくそうだ。

「いや、まだ。チョンクニアのボート乗り場の近くにいるんだけど、青いトタン屋根のスーパーなんてないよ」

「でも、ボート乗り場はあるんでしょ？」

「うん、屋根付きの桟橋みたいなのはあるけど、鈴木さんが目印にしろって言ってた建物は見当たらない」

そろそろ橙子を見かけたという午後二時になろうとしている。ここで逃したら、一生会えないのではないかと、晃は焦っていた。

「雨で湖が広がったんじゃないかな。スーパーは仮建築ぽかったから、場所が移ったか撤去したんだと思う」

「なるほど」

水辺には、大量のゴミを引っかけた灌木《かんぼく》の茂みも水に浸《つ》かっている。つい最近まで、土の上にあったもののようだ。

「じゃ、今は撤去されてしまったのかもしれない」

「子供に直接写真見せて、橙子さんを知ってるかどうか、訊いた方がいいよ」

さすが鈴木だ。自分一人では、こんな知恵はないし、機転も利かない。晃は電話を切ると、観光客に小銭をねだっている一番聡《さと》そうな年嵩《としかさ》の少年を手招きした。上半身裸で、派手なタートル柄のパンツをはいているが、パンツの裾がほつれていた。

「この人を捜している。見たことない？」

橙子の写真を見せて、英語で訊いた。

「エレーヌ」と、少年は写真を指差して即座に答えた。

エレーヌとは、吉見から聞いた、ベトナムでの橙子のエステサロンの名前だ。多分、間違いなかろうと、晃は嬉しくなる。

「今日、エレーヌはくる？」

英語とジェスチャーで訊くと、少年は存外はっきりした英語で答えた。

「今日は金曜だから、もうじきくると思う。だから、みんな集まってきてる」

いつの間にか、ボート乗り場の周囲に、子供たちが群れてきていた。先ほど必死に客引きしていた蛇を巻き付けた少年も、猿を連れた少女もいる。全裸の男の子、重そうに赤ん坊を抱いた十歳くらいの女の子、破れたワンピースを着た女の子、まだよちよち歩きの弟の手を引いた三歳くらいの男の子、上は十五、六歳から、下ははいはいをやっと卒業した赤ん坊まで、どんどん集まってきて、その数は三十人を超えた。

「エレーヌは、もうじきくる？」

タートル柄の少年に訊くと、彼はもう晃の方を振り向きもせず、湖の彼方《かなた》を見つめながら「スーン」とひと言だけ答えた。

子供たちと一緒に待っていると、やがてエンジン音が響いてきた。青く塗られた漁船のような小さな船が、ボート乗り場に向かってやってくるのが見える。子供たちが一斉に指差して、騒ぎ始めた。タートル柄の少年が、あれだよ、という風に晃の脇腹を突く。頷いていると、また突かれた。金をくれ、ということらしい。こっそり紙幣を渡すと、ちゃんとドル札かどうか確かめてから、あっという間にパンツの中に突っ込んだ。

白い帽子を被った細身の女が、舳先《へさき》に立っているのが見えた。ジーンズに黄色いTシャツ、白い帽子。写真と同じダサい格好だけれども、ファッション雑誌でポーズを取る橙子より、ずっと美しい。子供たちが口々に、「エレーヌ」と名を叫ぶ。橙子が笑って手を振った。

晃の胸が熱くなった。子供たちを掻き分けて、一番前に行こうとする。橙子さん、俺です、八目晃です。会えて嬉しいです。そう言おうと唾《つば》まで飲み込んだところで、タートル柄の少年にTシャツの裾を引っ張られた。

「並べ」

仕方なく、子供たちの列の最後に並んで待つ。橙子が優雅な仕種で桟橋に降り立った。現地の人間らしき、色の浅黒い中年男が橙子と一緒にいて、橙子がボートから降りるのを手伝った。操縦士が、その男に大きな布袋を渡した。中に菓子でも入っているのだろう。

橙子がにこにこしながら子供たちの前に立つと、男が袋の中から、菓子の包みを橙子に渡した。橙子は、整列した子供たちに順番に袋を差し出す。

とうとう、晃の番がきた。大人の男が交じっているので、橙子が不思議そうに首を傾げ、中年男が警戒する目で晃を睨《にら》んだ。晃は慌てたせいで、早口で言った。

「橙子さん、俺のこと覚えてますか？　八目です」

橙子が驚いた顔で、晃を見た。

「俺、橙子さんを捜しにきたんですよ。やっと会えました」

驚いて口が利けないのか、橙子が口許《くちもと》に手を遣った。言葉が出てこないようだ。すると、連れの男が橙子の腕を摑んで、ボートの方に向かって戻ろうとした。

「待ってください。俺、ずっと待ってたんです」

橙子は何か言おうとしているが、男に引っ張られて行く。

「待って、行かないでください。空知が死んだって聞いて、俺、ショック受けたんです。橙子さんがシェムリアップにいることは、藍ちゃんに聞きました」

橙子は迷うようにぐずぐずしているが、中年男は橙子を引きずっていく。橙子の背中に、晃は話しかけ続けた。

「待って、橙子さん。話したいんです。わざわざ日本からきたんですよ。四カ月も捜しているんです。お願いです、お願いします」

様子を見ていたらしい操縦士が、慌ててボートのエンジンをかけた。男が橙子を強引に乗せると、ボートは急ぎ桟橋から離れていった。晃は走り、遠巻きに見ていた客引きの男たちに向かって怒鳴った。

「誰でもいい。速いボートに乗せてくれ」

切羽詰まった晃の迫力に押されたのか、一番近くにいたボートが、桟橋に横付けした。さあ、乗れ、という風に、サングラスの男が手招きする。晃はそのボートに飛び乗った。あのボートを追いかけてくれ、とジェスチャーで伝える。

「フィフティダラー」と、操縦士が手を出す。「高い」と言うと、男はエンジンを切って腕組みをした。橙子を乗せたボートは、遥《はる》か沖合までいってしまった。

「畜生」

仕方なく、晃は十ドル紙幣を五枚渡した。途端にエンジンがかかり、晃の乗ったボートは橙子を追い始めた。

「ラバー?」と、小指を立てて、サングラス男がにやりと笑う。

「イエス、イエス」

晃は叫んだ。そうだ、俺は橙子と空知に恋をしている。だから、空知が俺に何も言わずに消えるとは思ってもいなかったし、まさか橙子が今、自分から逃げるとは思わなかったのだ。どこまでも追ってやるぞ。晃は、トンレサップ湖の生温い風を頬に受けながら、前方の橙子の乗ったボートの、白く泡立つ航跡を凝視していた。

ミルクコーヒー色をした湖上のあちこちに、赤や青の屋根を載せた家や商店のような建物が見える。しかし、山や樹木といった自然物や、道路や建物などの人工物が一切ない平面上にあるので、まるで海上に現れる蜃気楼《しんきろう》のようで、まったく現実感がなかった。歩行する人や動物が、どこにも見えないせいだろうか。まるで違う惑星の、シュールな絵を見ているかのようだった。

晃は舳先に立って温く強い風に当たりながら、その景色を呆然と見ていた。自分は「スター・ウオーズ」のような、地球外世界に来てしまったのかと思った。

だが、集落のそばでは、たくさんの船が行き交っていた。桟橋から沖に出るまでは、細い竹の棒が並んで水路を示していたが、沖での船の航路は自由らしい。

それにしても、船の種類が多い。観光客を乗せた大きな船、定期船らしいボート、錆《さび》だらけの貨物船、物売りの女が乗る野菜を満載した小舟、魚売り、少年が自転車代わりに使っているかのような軽快なボート、幼児が両手で漕ぐアルミ製のたらい。

それらの船や船もどきが、まるでトンレサップ湖が巨大な広場か何かであるかのように、好き勝手に往来しているのだった。それもまた壮観だった。

「ラバ、ラバ」と、操縦士が遠くを指差す。白い波を蹴《け》立《た》てて先を急ぐ船は、橙子の乗ったボートのようだ。

どうやら、このティアドロップ形のサングラスをかけた操縦士は、案外、凄腕《すごうで》だったようだ。この広い湖で、よくも橙子のボートを見つけてくれた。

たちまちのうちに、晃の船は橙子の乗るボートに近付いてゆく。船尾に立った橙子が、帽子を手で押さえながら、こちらをちらっと振り向いた。晃はここぞとばかりに手を振った。

「橙子さーん、待ってー。橙子さーん」

しかし、顔が見えるほどの距離まで追いつけたのはいいが、なかなか差が縮まらないのはどうしてだろう。もしかすると、このサングラス男がわざとスピードダウンしているのではないか、と晃が勘繰り始めたのは、そんな状態が長く続いた後だった。

「もっとスピード上げろ。だったら、追いつける」

晃は、サングラス男に向かって、右手をぐるぐる回した。すると、男が顔を向けて、こう言った。

「モア、マニー」

男は陽に灼けた親指と人差し指で輪を作って見せる。

「モア、マニー。フィフティダラー」

「ねえよ、そんな金」

頭にきた晃が怒鳴ると、サングラス男は突然エンジンを切った。たちまち船は、トンレサップ湖の真ん中で、ゆらゆらと漂った。橙子の乗ったボートは、みるみる遠くに去ってゆく。

「船、出せよ。この野郎」日本語が通じないと思うと、いくらでも悪態がつける。晃は怒鳴り続けた。「このインチキ野郎。畜生、調子に乗りやがって。ほんと、悪質だな、インターポールに言いつけるぞ」

「ノー、ノー。マイボート、タイアド、タイアド」

「何言ってるんだ、擬人法なんか使いやがって、このバカ。早く動かせ。もう見えなくなったじゃないか」

「フィフティダラー」

「ノー」

「フィフティ」

「ノー」
三、四回、無駄な交渉を繰り返した挙げ句、サングラス男は、だったら湖に突き落としてやろうかと言わんばかりに、サングラスをずらして晃を睨《ね》め付けた。男の裸眼が血走っているのを見て、晃は慌てて有り金を頭の中で計算する。

二十ドルは手許にあるが、帰りにまたトゥクトゥクに乗らなければならない。出せるのはせいぜい十ドルだ。

「テン」

仕方なしに晃が言うと、サングラス男は「ノー」と、厳然と首を振る。

「フィフティーン」

「ノー」

「参ったな」

橙子の乗った船は、海のようなトンレサップ湖の、水平線の彼方に去って行ってしまった。もう見えない。有り金を全部出して何とか交渉しても、近付けばまたエンジンパワーを調整して、金を搾り取ろうとするだろう。ここまできたのに諦《あきら》めざるを得ないかと思うと、涙が出るほど悔しかった。

「ラバ、ゴーン。ラバ、ゴーン」

男が歌うように呟《つぶや》くのが、何とも癪に障る。晃は溜息を吐いた。こんな強欲な男の船に乗った自分が悪かった。どんなに急いでいても、五十ドルと吹っかけられた時に乗るべきではなかったのだ。

悄《しょげ》気ていると、突然エンジン音が聞こえた。何かが近付いてくる。顔を上げると、ブルーの漁船風のボートが、こちらに向かってきていた。舳先にいるのは、橙子だ。

「あれ、戻ってきている」

サングラス男も驚いて、エンジンをかけた。罠《わな》か何かと勘違いして、逃げようという魂胆らしい。

「待て。逃げるな」

晃は、男のごつい手を上から押さえて、船を動かせないようにした。男が強い力で振り払ったので、勢いで船から落ちそうになる。慌てて、男の黒いTシャツを摑む。男が怒って、晃の手を振り払う。で、また摑む。二人は、船上で揉《も》み合った。

晃は臆病《おくびょう》な人間だ。他人と喧嘩《けんか》したことなど滅多にない。ましてや、摑み合いなどもってのほかで、争いがあると、害の及ばない距離から眺める側に回るのが常だ。

だから、自分でもどうして、こんな大胆なことができるのか、信じられなかった。ただ、橙子が戻ってきてくれたのが嬉しくて、必死だった。

やがて、ブルーのボートが、晃の乗った船に横付けされると、晃の船はその余波で激しく揺れた。晃はたたらを踏んで転んだ。

「晃さん、大丈夫?」

橙子がこちらの船を覗き込み、通る声で訊く。

「大丈夫です。こいつが逃げようとするので止めてます」

「どうせ、トラブルになったんでしょう?」

「そうです。金をもっと払わないと追わない、と言われたんです」

「そんなことだと思った。こっちの船に移って」

「いいんですか?」晃は驚いた。

「ええ、いいわよ」

思いがけない申し出だった。助け船とはよく言ったもので、このままなら、湖に投げ出されてもしょうがないところだった。

菓子を配る時に手伝っていた中年男が、晃に両手を差し出したので、晃はその太い腕に摑まって、橙子の乗るボートに移った。

サングラス男は腹立たしげにエンジンをかけると、大袈裟《おおげさ》に旋回して帰ってゆく。その航跡で、今度はブルーのボートが大きく揺れた。橙子が船縁《ふなべり》に摑まって呟いた。

「悪質な人ね」

「助けてくれて、ありがとうございます」

晃は、橙子の顔を正面から見られずに、俯《うつむ》いたまま礼を言った。

「何言ってるの、いいのよ。晃さんじゃないの」

橙子が、中年男に何か言った。クメール語のようだ。中年男が頷いた。

「私たちは、船尾で話しましょう」

操縦士と中年男は、舳先で何か相談しながら船を低速で動かしている。どうやら、ゆっくり桟橋の方向に戻ってくれているようだ。

晃は、橙子と船尾のベンチに並んで腰掛けた。中年男が、クーラーボックスから缶コーラをふたつ持ってきてくれた。よく冷えているので、表面に水滴が付いている。

「どうも」

晃が遠慮しながら受け取ると、橙子が心配そうに訊《たず》ねた。

「ビールの方がよかった?」

「とんでもない。コーラで充分です。ありがとうございます」

「どうしたの、晃さん。堅苦しいじゃない」

橙子がからかうので、晃は照れた。空知の勉強部屋ではなく、こんな大きな湖の真ん中で橙子と相対しているのが、信じられなかった。

「久しぶりだね。元気だった？」

「はあ、何とか」

「何か、男臭くなった」

「そうかな」と、照れて頭を掻く。

橙子が日本からいなくなったのは、晃が高校を卒業する前だから、かれこれ七、八年は会っていなかったことになる。

輝くような美貌《びぼう》は相変わらずだが、頰に細かいそばかすが目立つ。化粧をしていないのだろう。だが、やや茶色がかった目に、以前はなかった強い力が宿っているようで、晃は気圧《けお》された。高校生の頃は、その美貌に気圧され、今は橙子が醸し出す意志の力に気圧されている。美しい橙子と空知は、何を目的としてカンボジアにいるのだろう。

「再会を祝って、乾杯しようね」

橙子がコーラの缶をぶつけてきた。晃も缶をかかげた後、プルタブを倒してコーラを口に含んだ。よく冷えているが、日本のコーラより炭酸は利いておらず、甘く感じる。

「こんなところであなたに会えるとは思ってもいなかった。だから、さっきはびっくりして逃げちゃったの。違う人たちかと思った」

「違う人たちって？」

まさか、安井たちではあるまいか。

「安井さんのことですか?」

「安井さんて誰。知らない」

「安井さんは、橙子さんと結婚していたと言ってましたよ。ベトナムを最後に、行方がわからなくなったから捜してくれ、と依頼を受けたんです」

「私、結婚なんかしたことないよ」橙子が不快そうに顔を顰《しか》めた後、少し笑った。「いったいどうして、そんな依頼を受けることになったの?」

「あ、そうだ」

晃は、野々宮父の写真を思い出した。

「今年の三月、野々宮のお父さんが亡くなられたのはご存じですか?」

橙子がはっとしたように、両手を口に当てた。頭《かぶり》を振る。

「知らなかった。それは本当?」

「本当です。ガンで亡くなられたそうです。お母さんの雅恵さんに、葬儀にも帰ってこない子供たちに会ったら、父の死に顔を見せてやってと頼まれたから、ご遺体の写真も持ってきました」

黙って、スマホの写真を差し出す。橙子は、野々宮父の顔を食い入るように眺めてから、静かに涙を流した。

「野々宮さんには、本当にお世話になった。あの人がいなかったら、私たちきょうだいは生きてはいなかったかもしれない。異国の子供に、惜しみなくご飯とベッドと立派な教育まで与えてくれたし、何よりも、安全を与えてくれたのだから、感謝してもしきれない。最期は看病もできなくて、申し訳ないことをした。日本を離れる時は、もう二度と会えないかもしれないと、お互いに覚悟して泣いたけど、それでもいつかはまた会えるだろうと思っていたの。まさか、こんなに早く別れがくるなんて、思ってもいなかった」

橙子の涙は止まらなかった。泣いては語り、語っては泣く。晃もついもらい泣きをしたほどだ。舳先にいる中年男が、心配そうに何度も振り返っている。

「お父さんのお葬式はどうだったの?」

橙子がハンカチで涙を拭《ふ》きながら訊く。

「どうだったって、言われても」晃は言い淀《よど》んだ。

「いいのよ、正直に言って。野々宮の父は、事業に失敗したらしいから、葬儀は寂しかったんじゃないかしら」

「そうですね、通夜振る舞いでは、俺以外の客は三人でした。一人は、お父さんが晩年に凝っていた中国茶の先生です。お父さんより、年上の老人です。あとの二人は、俺にカンボジア行きを要請した人たちです」

「それが、安井さんなのね」

「ええ。その安井さんには、ハワイでの結婚式の写真も見せてもらいましたよ。橙子さんがウェディングドレスを着ていて、空知と藍ちゃんが一緒に写っていました。俺は知らされてなかったから、結構嫉妬《しっと》したりして」

「手が込んでるわね」と、橙子が嫌な顔をした。「相当に悪質だ」

「俺、欺されたんですね」

「それも巧妙にね。ファッション雑誌でウェディングの写真なんかたくさん撮ってるから、首だけ、空知や藍とすげかえたんじゃないかしら」

「そうか、気が付かなかったな。もう一人は三輪という男で、こっちは藍ちゃんを捜している、ということでした。藍ちゃんは歌の才能があるのに、連絡が取れなくなったとか言ってましたね。それはさすがに信用できなかったけど。三輪さんの依頼の時は、雅恵さんも一緒でした」

橙子は悲しげに大きな溜息を吐いた。

「雅恵さんは、最初から私たち三人を気に入ってなかったの。そりゃ、そうよね、いきなり異国から、十一歳、四歳、一歳の子供が押し寄せて来たんだもの。雅恵さんもパニックになったと思う。私たちにお金をずいぶん遣ったのに、みんなカンボジアに帰ってしまって見返りはない。だって、私と藍は、高いインターナショナルスクールに入れてもらったんだよ」

橙子はコーラを飲み干して、頬杖を突いて遠くを眺めている。時折、擦れ違う船に乗っている子供たちに手を振ったりもした。その横顔が寂しげで、晃はなかなか話しかけることができなかった。

「あのう、橙子さん」

思い切って声をかける。

「なあに」

橙子が物憂げに振り向いた。

「今言った通り、俺は安井と三輪に、橙子さんと藍ちゃんの行方を知りたいから、空知を捜せと言われてました。だけど、ヤツらの本命は空知ですよね。だったら、何で最初から空知だけ捜せ、と言わないんでしょうか」

「空知は指名手配犯だったからよ。最初から空知を見つけたいというのは難しいから、姉妹という外堀から埋めようとしたんでしょう」

　今、橙子は何と言った？　指名手配犯だって？　晃は衝撃を受けてよろけ、船縁にやっと摑まった。急に吐き気を催したほどだ。

「指名手配？　何でですか。いったい、空知はどんな罪を犯したんですか。俺、空知に何度も呼びかけのSNSやりましたよ。あれはどっかで警察がチェックしてるんですかね」

「大丈夫。藍が空知はすでに死んだ、とあなたに伝えたでしょう？　あの子は死んだのよ」

「本当に死んだんですか？」

「ええ」

　橙子は唇を引き結んで頷いた。だけど、その目に涙はない。

「じゃ、空知は、何で指名手配犯になったんですか？　いや、そもそも、どうしてカンボジア人のあなたたちが、日本で育てられることになったんですか？　そして、どうして日本人の変なやつらが、あなたたちを捜せって言いにくるんですか？　俺は、空知は仲のいい高校時代の友達だとしか思ってなかったから、何だか混乱しちゃって、わけがわからないんです。説明してもらってもいいですか」

　自分の高校時代の思い出すらも、嘘で固められて、偽造された記憶のような気がしてくる。

「そうよね。晃さんには知る権利があるよね。お父さんの葬儀にも行ってくれたし、私たちを捜すために、わざわざ日本から来てくれたんだから。ちゃんと話すわね。まず、私たちの父親は、カンボジア人のチア・ノル。私と空知の母親は、フランス人女性なの。私が名乗っているエレーヌは、母の名よ。母はパリで、父と知り合ったそうよ。結婚してカンボジアに来たけど、私と空知を産んでからはフランスに帰って、パリで亡くなったと聞いた。写真でしか見たことがない。藍の母親は、中国人女性なの。私と空知は似ているけど、藍だけがちょっと違うでしょう。そのせいなのよ。藍のお母さんは、チア・ノルの妻だ、という理由で殺されたの。それで、父が家族の皆殺しを怖れて、野々宮さんに私たちを連れて国外に出るよう頼んだのよ」

「殺された？　皆殺し？」

晃が唖然《あぜん》としているのに気付いて、橙子が優しく笑った。

「驚いたでしょう。殺されたなんて簡単に言うから。でも、この国は長く政情不安で、政治的対立からよく人が殺されたり、殺したり、物騒なのよ」

「だって、ポル・ポト時代は終わったんでしょう？」

「ええ、七九年に一応終わったと言われているけれども、それはポル・ポトが失脚しただけであって、残党もたくさんいるし、血腥《ちなまぐさ》い国よ。九三年の総選挙までは、内戦状態と言ってもよかった。総選挙前だって、日本の文民警察官の人が撃たれて死んだじゃない。あれはポル・ポトの残党の仕業と言われているけど、結局、犯人はわからず仕舞い。そんなことばかりが起きるのよ。

父の、チア・ノルは四九年生まれ。ポル・ポト時代には、フランス留学をしていて、母と知り合った。カンボジアに帰国したのは七八年で、それから政治活動に身を入れた。カンボジアを再建しなければ、という思いが強かったみたい。サム・ランギットというランギット党の党首と仲がよくて、九五年にランギット党が第一党となった時、父は財務大臣を務めていた。だけど、父は、フン・センを名誉毀損《きそん》したという罪で告発されて、財務大臣を辞めざるを得なかった。それで国内を逃げ回っていたの。藍が生まれてすぐのことよ。だから、私たちは父と会うことなど、滅多になかった。

　ある日、怖ろしいことが起きた。藍のお母さんが射殺されたの。父は姿を現さなかったけれども、凶報を聞いて心配になったのでしょうね。子供たちも全員殺されるかもしれないから、国外に逃してくれと、知人に頼んだそうよ。そして、二十歳になったらカンボジアに戻ってこい、と言った。それで、日本人の篤志家が育ててくれることになった。野々宮の父は、私たちは特別養子縁組をしてもらったの。私だけは十一歳だったので、特例だって」

「その話は、プノンペンの木村さんの家で聞きました」

「木村のことは知ってる」

「俺、木村さんの家で、藍ちゃんを偶然見たんですよ」

「藍を王宮に差し出したのは木村よ」

　橙子が吐き捨てるように言った。

「でも、藍ちゃんが野々宮の娘だってことは知らないみたいだった。それに藍ちゃんは金を借りてた」

「それはどうかしら。野々宮家に貰《もら》われた娘だろうが何だろうが、自分の利益のためには何でもする男よ。仕事が欲しいから、王宮の情報が知りたいんでしょう」

　晃はふと疑問に思ったことを訊いてみた。

「橙子さんは、藍ちゃんとは会わないんですか？」

　橙子が首を振った。

「母親が違うということがはっきりわかってからは、あの子は少し変わったように思う。この国で、生きていく道を自分一人で見つけようとしている。そのために、木村を利用して、政権側に付いて、サバイバルしようとしてる」

あの慇懃《いんぎん》な執事を思い出す。心の中ではどこの国にも属さない人間が、あらゆる手段を使って、自由に生きる術《すべ》を見つけていくのだ。

ボートは、同じところをゆっくり旋回し始めた。ふと見ると、チョンクニアの桟橋はすぐそこだ。もう時間がないのだろうか。晃は焦った。

「橙子さん、もうちょっと話いいですか?」

「ええ」と言いながらも、橙子は腕時計を見た。橙子さんはここで何をしているのですか、と晃は訊きたかったが、時間がないのなら、空知のことに触れなくてはならない。すると、橙子の方から言った。

「父が殺されたのは、二〇一四年なの。ちょうど、空知が帰ってきていたから、空知は父にひと目会えたわ。その時、父が空知にこう言ったんだって。チア・ノルの子供たちは、どこに行っても繋がって光るインドラの網に絡まる宝石だ、と。インドラの網にある宝石は、そのひとつひとつが、他の宝石を映し出す宇宙だ、と。空知はすぐに父の跡を継ぐ決心をした。

ある夜、父は背後から撃たれて、あっけなく亡くなったの。私は、ベトナムでそのニュースを見たけど、父の血に塗《まみ》れた白いシャツをまだ覚えてる。滴るほどの血が垂れていた。それからかな。空知が神がかり的に活動を始めたのは。空知はあのような派手な外見だし、チア・ノルの息子だというので、最初からカリスマ性があった。あっという間に、若きリーダーになってしまって、仲間が集まった。空知たちは、自ら父を殺した人間を捜し始めたのよ。ランギットさんが、我々は合法活動をしようではないか、と呼びかけても無駄だった。空知は闇夜の晩、父と同じように背中から撃たれたの」

晃には、空知が怒る様や、目の色を変えて走り回る様が目に浮かぶようだった。空知には時折、激昂《げっこう》すると手が付けられない時がある。しかし、自分も空知と一緒なら、興奮して走り回る気がした。いや、走り回るべきだった。

「空知は本当に死んだんですか?」

橙子が頷く。

「じゃ、墓はどこにあるんです? 俺、墓参りに行きます」

橙子はしばし考えてから、

「アンピルです。でも、晃さん、寝た子は起こさないでね」

どういう意味だと考えていると、船が桟橋に着いた。

「じゃ、晃さんはここで降りて」

中年男が舫《もや》いをかける。

「ちょっと待って。橙子さんに連絡するには、どうしたらいいんですか」

困ったという風に、橙子は中年男の顔を見る。男が橙子のものらしいバッグを持ってきた。橙子が名刺入れを取り出して、薄いカードを手渡してくれた。

「普段はそこにいます」

やはり、クメール語だった。すぐに判断できないので、曖昧に頷くしかない。

「じゃ、元気で」

船が桟橋を離れて行く。晃は慌てて怒鳴った。

「空知のカンボジア名は？」

「ソラ」と、ひと言返ってきた。

ソラか、と晃は空を見上げた。スコールが来るのか、黒い雲が物凄い勢いで広がるのが見えた。

4

橙子の話は、これまでの人生がひっくり返るようなショックだった。晃は茫然《ぼうぜん》としたまま、赤土の未舗装路をひた走るトゥクトゥクの中で、ぐらぐらと揺られていた。

運転手が「サンセッ」と言って、後ろを指差した。振り返ると、地平線に真っ赤な夕陽が沈んでゆくところだった。すべてが皆、赤く染まるほどの巨大な落日なのに、それにも気付かず、ぼんやりしていた。晃は、赤く照り映える原野を見据えた。そして、高校生の頃の空知を思い出していた。

校庭で、武蔵野《むさしの》の丘陵に沈んでゆく冬の夕陽を、空知と一緒に眺めたことがあった。寒い日だったが、空知は学生服にマフラーを巻き付けただけで、魅せられたように夕陽を見つめていた。あのマフラーの巻き方は、クロマーのそれに似ていなかったか。

今となっては、笑っている空知も、考えに沈む空知も、夕焼けに見とれる空知も、すべてカンボジアの大地に溶け合うように思える。カンボジアで生まれ、カンボジアに戻り、この地で死ぬ運命。そうだったんだ、そうだったんだ、すべて腑《ふ》に落ちる。と、トゥクトゥクの固い座席の上で、晃は一人納得している。

自分は、空知がそんな残酷な運命のもとに生まれていたとは知る由もなく、ただ空知と一緒にいることが楽しく、幸福だった。橙子と空知。あの並外れた美貌の二人は、誰よりも激しい運命を生きることを決定づけられていたのだ。

だが、この地で真実を知って、たったひとつだけ晃を救ったこともある。これまで、いくら考えても釈然としなかった、空知の「心変わり」の理由だ。なぜ空知が詳しい説明もせずに、自分から離れていったのか。そして、自分が知らされなかった美術という分野を選び、アジアに旅立ってしまったのか。

自分は、空知の変心に傷つき、悩み、人生などどうでもいい、と自暴自棄にさえなっていた。空知のことを忘れようと努め、学業をサボり、つまらない仕事に就いて、休日はゲームに逃げて家に引き籠《こ》もっていた。空知が、高校卒業時に真実を教えてくれさえしたら、違う道も選べたはずなのに。

それは、一緒にカンボジアに来て、空知とともに闘うことだった。そうしたら、空知の死を防ぐこともできたかもしれない。時間を巻き戻すことはできない。晃は無念で堪《たま》らなかった。

橙子の「インドラの網」という言葉を思い出す。父親のチア・ノル、フランスと中国の二人の母親、橙子、空知、藍の三きょうだい。網に絡まるひとつひとつの宝石が光り輝き、互いの運命を照らし出す。それがインドラの網ならば、宝石になれない自分は、せめて宝石を繋ぐ網になりたいと晃は思った。

ゲストハウスに戻れたのは、六時過ぎだった。晃がハウスに入って行くと、フロントデスクにいるソックと目が合った。

「お帰り。どうだった、トンレサップ湖は?」

「面白かったです」

晃は浮かない顔で答えた。

「それはよかったね。天気も好《よ》かったし」

ソックはパソコンの画面に目を落としたまま、当たり障りのないことを言う。晃は思い切って、ソックに頼んだ。

「ソックさん、俺、明日でバイト辞めようと思います。急ですみません」

ソックは、驚いたようにパソコンから顔を上げた。その目には、初めて見る人に対するような遠慮がある。

「何かあったのかい?」

「すみません、行かなきゃならないところができたんです。そこに行きます」

晃は、曖昧な説明だから、ソックは納得しないだろうと心配した。突っ込んで訊かれたら、何と答えようと迷う。だが、ソックはしばらく首を傾げて考えた後に、決心したように軽く頷いた。

「そうか、わかった。急で困るけど、何か事情があるんだろう。ルシャナ・スズキが帰ってきたら、バイトできるかどうか訊いてみるよ」

「すみません」

晃は一礼してから、ニエット婆さんを捜しに、しもた屋に向かった。

ニエット婆さんは、裏に住む十三歳の女の子に店番を任せて、奥の台所でタバコを吸いながら、煮炊きしていた。

「婆ちゃん、ただいま」

晃は、台所の汚いパイプ椅子に腰掛けた。婆ちゃんは晃の顔を一瞥《いちべつ》してから、ゆっくり灰皿でタバコを潰《つぶ》した。相変わらず、バドワイザーの灰皿はタバコの脂《やに》で黒く汚れている。

「お帰り。ご飯あるよ」

豚足スープと、汁なしのクイティウを椀《わん》によそってくれた。婆ちゃんの煮る豚足は、とろけるように柔らかい。晃の好物だった。

「ありがとう。いつもすみません。俺、ほんと感謝してます。婆ちゃんがいなかったら、俺はここで生きていけなかったと思う」

晃は急に感極まって、涙が出そうになった。婆ちゃんの家も出て行かねばならないと思うと、悲しかった。

「どうしたの。何があった？　何かわかったのかい」

婆ちゃんの勘は鋭い。晃が橙子に聞いた話をすると、婆ちゃんは大きな溜息を吐いた。

「あの写真の子が、チア・ノルの息子とはね。驚いたよ」

「婆ちゃん、空知の父親を知ってるの？」

「みんな知ってるよ。ランギット党が選挙で勝った時は、お祭り騒ぎだった。これでカンボジアもよくなると喜んだ。チア・ノルは大臣になってね、すごく人気があったよ。ハンサムだったしね。だけど、奥さんも、彼もあっけなく殺されてしまった。それが終わりの始まりさ。民主派の弾圧のことだよ。議員はみんな海外に逃げたんだよ。今は、一見落ち着いたように見えるだろうが、陰では恐ろしいことが行われているんだ。それが、この国の本質だよ。ポル・ポトの時代と変わらない」

婆ちゃんは、おたまを振り回して熱心に語った。

「空知は指名手配されていたんだって」

「それは本当に罪を犯したんじゃないんだよ。弾圧だよ。ところで、アキラ。もう一杯、スープ飲むかい？」

婆ちゃんは、豚足スープの寸胴鍋《ずんどうなべ》に火を点けながら、まだぶつぶつと憤っていた。

「飲むよ、ありがとう」

「まったくねえ、若いのにソラチという子は可哀相に。父親のあおりを喰《く》らって殺されるなんて、とんでもないことだったね」

「俺、ショックだった」

「そうだろ。日本じゃ考えられないものね」

晃は、熱いスープを啜《すす》りながら、考えていることを正直に喋った。

「それでね、婆ちゃん。空知の墓がアンピルって場所にあるんだって。だから、そこに墓参りに行って、俺はこの旅を終えることにしたんだ。ソックさんには、明日でバイト辞めたいって頼んできた」

婆ちゃんは新しいタバコに火を点けて、疑わしげな表情で晃を見た。

「旅を終えるって、日本に帰るのかい？　だって、あんたのパスポートは、まだキムランとこだろ？」

「帰る時にどうせプノンペンに行くから、取りに行くよ」

晃は誤魔化した。帰国については、墓参りを終えてから考えたいと思っていた。日本に帰っても、何の希望もないからだ。腑抜けのように暮らすのだったら、空知のようにカンボジア人になってしまって、空知の墓守でもして暮らしたい。そのまま、この地に潰《つい》えても構わない、と思っている。

「ふうん」と、婆ちゃんは半信半疑のようだった。しかし、少し経ってから、承知したように頷いた。

「いいよ、あんたの好きなようにしなさい。だけど、帰る前に必ずもう一回、ここには寄りなさい。わかったね？」

「わかったよ」

「約束だよ」

「うん」

婆ちゃんが怖い目で睨んだので、晃は承知する。

「ところで、ソラチのお墓はどこにあるって？」

「アンピルってところだって」

「アンピル？　それだけしかわからないのかい」

そうだよ、と晃が言うと、婆ちゃんは呆れたように首を振った。

「無理だよ。アンピルだって広いんだ。そこで墓を捜すなんて、無理だよ。そもそも、晃は日本人なのに、アンピルって地名を知らないのかい？」

晃は首を振った。

「アンピルは、二十年以上前に、タカタという日本人の文民警察官が銃撃されて死んだ場所だよ」

「誰に銃撃されたの？」

「不明だとされてきたけど、ポル・ポト派と言われている」

「橙子さんがそんなことを言ってたな」

婆ちゃんが不機嫌に付け足す。

「国境の方は物騒なんだ」

「そうか。橙子さんにこれを貰ったので、どこにあるのか詳しく聞いてみるよ」

クメール語の名刺を差し出した。婆ちゃんが、老眼鏡を掛けて名刺を読んだ。

「電話してやるよ。出たら、代わりなさい」

晃が差し出したスマホで、婆ちゃんが覚束ない手付きで電話をかけている。晃は、果たして橙子が出てくれるだろうかと心配だった。

「出た」

婆ちゃんが、スマホを差し出したので、晃は飛び付いた。

「もしもし、晃です」

「今日はわざわざありがとう。突然なので、びっくりしたわ。時間がなかったから、あまり話せなくてごめんね」

紛《まご》うかたなき橙子の声だ。

「アンピルのお墓のことなんだけど、アンピルのどこにあるんですか。俺、墓参りして日本に帰ります」

しばし、沈黙があった。やがて細い声が聞こえた。

「ありがとう。でも、あまり治安がよくないかもしれないの。大丈夫かしら?」

晃は、そこで死んでもいいと思っている。

「大丈夫です。行きます」

「だったら、タイとの国境沿いにプリアベンという村があるの。バンテアイ・チュマールという有名な遺跡の先よ。そこにあると聞いた。でも、私も行ったことがないの」

「わかりました。どうしてそんなところにあるんですか?」

「そこにソラたちが籠もって応戦したと聞いているから」

「じゃ、行ってみます」

「ありがとう」

「あの、橙子さん、ひとつ訊いていいですか?」

「いいわよ。何?」

「橙子さんは今、こっちで何をしてるんですか?」

「私はシングルマザーになったの。子供を育ててるわ」

橙子の語尾には満足そうな響きがある。あの船に乗っていた中年オヤジだろうか。知らされなかったことに微《かす》かに嫉妬する自分がいる。

「あの、お父さんは、誰か訊いてもいいですか」

「いいわよ、あの船に乗っていた人。あなたの船が停まってしまった時に、彼が戻ってあげようと言ったの。彼はベトナム人なのよ。こっちでベトナム難民を助けるNPOの活動をしているの」

橙子が明るく答えた。晃は、船を乗り移る時に支えてくれた太い腕を思い出して、敵《かな》わないと苦笑した。

「橙子さんはどこに住んでいるんですか?」

「トンレサップ湖の近くよ。じゃ、晃さん、元気でね。弟を捜しに来てくれてありがとう。そして、野々宮のお父さんの写真も見せてくれてありがとう。嬉しかったわ。私は幸せに暮らしているから、心配しないでね」

電話が切れた。あんな中年のおじさんとの間に子供がいるなんて。ファッションモデルをして、エステサロンを経営していた橙子が、難民を助けるNPOだって。晃が放心していると、婆ちゃんが訊いた。

「どこにお墓があるって?」

晃は我に返った。

「バンテアイ何とかという遺跡の先にある、国境の近くのプリアベンって村だって」

「わかった。バンテアイ・チュマールだろ」

婆ちゃんが、晃のスマホを奪い取って、カンボジアの地図を開いた。国境沿いの街を指差す。

「この村だ」

でも、英語表記がないのでわからない。クメール語の形と、場所を覚えて、スクショした。

「どうやって行くんだろうか」

「スヴァイまでバスで行って、あとはトゥクトゥクか、タクシーだね。スヴァイで一泊しないと無理かもしれない。お金あるかい?」

「大丈夫」

銀行口座にある金を全額、カードで引き出して出かけるつもりだ。晃はスマホの地図を眺めたが、スヴァイという地名がない。探していると、婆ちゃんが、忌々しそうに付け加えた。

「スヴァイは、私たちの言葉。タイ語でシソポンっていうんだよ。シソポンの方が、日本語のガイドブックには載っていると思う」


午後八時にソックと交代して、晃はゲストハウス最後のフロント業務に就いた。すると、待っていたかのように、鈴木からフロントに電話がかかってきた。鈴木は、晃が八時からフロントに就くことを知ってかけてきたのだ。「リダイアルして」と言って切れる。

言われた通り、晃は鈴木にリダイアルした。そうすれば、ホテルの電話で話せる。ソックが今頃、自宅で夕飯を食べていることを知っていればこそ、の狡い手だった。

ロビーでは、欧米人の男女が数人、床に座り込んでスマホを覗いていた。皆、明らかに私用電話をしている晃には無関心だ。知ったとしても、当然という顔をするだろう。

「今日、どうだった？」

鈴木が好奇心を抑えきれない声で訊く。

「うん、今、鈴木さんにメールしようかな、と思ってたところだよ。俺、明日ここ辞めて、空知の墓参りに行くつもりなんだ」

「そうか。ソックさんから電話がきてさ。こっちで早くバイトできないかって言われたから、何かあったのかなと思ってたんだ」

「そうか、悪いね」

「いいよ、お互い様じゃん。で、どうしたの」

晃が、橙子から聞いたことを縷々《るる》伝えると、鈴木が大きな溜息を吐いた。

「めっちゃハードなストーリーだね」

「そうなんだ、参ったよ。何かさあ、帰り道に、俺、何にも知らないバカだったんだな、と思って沈んじゃったよ。しばらく立ち直れなかった」

本当に弱った声だったらしく、鈴木が「元気出しなよ」と励ましの言葉をかけてくる。しかし、すぐに辛辣《しんらつ》に攻撃された。

「ほんと、八目クンって、何も知らなかったものね。めっちゃ無防備で無知蒙昧《もうまい》なんで腹立ったくらい。最初の頃、現金三十万くらい盗まれたやん。あれ、マジびっくりした。こんなところで、現金ぴらぴら見せるアホがいるのかって」

「すみません」

「謝ることないよ。損したのはあんただから」

「あんた呼ばわりかよ」

「そうやって拗《す》ねるところも可愛いけど、やっぱ、恋心は募ってるみたいだね」

鈴木は単刀直入だ。

「募るというか、切ないよ。悲しいよ。もう会えないと思うと」

「やっぱ、八目クンは空知が好きだね。彼を思うと、肉体的変化ある?」

「うん、ちょこっとあるね」素直に認める。

「どこがどうするのさ」

「空知は俺より十センチくらいでかいんだよ。だから、あの胸に顔を埋《うず》めればよかったな、と今さら思うよ」

「うわっ、じゃや、百八十五センチくらいあるってこと？　それであの顔だったら、モテモテじゃない」

「そうなんだよ」

「八目クンには高嶺《たかね》の花だね」

「まあね」

晃は、この無礼な鈴木には、なぜか素直になれる。

「じゃ、かなりマジで好きだったんだね」

「そうだね。だから、鈴木さんとは一発やれないよ」

「ま、いいさ」鈴木が笑った。「で、お墓の場所はどこなの？」

「バンテアイ・チュマールっていう遺跡のそばだって」

「知ってる。私、そこ行ったよ。行くのは、そう難しくない」

「でも、遺跡に行くわけじゃないんだ。その先のプリアベンという村だって。橙子さんは、治安があまりよくないって言ってた」

「昔、ポル・ポト派の拠点だったんじゃないの」

「かもね」

「それでも行くんだ？」

「うん、行ってくるよ」

「じゃ、気を付けてね。また絶対に会おうね。帰っておいでよ」

鈴木の話し方は素っ気なかったが、最後は本当に心配そうだった。婆ちゃんも鈴木も、晃が帰らない決意をしているのを、何となく勘付いているかのようだ。

翌朝、朝食の支度と片付けが終わった後、晃は銀行ATMに行って、現金を全額下ろそうとした。だが、久しぶりに記帳したら、母親から二十万の振込があったことに気付いて、それだけは取っておくことにした。安井から追加で貰った二千ドルは、全部遣うつもりだ。実際に、二人には会えたのだから。

それから、バスのチケットを買いに行った。十五時三十分発の、シェムリアップ発ポイペト行きの途中の街、シソポンまでだ。ポイペトは、タイとの国境の街で終点である。

シソポンは行ったことがないが、そこに一泊すれば、明日は何とかプリアベンという村までは行けるだろう。後は野となれ山となれだ。

晃はもう一度、ゲストハウスに戻って、ソックと婆ちゃんに挨拶した。二人とも、晃の荷物を見て暗い顔をした。荷物を置いて身軽な旅なら戻ってもくるだろうが、大きなリュックを担いだ晃に、悲しい顔をしている。

「アキラ、何があっても、一度戻ってくるんだよ」

婆ちゃんはよほど心配なのか、晃の手を握って離さなかった。

午後、二人に見送られて、晃はバスターミナルに向かった。バスは三十分遅れで到着した。欧米人のバックパッカーが大勢降りた。

晃は、まだ乗客の尻《しり》の熱が残っているようなシートに座って、目を閉じた。シソポンまでは二時間弱の道のりである。空知の墓を見つけてお参りしたら、縁《ゆかり》の人を何とか見つけて、最期の様子を聞くつもりだ。そうして、やっと空知を捜す旅を終えることができる。そう考えていた。

バスは、かなり整備された舗装路を西へひた走った。荷物を満載した荷車や、のろくさ走る二人乗りバイクなどを追い抜き、二時間弱でシソポンに着いた。

シソポンは交通の要衝だと聞いていたが、高い建物があまりない、のんびりした街だった。バスが市街地の中心で停まったので、停留所からホテルまでトゥクトゥクに乗る必要もなさそうで助かった。

シソポンで降りたのは、晃とカンボジア人の男の二人だけだった。夕暮れも迫っているので、晃はリュックサックを背負ったまま、ホテルを探して歩いた。五分も歩くと、ホテルの看板が目立つ通りに行き着いた。安い宿は探せばいくらでもありそうだが、晃はフロントの人間が片言の英語を話せる宿にしたかった。その方が、プリアベン村の情報が手に入れられると思ってのことだ。だが、英語を話せる人はなかなかいない。

仕方がないので、予算をアップしたら、ようやくフロントの女性が英語を話す宿に行き当たることができた。一泊十三ドル。シャワー、トイレ付きの部屋は予算より高いが、言語が通じることの方が大事だ。しかもＷｉ－Ｆｉがある。

早速、フロントの女性に、「プリアベン村を知っているか?」と英語で訊いてみたが、「知らない」という返事でがっかりした。ついでに、掃除の女性や、客の男にも訊いてもらったが、皆「聞いたことがない」と首を振る。

プリアベン村に行くのさえも、難航するかもしれないと覚悟する。しかし、部屋はよかった。清潔で、アメニティもまあまあだし、冷房も効いている。晃は部屋に満足して、市場付近に夕食に出た。

翌朝、朝からしとしとと雨が降っていた。晃は、せっかく墓参りをする日なのにとがっかりしながら、昨夜、市場で買ってきたヌンパンを食べて朝食とした。

雨の日はトゥクトゥクではなくタクシーの方がいいので、フロントで、タクシーを捕まえられる場所を訊いた。すると、運転手が迎えに来てくれるというので、ホテルで待つことにした。

やがて、ブルーの身頃に白の衿《えり》とカフスというクレリックシャツを着た、色の浅黒い男が古いレクサスに乗って現れた。黒縁の眼鏡を掛けている。

晃は車に詳しくはないが、レクサスが日本の高級車だということくらいは知っている。驚くと、英語で「こちらではポピュラーだ」と言う。シャツといい眼鏡といい、英語を喋ることといい、運転手はシソポンでは珍しい伊達《だて》男のようだ。

「プリアベン村に行きたい」

晃がスマホでスクショを見せると、運転手は覗き込んでから、「知らない」と首を横に振った。

「ともかく、行って探してほしい」

「行くが、往復で三十ドルだ」

本当のところ、往復できるかどうかわからなかったが、晃はそれで承諾した。運転手がエンジンをかけながら、晃に訊いた。

「その村に何がある？」

「友人の墓がある」

そう答えると、黙って前を向いた。

5

運転手は洒落者なのに、レクサスの中は、まったく掃除されていない様子だった。窓枠には埃《ほこり》が溜まり、座席もざらついている。カンボジアの田舎道はほとんどが未舗装路だから、車はすぐ赤い土埃まみれになる。洗車しても仕方がないとばかりに、車は皆汚いのだが、このレクサスも例外ではなかった。床には、ガムの包み紙や丸めたティッシュまで落ちていた。普段、観光客の乗り合いに使われているのだろう。

しかし、何と言っても乗用車だ。雨の中をトゥクトゥクで走るよりは遥かに快適だから、晃は満足して手足を伸ばした。

動きだしてすぐに、ミントのような爽《さわ》やかな香りが、前方から漂ってくるのに気がついた。運転手が、香水か何かをつけているらしい。晃は鼻をくんくんさせたが、運転手は黙って前を向いている。気詰まりなので、晃は少し身を乗り出して話しかけた。

「いい匂いがするけど、香水つけてる?」

運転手はびっくりしたように振り向いた。

「スモーカーなんで」

そう言い訳してから、助手席に置いたタバコの箱を見せびらかすように、取り上げて見せた。何と、金色のアンコールだ。アンコールは、カンボジアでは一般的なタバコだが、金色のパッケージは外国タバコ並みに高い。

ゲストハウスのソックもスモーカーだが、彼が吸っているのは安い方のアンコールだ。どうやら、運転手は高いタバコを吸っていることが自慢らしい。

クレリックシャツといい、黒縁の眼鏡といい、すべてにおいて現地の運転手たちと差をつけたい男らしい。注意して見れば、左腕にしている金色の腕時計も、コピーかもしれないが、有名ブランドのようだ。

「あんたも一本どう？　うまいよ」

晃がじろじろと観察していると、運転手がアンコールの箱を差し出して勧めてくれた。

「いや、僕は吸わないんで」

晃が断ると、運転手は欧米人のように肩を竦めてから、自分の首筋あたりを指差して、クメール語で何か言った。だから、吸わない人のために香水をつけているんだよ、というような意味らしい。

「名前は何ていうんですか？」

「チュアンだけど、テッドと呼んでくれ」

チュアンの方がいいと思ったが、「オッケー、テッド」と晃は言った。テッドは満足そうに笑っている。見栄《みえ》っ張りの、お調子者だ。

「あんたの名前は？」

テッドが逆に訊いてきた。

「晃です」

「アキラか。日本人の名前は覚えにくいから、英語の名前をつければいい、といつも思うけど、アキラは覚えやすいね。その墓に入っている友達も日本人か?」

「そうです」

「名前は何ていうんだ」

「野々宮空知」

晃は、空知のことをフルネームで伝えたかった。

「ノノミヤソラチ? 言いにくいな」

テッドは感心しないらしく、何度も首を捻《ひね》りながら口の中でぶつぶつ繰り返した。

「アキラの友達なら、同じくらいの歳か?」

「そう、まだ若いのに死んでしまった」

言葉にすると、悲しみが増す。

「彼は何で死んだ?」

「事故」とだけ言っておいた。

「若くして死ぬ人は、大概が事故だよ」バックミラーに映るテッドは、気の毒そうに眉根を寄せている。「交通事故か?」

「そんなところです」晃は話を変えた。「ところで、テッドさんはお幾つですか?」

「俺は三十五歳だよ」

晃は驚いた。落ち着きや贅沢《ぜいたく》な持ち物からして、四十代かと思っていたのだ。晃が意外に思っていることが伝わったのか、テッドは不服そうな顔で、バックミラー越しに晃を見遣った。

やがて、街外れの市場の横を通り過ぎた時、テッドが突然、車を停めた。

「花を売ってるよ」

意味がわからず、首を傾げる。

「墓に行くんだろう。花が必要じゃないのか」

テッドが苛立《いらだ》ったように言った。

「なるほど。思いつかなかった」

晃は雨の中、市場に向かって走った。カンボジアの市場の花売り場は、種類の違う色とりどりの花束を売っているのではなく、同じ種類、同じ色の花をひとくくりに纏《まと》めて売っている。

晃は、ハワイのレイに使われるような、白いプルメリアの束を買った。ぎっしりと花の詰まった花束全体から、よい香りが漂ってくる。

レクサスに戻ると、テッドが黒い傘を差し、車の横でうまそうにタバコを吸っていた。

晃は花束を抱えて車に乗った。たちまち、車内はむせかえるような花の香りが充満した。

「いい香りだ」

テッドが匂いを吸い込むような仕種をしてみせる。

晃は、空知の「母親」である雅恵に呼ばれて、雅恵のマンションに行った時のことを思い出した。手ぶらで行くのもどうかと思い、通りすがりの花屋で黄色い花を買ったのだった。五百円が三百円に値下がりしていたからだ。花の名も知らなかったが、雅恵が「フリージアね。いい香りですこと」と言ったので、覚えた。

思えば、あの時から運命が変わった。それまでは、契約社員として安い給料でこき使われ、職場では女たちに嫌われて、セクハラ男だと告発までされていた自分。やけっぱちな気分で生きていた。

晃は、当時の冴《さ》えない日々を思い出しながら、遠ざかるシソポンの街並を眺めた。軒下で雨宿りをしていた子供たちが、車窓の晃を認めて一斉に手を振った。晃も手を振り返し、自分が今、カンボジアという国にいて、カンボジア人のタクシー運転手と話していることが夢のようだと思った。

ふと我に返ると、テッドが自分に何か話しかけていた。

「何ですか?」

「バンテアイ・チュマールという有名な遺跡があるけど寄るだろう? すぐ近くだから、ちょっと見るだけでもいいいと思う」

「いや、僕はいいです」

晃は遠慮がちに断った。

「五ドル割り増ししてくれるだけでいいからさ」

「でも、遺跡には興味ないんです」

一刻も早く、プリアベン村を探し当てて、空知の墓に参りたかった。

「いい遺跡だよ。ここまで来たなら見た方がいい。有名な観音《かんのん》像のレリーフがあるんだ。その写真を見せてあげる」

テッドはポケットをごそごそと探っている。スマホか何かを取り出すつもりらしい。

「いいよ、急いでいるから」

晃が強く断ると、テッドは諦めたのか、また肩を竦めた。たったの五ドルなのに、と呟いたように聞こえた。

晃を乗せたレクサスは、まるで粘土のような色の、赤くぬかるんだ未舗装路を走っている。テッドは現地のラジオ番組を聴きながら、一緒に歌を口ずさんでいた。甲高い声をした女性が、まるで日本の歌謡曲のような歌を歌っている。

晃は、次第に不安になってきた。朝、テッドはプリアベン村を知らない、と言っていたのに、この道でいいのだろうか。自分がバンテアイ・チュマールに行くのを断ったから、変な場所に連れていこうとしているのではないか。

「テッド」と、話しかける。

「何だい」

「プリアベン村を知らないと言ってたよね。この道でいいの?」

「メイビー」と、テッドは言う。

「いや、メイビーじゃ困るよ。もう一度、地図を見せようか」

晃はスマホを取り出して、スクショを見せようとした。

「大丈夫だ。遺跡の先にあるのなら、この道しかない」

自信たっぷりに言われて、晃は黙った。道路の両脇には、樹が生い茂っている。

「ジャングルだね」

少し心細くなった。知らない場所に一人で行く時は、緊張感がある。

「この辺の森は、まだ地雷がある。危険だから入れない」

テッドが、ジャングルを指差した。橙子は、プリアベン村が、「ソラたちが籠もって応戦した」場所だと言っていた。ここは戦場だったのだろうか。それもつい最近。それに、タカタという日本人警察官が殺されたのもアンピル辺りだ、ともた屋の婆ちゃんが言ってたではないか。

地雷が埋まっているかもしれないというジャングルを見ているうちに、晃は気持ちが沈んできた。自分は親友の墓参りに行く。それは、空知の死を完全に認めることでもある。

晃は目を閉じて、空知のことを考えようとした。だが、高校時代の輝かしい思い出があるだけに、ジャングルにざあざあ降り注ぐ雨音を聞いていると気分が暗くなった。晃は目を開けた。が、車の振動に揺られて、左右に忙《せわ》しなく動くワイパーを眺めているうちに、晃はいつの間にかうとうとしていた。

晃は、吉見が出てくる夢を見た。吉見は無化粧で、色気のない眼鏡を掛け、紺色の褪《あ》せたパーカーにジーンズ、というお馴染《なじ》みの格好をしていた。晃は、生前の吉見を、むさ苦しい人で狡賢《ずるがしこ》い、と苦手に思っていたが、夢の中の晃はその逆で、吉見を好きで頼っていた。そして、晃と吉見は、一緒に働いているのだった。

しかも、晃は吉見に叱られていた。眼鏡越しに、吉見がじろりと冷ややかな目で見る。

『客は遺跡に連れて行かなきゃ駄目だよ、八目君』

二人は、旅行会社か何かに勤めていて、ノルマを課せられているらしい。晃は、それは客が承知しないから、とか何とか、吉見に言い訳をしている。我ながら苦しい言い訳をしているのがわかっているから、ますます言い募る。すると、吉見がぴしゃりと言うのだ。

『八目君はそんな格好してるから、信用されないんだよ』

はっとして自分の格好を見ると、ハーフパンツにビーサンだ。

『ぱりっとしなきゃ駄目だ』

では、着替えてきます、と言って、昨夜の宿のようなところに戻り、クローゼットの扉を開けたら、ほとんど服が入っていない。どうしようかと、思案しているところで目が覚めた。

生々しい吉見の声が、まだ晃の耳の中で響いていた。そして、眼鏡の奥の鋭い目。懐かしさににやりとした途端、吉見が無惨にも、プノンペンのトンレサップ川に落ちて死んだことを思い出して寒気がした。

吉見の死。空知の死。そして、野々宮父の死。チア・ノルの死、その中国人妻の死。死は、いくつもいくつも繫がってゆく。

晃は、死が怖くなった。暗い雨の日に、空知の墓を探しに出たことが、気分を滅入《めい》らせているのはわかっていたが、死そのものを恐れたことはなかっただけに、自分が新しい世界を知ったように感じられた。しかし、その世界は涯《は》てなく暗く、何の希望も持てない。

つまり、晃にとって、これまでは死は他人事《ひとごと》であり、余所事《よそごと》だったのだ。しかし、もう自分の生に深く関わってくるものになった、という実感がある。

突然、テッドの声がして、現実に引き戻された。ほっとした晃は額の汗を拭《ぬぐ》い、運転席に目を遣った。テッドがアイフォンを耳に当てて、クメール語でぼそぼそと喋りながら、片手で運転していた。真剣な顔で喋っているところを見ると、次の客引きでもしているのだろうか。

電話を切ったテッドが、バックミラーで晃の顔を見た。

「起こしちゃったか?」

「いや、その前から起きてたから、大丈夫」

「そうか。よく寝てたな。そろそろプリアベン村に着くと思うよ」

「えっ、もう?」

晃は慌てて窓外に目を遣った。相変わらずジャングルは続いているが、一瞬だけ、樹と樹の隙間に畑らしきものが見えた。すでに、村の外れまで来ているのかもしれない。

「ここですか?」と、訊ねる。

「多分そうだ。今、知り合いに電話して、プリアベンの場所を訊いたんだ」

同じメイビーでも、今度のは力が入っている。雨は少し小降りになっているし、空も明るくなってきたようだ。

「どんな村だろう」

空知の終焉《しゅうえん》の地を見なければ、と思って来ただけに晃の胸が騒ぐ。

「ちっちゃな村さ。タイとの国境はすぐそこだ」

何も知らないテッドの言い方は、にべもない。その時、道の向こうから、牛に引かせた荷車がのろのろやって来た。クロマーを頭に巻いた爺《じい》さんが、雨に濡れた衣服を皮膚に張り付かせて、荷台に乗っている。

「訊いてくる」

テッドがレクサスを路肩に停めて、傘を開いて車から降りた。晃はクメール語ができないから、車の中で待つしかない。

テッドが荷車を手で停め、爺さんに話しかけた。爺さんが、鋭い目で車の方を見る。テッドが何か訊くと、爺さんは自分の来た方向を身振りで示した。やがて、テッドが戻ってきた。

「やはり、ここがプリアベンだ」

晃は反射的に腕時計を見た。シソポンの宿を出てから、二時間経っていた。

「アキラ、墓参りしたら、どうする？　シソポンに戻るんだろう?」

テッドに訊かれて、晃は返答に窮した。この村で墓守をしてもいい、と思っていることは、誰にも言いたくなかった。

「多分」

また、メイビーだ。だが、テッドは晃の迷いを、違う風に解釈した。

「シソポンに戻ってもいいけど、ここまで来たらポイペトの方が近いよ。そこから始発バスで帰る手もあるし、プノンペン行きの鉄道も開通したし、ポイペトの方が何かと便利だ」

ポイペトとは、タイとの国境にある街だ。陸路でタイから入国する時は、ポイペトから入るルートもある。ポイペト・プノンペン間の鉄道も、四十五年ぶりに再開したと聞いた。

「そうか、ポイペトに行ってもいいね」

晃は気のない返事をした。

「あんたからは三十ドル貰ったから、どこでも送り届けるよ。ポイペトだろうが、シソポンだろうが。まあ、シェムリアップは遠過ぎるけどな」

そろそろ仕事を終えられる、と思っているのか、テッドはご機嫌だった。

「どうするか、墓を見てから考えるよ」

「それがいい。そうだ、ポイペトからタイに入るのもいいね。バンコク、行ったことある?」

「ない」と、晃は首を振った。パスポートがないのだから、どのみち不可能だが、そのことは黙っていた。

「ポイペトのタイ側には、アランヤプラテートって、ちっちゃな街があるんだ。内戦時代には、そこにカンボジアから数十万の難民が押し寄せた」

「知らなかった」

いや、知っていた。晃の脳裏に、しもた屋の婆ちゃんに聞いた話が蘇った。

ポル・ポト派のキャンプから母親と逃げて、その後、母親と涙の別れをした十六歳の婆ちゃんが、歩いて歩いてタイとの国境線まで行き、鉄条網の下を手で掘って、何とかくぐり抜けてタイ側に逃れた、という話。

その地とは、アランヤプラテートではないだろうか。そこの難民キャンプで、婆ちゃんは隠し持った金でコーラを飲んだり、アイスクリームを食べたのではないだろうか。その地を見たい。そして、見たことや感じたことを婆ちゃんに話したい。

晃は初めて、パスポートを失ったことを残念に思った。しかし、空知の墓を確かめないことには、自分がこの先どう動けばいいのかわからない。

「テッドの知り合いも逃げたの?」

「うん、はっきりとは知らないが、親戚《しんせき》にはいるらしいな」

テッドは自信なさそうな苦い顔をして、あまり喋らなかった。その時だけ、テッドが歳相応に若く見えた。

「ともかく、僕は空知のお墓を探すよ。誰かに訊いてくれないか?」

「わかった」

テッドが頷き、レクサスを発進させた。

プリアベン村の規模は小さく、村というよりは集落に近い。電気も通っておらず、中心部に数十軒の平屋建ての家が固まってあるだけだ。山羊《やぎ》を飼い、畑を耕して、自給自足で生活しているような貧しい村だった。雨にも拘《かか》わらず、誰も傘を差さずに歩いている。女たちは色褪せた民族衣装を着て、腰にクロマーを巻いている。

「こいつら、傘なんか持ってないんだろう」

テッドはこれ見よがしに、黒い傘を広げながら言った。木造のアーチを掲げた平屋があり、そこが村役場だった。晃はテッドと一緒に、役場に行った。

しばらくすると、村長だという初老の男が奥から現れた。半分白くなった髪は短く、陽に灼けた皮膚の分厚い、精悍《せいかん》な男だった。白いシャツに灰色の半ズボン姿だ。来客だと聞いて、シャツを替えてきたらしい。

テッドがクメール語で、村長に墓のことを訊ねている。村長が首を傾げてから、晃の方を見て何か言った。テッドが通訳する。

「確かに、二年前にここで死んだ若い男がいる。墓はここにあるが、彼は日本人なんかじゃない」

そして、テッドが付け加えた。

「どこの国の人間だったか、村長に教えてやって」

「日本で育ったけど、カンボジア人だった」

「彼の名前は?」

「日本名は、野々宮空知。カンボジア名は知らない」

晃は嘘を吐いた。橙子は「ソラ」と呼ばれていたと教えてくれたが、空知が殺されたと聞いた以上、何も知らないふりをしていた方が無難かと思った。

再び、テッドが通訳する。村長が半白の頭を掻いて、少し考えてから言った。それをまたテッドが通訳する。

「墓に案内するが、それがあなたの望む人かどうかはわからない、と村長が言っている」

「構わないからお願いします、と伝えてくれ」

村長が頷き、ついて来い、という仕種をした。晃は車に戻って花束を手にした。村長、晃、テッドという順で、村役場の裏のジャングルの小道に入った。村長はクロマーを頭に巻いただけで、雨に濡れている。晃は折り畳み傘、テッドは自分の黒い傘。三人は一列縦隊で、泥だらけの小道を歩いた。村長が振り返って何か言う。

「道から逸《そ》れると、地雷があるかもしれないから、自分の後について歩くように、と言ってる」

晃は地雷と聞いて、震えがくるほど怖かった。ここで転んで道から外れたり、誰かに突き飛ばされたりしたら、地雷を踏むかもしれないのだ。こんな危険なところで、空知は何をしていたのだろう。電気も来ないような僻地《へきち》なのだから、さぞかし苦労したことだろう。どんなに危険でも、やはり自分が一緒に来て空知を支えるべきだった、と晃は思うのだった。

ジャングルの小道が途切れた先に、小さな石造りの祠堂《しどう》があった。遺跡らしいが、崩れてはいない。その横に、小ぶりの自然石が置いてあった。丸みを帯びた形のいい石だ。村長が、その自然石を指差して晃の方を見た。

「これが墓だと言ってる」

テッドの通訳を聞くまでもなく、晃にはぴんときた。石には、マジックか何か油性のもので、小さく「空」と書いてあったのだ。

「これは、誰が書いたのですか?」

晃の質問を通訳したテッドが、村長の言葉を聞いて伝える。

「本人が死ぬ前に自分で書いたそうだ」

晃の目から、涙がこぼれた。空知は、こんな誰も来ないような地雷だらけのジャングルの奥で一人眠っていたのか。それも、自分で墓に記名したとは。石に彫る時間もなかったし、死後、誰も弔ってはくれないと思ったのだろう。そう思うと涙が止まらなかった。晃はプルメリアの花を供えて瞑目《めいもく》した。しばらく額《ぬか》ずいていたら、ずぶ濡れになった。

「風邪引くから、もういいだろ」

テッドが後ろから傘を差しかけてくれる。振り返ると、村長も沈痛な表情で雨に打たれている。

「待たせてすみません」

晃は立ち上がって、村長に礼を言った。シャッター音がするので振り返ると、テッドがその様子をアイフォンで撮っていた。

「後でその写真ください」

「もちろん」

晃も、墓の写真を撮った。ふと思い出して、墓に野々宮父の死に顔の写真を見せた。

帰る前に、「空」の字を何度も手で撫でた。自分の墓に、自分で名前を書いた空知を思うと、またしても涙が止まらない。

「アキラ、そろそろ行こう」

テッドに言われて立ち上がった。傘を持たない村長を待たせていることだし、ここはいったん役場まで引き返そうと思う。三人は、ぬかるむ小道を一列縦隊で歩きだした。今度は、テッドが先頭で、真ん中に晃、最後が村長だった。

「あの男は信用するな」

突然、村長が英語で囁《ささや》いたので、晃は驚いて振り返った。村長が低い声でぴしゃりと言った。

「振り向くな」

「どういうことですか?」

「あの男は、ソラが本当に死んだかどうか、確かめにきたのだ」

その時、先を行くテッドが振り向いて、こちらを見た。時刻を確かめるテッドの金時計がきらりと光る。今のは、時刻を確かめるふりをして、後ろを窺《うかが》ったのではないか。急に、テッドが、死んだ友達の名を何度も繰り返したことや、死因を確かめたことなどを思い出した。いったい誰が自分を監視していて、あの男を遣わしたのだろう。そんなことを思うと、雨に濡れたジャングルが四方八方から覆い被さってくるような恐怖を感じた。

「シアヌークビルに行け」

村長はそれだけ言うと、晃を追い越して先に行き、テッドに何か話しかけた。晃は呆然として、小道を振り返った。祠堂のてっぺんだけが、樹の間から覗いていた。恐怖の向こうに、希望が見えたような気がした。

6

雨のプリアベン村を出てから、晃はどうやって時間が過ぎたのか記憶にない。窓外の景色を見る余裕もなく、ただ混乱の極みにいた。

スパイかもしれないテッドと、同じ車内にいて呼吸をしている恐怖、自分の行動が監視されていたという恐怖。そのふたつに打ちのめされた上に、村長の言葉の本当の意味を測りかねていた。

晃が最も衝撃を受けたのは、自分の行動を誰かが誰かに知らせていた、という事実だった。誰に知らせたのかは到底わからないとしても、空知の墓を確かめに行くことを知っていたのは、当然のことながら橙子、そして鈴木と、しもた屋の婆ちゃんの三人だけだった。いや、ソックも、婆ちゃんから少しは事情を聞いていたかもしれない。としたら、四人か。この四人の中のいったい誰が、密《ひそ》かにテッドを遣わしたのか。

しかし、橙子ではあるまい。橙子が弟の空知を裏切るはずもないし、場所を教えてくれたのだから。むしろ、橙子の方も居場所を知られて、危険な目に遭わないとも限らない。としたら、鈴木か婆ちゃんかソックか。

鈴木は、ただのバックパッカーではなかったのか。またゲストハウスに戻ってきて、親しく接してくれたのも、理由があったのか。それとも、しもた屋の婆ちゃんとソックが晃を裏切ったのか。晃は誰一人知らぬカンボジアで、三人に頼っていただけに、疑いが生じたことで大きなダメージを受けていた。

村長の言葉を真に受けるならば、空知は生きていて、シアヌークビルのどこかにいるのかもしれない。一縷の望みが生まれたのは嬉しかったが、この目で寂しい墓を見ただけに、俄《にわか》に信じかねるところもあるのだった。

いっそ墓を掘り返して、空知の遺骨を確かめればよかったのかもしれない。だが、それをするには、危険な邪魔者がいた。テッドが誰かに遣わされて、空知の死の真偽を確かめにきたのが本当だとしたら、自分はテッドを欺かねばならないのだ。

村長は、「シアヌークビルに行け」と囁いたのみで、詳しいことは何も語らなかった。しかし、別れ際に灰色のズボンのポケットから意外なものを取り出して、晃にちらりと見せた。スマートフォン。Ｗｉ‐Ｆｉどころか、電気もない貧しそうな村なのに、自分もスマートフォンを持っているぞ、という自慢にも見えたが、テッドの手前、メアドや電話番号を交換できるはずもなかった。あれは、どういう意味だったのか。

晃は、深い霧の中に入ったようで途方に暮れていた。どうしたらいいのか、誰も頼ることができず、方策もわからない。何よりも、いつもそこに舞い戻っては救いを求めることのできた、しもた屋の婆ちゃんさえも疑わしい、ということが辛《つら》かった。

もう、ソックのゲストハウスには虚心で行けないだろう。鈴木にも、正直に相談できなくなった。晃は「まいったな」と呟き、大きな溜息を吐いた。

どうした、という風に運転席から、テッドがちらりと振り向いたが、晃は何も言わないで目を伏せた。黒縁の伊達眼鏡を掛けたテッドの顔を見たくなかった。

晃は、窓ガラスに当たってひっきりなしに流れ去る雨の筋を眺めながら、これからのことを考えた。もちろん、シアヌークビルに行くつもりだ。

しかし、そこが有名な海浜リゾートで、カンボジア有数の港湾都市だという程度しか知識がない。闇雲に彼の地に行《か》っても仕方あるまい。空知の情報を、どこでどうやって得ればいいのだろうか。

あらゆる事象が、複雑かつ巨大で、自分という男の対処能力のキャパシティを遥かに超えているように思う。自分が今、巨大なものと闘おうとしているのは事実だ。ようやく、その実感が湧いてきたところでもあるが、相手の正体も摑めないまま、ただ右に左に泳がされていることが薄気味悪かった。

異国に独りでいることが、これほどまでに心細く感じたことは、未《いま》だかつてなかった。鈴木も婆ちゃんも、もはや信頼できないからだ。

「アキラ、そんなにショックだったか？」

テッドがバックミラー越しに晃を見て訊いた。晃の大きな溜息が聞こえたからだろう。

晃は一瞬テッドと目を合わせたものの、その視線を避けた。さっきの溜息は、凡人である自分への落胆の証《あかし》でもあったからだ。凡人は、スパイのような邪悪な人間とは対峙《たいじ》しかねるのだ。

「友人の死は悲しいものだよ、アキラ」

テッドは言葉を換えた。何としても、情報を摑み取りたいのか。

「うん、彼は高校の時の親友だったからね」

晃はやっと答えた。

「へえ、彼はどんな生徒だった？」

「頭がよくて、顔がよくて、カッコよかったよ」

俺は好きだったんだ、という言葉を呑《の》み込む。

「彼は日本人じゃないのか？　どうしてカンボジアに来たんだ？」

「観光だろ」

「観光であんなとこまで行くのか？」

「さあ、僕にはわからない。それに、彼のことは、今あまり話したくないんだ。ナーバスになってるからね、ごめん」

テッドは肩を竦めて前を向き、自棄《やけ》っぱちのようにワイパーの速度を急に上げた。テッドの苛立ちを表すかのように、ワイパーは左右に忙しなく振れた。雨は変わらず、降り続いている。

やがて、テッドは道路標識を指差して晃に訊ねた。

「アキラ、ポイペトに行くか、それともシソポンに戻るのか？　もうちょっとで道が分かれる。その前に聞きたい」

シソポンに戻るのは、テッドの牙城《がじよう》に戻るようで絶対に避けたかった。

「ポイペトに行ってみるよ。まだ行ったことがないから」

「わかった。国境にあるから面白い街だよ。きっと気分転換になる。カジノがあるし」と、嬉しそうに笑う。

黙っていると、テッドは運転席から身を捩《よじ》って、自分のアイフォンを取り出した。

「さっき撮った写真をアキラに送ってやるから、メアドを教えろ」

そう言や、こいつは、自分があの貧相な墓前で泣いているところを、カシャカシャ写していたと思い出す。

その写真を見せられた。自分が墓石の前で項垂《うなだ》れ、両手で顔を覆っているところだった。Tシャツの背中が、雨に濡れている。背後のジャングルは鬱蒼《うっそう》と茂り、祠堂の石が黒々として、見るからに陰気で薄気味悪い写真だ。

「この写真を見ると悲しくなる。僕は二度と見たくないから、要らないよ」

晃は、大きな声で断った。

「何だ、さっきは欲しがってたのに」

テッドは大きな身振りで肩を竦めた。

「見るのが辛くなったんだ。それに、自分で撮ったからいいよ」

おまえなんかにメアドを教えないぞ、その手には乗らないぞ、と思う。が、テッドが気にしている様子は微塵《みじん》もない。

「ところで、アキラはポイペトからどうするんだ?」

「もう、墓を見る目的は果たしたから、プノンペンから日本に帰るつもりだ」

「グッド」

テッドが、バックミラーから晃を見て、真剣な顔でもう一度言う。

「グッド。だったら早い方がいい。タイ経由で帰るのがいいんじゃないか。バンコクまですぐだし、カンボジアよりも交通網は発達している。タイでタイスキ食べて、マッサージして帰るといいよ」

何がタイスキだ、マッサージだ。早い方がいい、とやたらと勧める言い方にも引っかかる。なぜ早く出国させたがるのだ。自分はパスポートがないのだから、出国は不可能なのに。

その時、テッドは、自分にパスポートがないことを知っていて、わざと言っているのではないか、と気付いた。

空知の墓を確かめた自分は、空知の死の真偽を知りたい連中からすれば、用済みになったのかもしれない。カンボジアに留《とど》まって、空知の生死を確かめるように、自分の役回りは決まっていたのだ。自分はそのためだけに、木村にパスポートを取られたのではないだろうか。

そうか、そうだったんだ。邪悪で壮大なパズルの一片が、うまく嵌《は》まったような気がした。自分は、そのパズルに組み込まれた、数個の欠片《かけら》でしかない。問題は、そのパズルを仕掛けた側に、鈴木や婆ちゃんたちが加わっているか、ということだった。

「あと一時間もしないで、ポイペトに着くよ」

未舗装路がアスファルト舗装の道路に変わり、バスやタクシー、トラックが行き交う賑《にぎ》やかな道路に入った時、テッドが教えてくれた。

「そうか、ありがとう」

晃は、あらかじめダウンロードしておいた、キャピトルバスの時刻表を眺めた。

「何を調べてる？　俺に訊きたいことがあったら教えてやるよ」

悲しみに沈んでいた晃が、急にスマホをいじりだしたので、テッドは不審に思ったらしい。

「ポイペトから帰るバスの時間だよ」

「ああ、それなら俺が一緒に行って、チケットを買うのを手伝ってやるよ。バス乗り場は少し離れてるんだ」

どうやら、テッドは帰りのバスに乗るまで確かめるつもりらしい。

「チケットは自分で買えるからいいよ。近くまで行ってくれればいい」

「じゃ、そうしよう。マニアが乗りたがる鉄道もお薦めだけど、週に一度なんだ」

「何曜日?」

「確か木曜の朝だ」

「駄目だ。今日はまだ月曜日だ」

晃はそう言って目を瞑《つぶ》った。マニアじゃないし、三日も待つ気は毛頭ない。


ポイペトはタイと国境を接している。そのせいか、いかにも陸続きの国境特有の猥雑《わいざつ》な町だった。活気あると言い換えてもいいが、カジノもあり、治安は今ひとつらしい。

雨のせいか、人出は少ないが、それでも安い雨合羽を被った旅行者や商人、バックパッカーたちがぞろぞろ歩いていた。

郊外に出れば、すぐに赤土の未舗装路になり、この雨でどこも赤泥の道と化している。その赤泥の道をバックパックを背負って、バスターミナルまで歩くのは大変そうだった。「送ってやるよ」という、テッドの申し出を、渋々受けることにする。

バスターミナルで、プノンペン行き夜行のバスチケットを買った。十七ドルだった。プノンペンまでは、バスで十二時間かかるというので、寝て行くつもりだ。

「十七ドルか。ぼられたな」

後ろから覗き込んだテッドがそんなことを言う。早く別れたくて仕方がないのに、バスに乗り込むまで見届ける気なのか。

「時間がたくさんあるな。じゃ、一緒に遅い昼飯を食べよう」

仕方なく、近くのカフェに移動した。カフェとは名ばかりで、街の食堂のような場所だが、Ｗｉ-Ｆｉがあるのが有難い。豚肉と野菜をカレーで煮込んだような料理を注文する。テッドは、同じものとシンハービールを二本頼んだ。

「ビールはおごりだよ」と笑う。

「それはどうも」

晃はいやいや、ビールの瓶をテッドと合わせた。機嫌のいいテッドが気味悪かった。しかし、料理は意外と旨い。

テッドがトイレに立った隙に、ネットに接続してメールを確かめた。すると、インスタグラムのダイレクト・メッセージが届いていた。インスタグラムは、数カ月も更新していなかったから、メッセージが届いていたことに驚いた。

発信人の名前は、ただのＰだ。が、「橙子は、無事ベトナムへ脱出した」と、英語で書いてあったので、急いで承認した。全文はこうだった。

「橙子は、無事ベトナムに脱出した。あなたはナン島に行け。身辺に気を付けよ。Ｐ」

Ｐはプリアベン村のことか。ということは、さっきの村長かららしい。スマホをちらりと見せたのは、後でダイレクト・メッセージを送るという意味だったとようやく気付いた。

橙子の安否に触れていることを思えば、これは本物だろう。村長からやっと連絡がきて、晃はほっとした。空知の生死が、よりはっきりした形でわかるかもしれない。それだけで、少し勇気が湧いてきた。

それにしても、ナン島とはどこにある島なのか。晃はすぐにナン島を検索した。どうやら、シアヌークビルの沖合に浮かぶ小さな島だということはわかったが、その島についての情報は、ネットにはほとんどなかった。

「何を熱心に調べてる。俺が知ってることなら答えるよ」

トイレから戻ってきたテッドが覗き込むようにしたので、晃は慌てて画面を消した。

「いや、プノンペンの安宿を探してたんだ」

「何だ、そうか。プノンペンから直行で日本に帰るんだろう？　シェムリアップなんかには寄らないんだよな？」

「ああ。でも、朝に着くから、宿を確保しておこうと思って。それに、知り合いのところに顔を出さなきゃならないし」

「知り合いがいるの？」

テッドがもう一本ビールを頼んで訊いてきた。

「うん。木村さんという建設会社の社長だよ。日本人だ。こっちで、ＫＩＭＵＲＡＮという建設会社をやってるんだ。知らないかい？」

晃はわざと言って、テッドの顔を見た。が、テッドは首を横に振った。

「知らないな」

「そこに挨拶に行かなきゃならないんだ」

「挨拶か。日本人は挨拶好きだな」

それから、二人は黙って二本目のビールを飲んだ。テッドは「タバコを吸いに行く」と断って、外に出て行った。きっと誰かに、電話で報告しているのだろう。

また背後から画面を覗かれると嫌なので、晃はＹａｈｏｏ！のニュースサイトを開いて、読んでいるふりをした。

気配を感じて振り返ると、テッドが立っていて手を差し出した。

「じゃ、アキラ。気を付けて。俺は帰るから」

一瞬、テッドの香水がぷんと匂った。突然だった。木村の名前を出したので、もう監視は必要ないと思われたのか。

「ありがとう」

何も気付かないふりをしていたことを、悟られなかっただろうか。テッドがカフェを出て行った後、晃は疲れて椅子にへたり込んだ。やがて、Ｗｉ‐Ｆｉのある時に連絡しておこうと思い、鈴木にメールを打った。


今日、プリアベン村で、空知の墓に案内されました。村というよりは集落のような小さな村で、墓所も辺鄙《へんぴ》な場所にありました。村外れのジャングルの中の、小さな石でできた墓です。自筆の「空」というサインもありましたので、つい泣けました。

もとはと言えば、鈴木さんが、橙子さんの写真を撮ってくれたことから、繋がったことでした。

偶然とはいえ、本当にありがとうございます。

今はポイペトという、タイとの国境の街にいて、プノンペン行きのバスを待っているところです。

シェムリアップには寄らずに、プノンペンから日本に帰ります。

鈴木さん、大変お世話になりました。ありがとうございました。

またお目にかかれる日を楽しみにしています。

どうぞ、お元気で。八目晃

鈴木はトンレサップ湖で橙子を見かけたのは偶然だ、と言っているが、橙子が菓子を配っているという噂を聞いて、張り込んだのかもしれない。そして、写真を撮って、自分に繋げていけば、自分は誰よりも詳しいことを橙子から聞き出せる。鈴木は、そんな任務を請け負っていたのではないか。そんなことを考えだすときりがない。晃は疑心暗鬼で苦しくなった。

だから、鈴木には嘘を書いた。プノンペンから帰る気など毛頭なく、ナン島に渡るのだ。さっきネットで、プノンペンからシアヌークビルに行く方法などを調べたから、木村の家に行ってパスポートを取り返したら、すぐに向かうつもりだ。

すると、鈴木から、直接電話がかかってきた。以前は、鈴木から電話をもらうのが嬉しかったが、今となっては、声音すらも探られているようで苦痛だった。

「八目クン、メール見たよ」

「どうも」

「何、めっちゃテンション低いやん。どうしたの?」

鈴木は心配そうだ。あの吊り上がった細い目が好きだったんだけどな、と晃は残念に思った。

「うん、今日、お墓を見ちゃったからね」

「そうなんだろうね。でも、そんなにめげてて大丈夫?」

「大丈夫じゃないよ」

「そうだよね、空知はあんたの恋人だもんね」

「そんな決めつけんなよ」辛うじて笑った。「ところで、鈴木さん、今どこにいるの?」

「まだドバイだよ」

「ソックさんが、鈴木さんの帰りを待っているみたいだよ」

「あの強突《ごうつ》く張りが?」

相変わらずだと思って、可笑《おか》しかった。

「うん、俺の代わりに手伝ってほしいんだろう。じゃあ、鈴木さん、元気でね」

「ちょっと待ったあ」と、切ろうとする晃を鈴木が押し止《とど》める。「何時の飛行機?」

「まだ決めてないよ」

「決まったら教えて」

「何で?」

「訊いちゃ悪いの?」

「いや、別に。じゃ、教えるよ」

承知したものの、教える気はなかった。

「じゃまたね、連絡する。元気出しなよ」と、鈴木の電話は切れた。

それから、しもた屋の婆ちゃんにも電話をしようかと思ったが、プノンペンで別れの電話をすればいいとやめにした。晃が一番疑いたくない人が、婆ちゃんだった。そして、絆《きずな》を失いたくないのも、婆ちゃんだった。

午後七時、晃はバスに乗り込んだ。相変わらず座席はリクライニングが壊れているものもあるので、注意して壊れていないものを選んだ。真ん中辺の窓際にして、発車と同時にすぐ眠った。

何度かトイレ休憩で起こされた。夜半過ぎ、シエムリアップに着いて、乗客のほとんどが降りた時、よほど自分もバスを降りて、ソックのゲストハウスに向かおうかと思ったほどだ。何ごともない顔をして、「ただいま」とソックに言い、「また雇って」と頼めば、これまでと変わりない日常が営まれるはずだった。しかし、もうできない。

空知は死んだものと、覚悟と諦めを固めてきたせいか、生きているかもしれないという希望を提示されても、すぐには身体の中に入っていかない。希望という名の風船のような想念が、ふわふわと身体にまとわりついているだけだ。

しもた屋の婆ちゃんは、ここカンボジアで晃が生きていく上でのメンターだった。だから、裏切られたかもしれないと思うことで、晃のメンタルは崩壊しかかっている。まるで、空知が急に冷たくなった時のような気分だった。

朝七時、バスはプノンペンのバスターミナルに着いた。乗客は、晃を入れて三人。三人とも、妙な姿勢で寝たために固まった身体を伸ばしながら、バスを降りた。雨は降っていないが、どんよりと曇った憂鬱な天気で蒸し暑い。

バスターミナルの待合室は冷房が効いていて、かつＷｉ‐Ｆｉがある。またＰからメッセージが届いていないかと、インスタグラムを開いたがＰからはなかった。代わりに、留守電が一件入っていた。しもた屋の婆ちゃんからだった。

「もしもし、アキラ？　今、スズキから連絡があって、あんたがまっすぐプノンペンに行って、そこから日本に帰ると聞いて、驚いています。今頃はバスに乗ってるんだろうね。後で、私にも連絡くれるつもりだろうけど、一度くらいは、シェムリアップに挨拶に来てくれると思ったから、がっかりしたよ。でも、スズキから聞いたけど、ソラチの墓を見てショックを受けたみたいだね。ソラチはあんたにとって、特別の人だったんだから仕方ないね。あんたは優しい子だからね。その優しさに、あんた自身が気付いていないから、生き辛いんだろう。ともかく、日本に帰っても元気で暮らしてね。たまには、カンボジアと私たちのことを思い出してね。そうそう、木村さんのとこには、私が連絡をして、パスポートを返すように言っておくから、大丈夫だよ。では、元気でね」

晃は涙ぐみそうになった。もしかすると、すべてが杞憂《きゆう》なのかもしれない。それでもまだ、婆ちゃんに連絡しようとは思わなかった。あらゆることで、嘘を吐かなくてはならないのが苦痛だった。

晃はバスターミナルのそばにあるカフェで、ヌンパンを食べて朝食とした。九時までカフェで時間を潰して、直接、木村の家に向かうつもりだ。木村たちが振り込め詐欺のようなことをしていると気が付いて慌てて逃げ出したのだから、何かペナルティがありそうだったが、しもた屋の婆ちゃんのおかげで助かりそうだ。

7

トゥクトゥクで、高級住宅街トゥールコークに向かう。途中、ロイヤル・ラムドゥールの入った高層ビルが見えた。あの豪華な部屋で、藍は幸せに暮らしているだろうか。晃は上階を仰ぐ。藍に会いに行けたのも、木村の家でうまく出会うように仕組まれていたのだろうか。またしても、自分が一個の駒でしかなかったことをうらめしく思うのだった。

では、ソックのゲストハウスに自分を導いた吉見はどうだったのか。ミネアは。疑念は次から次へと、鎖のように繋がっていって、誰も信じられなくなった晃を苦しめる。

木村の邸宅に行って驚いたのは、門の両脇に歩哨《ほしよう》のように立っていた男たちがいなくなっていたことだ。晃はインターフォンで名乗った。すると、すぐに門扉が開かれた。母屋の玄関に現れたのは、木村本人だ。相変わらずでっぷり太って、黒いTシャツと短パンという格好をしている。

「これはこれは、八目君か。久しぶりだね。しばらく見ないうちに、逞しくなった」

晃は違和感を覚えて邸内を見回した。プールに落ち葉が溜まり、芝生が伸びている。数カ月見ないうちに、木村の家は信じられないほど荒れていた。

「サガミさんは？」

「いないよ」と、木村は薄笑いを浮かべた。「安心したかい？」

「僕のパスポート返してください」

木村が頷いて、握手するかのように手を差し出した。その掌《てのひら》の上に、赤いパスポートがある。自分のパスポートが、懐かしく感じられた。ないならないで、カンボジア人になって暮らそうと決意までしていたのに、それが今、何ごともなかったかのように、木村の分厚い掌の中にある。

「ニエットさんに頼まれたから、返してくれるんですか？」

晃は、木村に訊ねた。

「そういうわけじゃないよ。きみはもう、用済みだ」

「用済み？　空知が死んだのを確かめたからですか」

「そう。悲しい結末だけど、これで一件落着だからさ」

「ずいぶん失礼だな」

空知の死を、一件落着とは何ごとか。晃は憤懣を抑えきれずに、木村の手からパスポートを奪ってこの場を去ろうとしたが、木村はパスポートを摑んだ手を離さない。

「何だ、返してくれないんですか」

晃はむっとして、木村の分厚い胸を手で押した。木村は難なく振り払う。

「八目君。ここで立ち話も何だから、家に入らないかい。喉《のど》が渇いただろう？　冷たいビールでも飲もうよ」

「いや、結構です。それよりも、俺のパスポート返してください」

「話を終えてからにしようや」

木村は、晃のパスポートを握ったまま後ろ手に隠した。

「話？　話なんか何もないです。返してくれないのなら、いいですよ、大使館に行けば再発行してくれるんだから。サガミさんたちが、何をしてたか、大使館で言ってやります」

晃は、木村の、顔の肉に埋もれた小さな目を睨んだ。むくんでいるような不健康な太り方だった。

「サガミはね、振り込め詐欺で警視庁に逮捕されたよ。わざわざ東京から捜査員がここまで出向いてきて、全員捕まった。その騒ぎは、ネットにも載ってるよ。知らないのか？」

「知らないよ。じゃ、あんたは捕まらないのか？」

「あんた呼ばわりか」木村は、苦笑いした。「俺はサガミの仕事には関係ないからね。オフィスを貸しているだけで、サガミが何をしていたのか、まったく関与してなかった」

「嘘だ。あれだけ若いヤツが出入りしてたじゃないか。気が付かないはずがない」

「嘘じゃない、本当だよ。俺の本業だって、若いヤツが大勢出入りする。でも、きみはサガミの下で仕事したことが報告されているようだから、日本に帰ったら、逮捕されて事情聴取されると思った方がいいよ。それに、大使館もこのことを掴んでるから、きみがパスポートの再発行でのこのこ出かけたら、必ずや何かが起きると思うよ」

　そこまで巧妙に仕組まれていたとは知らなかった。いつの間にか、がんじがらめに罠が張り巡らされていた。晃は何も気付かなかった自分が、歯嚙《はが》みしたいほど口惜《くや》しかった。

「狡いな、欺しやがって」

「よく言うよ。きみだって、ここで一カ月も無為徒食の日々を送ったじゃないか。納豆や焼海苔《のり》を涙流して食っただろう。ただで食えると思ったか。朝からプールで泳いで、楽しかったと思うよ。何ごともさ、無料というわけにはいかないんだよ」

「空知はすでに死んだ、という投稿があったので、虚《むな》しかったんです」

　晃は、請求金額を突きつけられた時のことを思い出して腹立たしかった。そして、振り込め詐欺の手伝いをさせられ、パスポートを奪われ、帰国すれば逮捕されると脅されている。

「何とでも言えるさ。きみがなかなか動こうとしないので、こっちも手を焼いたよ」

　まるで、詐欺に荷担したのは、晃のせいのような言い方だ。

「それで、あんたは、野々宮さんと知り合いだったと嘘を吐いて、僕を欺したんですね」

「いや、あれは本当だよ。俺は三十年前、野々宮さんとカンボジアで知り合った。前にも言ったが、あの子供たちの上の二人は知ってるよ。でも、まさか、息子がここに戻って、父親の道を継ぐとは思わなかった。あいつはたちまち人気者になって、チア・ノル・リターンとまで言われた。いや、それ以上の影響力だ、とも言われていた。それが暗殺者に狙われて死亡のニュースが流れたけど、まだ生きているという噂も出て、一時は騒然としたもんだ。でも、生存説は大衆の現実逃避みたいなものだからさ、俺は嘘だと思っていたよ。それにしても、ずいぶんと粗末な墓だったな」

「知ってるんですね」

テッドが墓の前に額ずく自分の写真を送ったのだろう。晃は目を閉じて、プリアベン村の素朴な墓石を思い出している。墓に書かれた「空」の字。

「ああ、見せてもらった」

「空知は死んだんです」

「らしいな」

「木村さん、あんたは、誰の差し金で、空知の生死を確かめようとしたんですか」

「差し金だなんて失礼じゃねえか。それはもう、政府のご意向ですよ、八目君。空知は反フン・センの旗印だからね。生存説があるなら、空知と同じ日本人の伝《つて》で徹底的に探れということだよ。ここでは、中国政府を相手にしているようなものだから、フン・センの気に入りにならなきゃ、仕事は取れないんだ。至上命令だ」

木村は鼻先で嗤《わら》ったが、晃はうんざりして邸内を見渡した。

「そうですか、すでに景気悪そうに見えるけど」

晃の厭味《いやみ》に、木村が肩を竦めた。

「その通りだよ、俺の会社は倒産した。中国政府に負けた。こうなりゃ、実力よりも政治だからな」

木村が負け惜しみを言う。

「いい気味だ。それに、空知と同じ日本人の伝と言うけど、空知はカンボジア人ですよ。カンボジアとフランスの人との間に生まれて、日本人の血は入ってないそうです」

「だけど、きみは彼の一番の友達だろ?」

「そうです」と、肯定した途端に、涙が溢《あふ》れそうになった。「そう、空知は日本人でもあります。誰よりも野々宮さんを愛していたし、日本での生活を楽しんでいた」

自分のことも大事に思ってくれていた、と付け加えたかった。

「まあいいさ。これは返すよ」木村が、晃の眼前でパスポートを振って見せた。「だけど、この人と一緒に、とっとと日本に帰ってくれ。それが返す条件だよ」

部屋の奥から現れた人物の顔を見て、晃は唖然とした。安井が、缶ビールを片手に立っている。安井は白いポロシャツにハーフパンツというゴルフ場にいるような格好で、にこりともせずに手を挙げた。

「久しぶりだね、八目君。元気そうじゃないか。東京で会ったのは半年前かい? あの時は青白いモヤシみたいだったのに、ずいぶん逞しくなったね。背が伸びて、胸板が厚くなった。カンボジアの水が合っているのかな」

晃は苦笑した。

「ここで安井さんに会えるとは、思ってもみませんでした。野々宮のお父さんの葬式の時から、みんなで僕を欺してたんですね」

「欺すというか、空知と仲のいい友達でないと、ものごとが動かないんだよ。橙子も長く逃げ回っていたし、絶対に墓の在処《ありか》を言わなかった。藍ちゃんも口が固いよ。そこは腹違いでも姉妹だな。だけど、きみが来たおかげでやっと扉が開いた」

木村が気安く肩に手を置いたので、晃は振り払った。

「触るなよ」

「ともかく、安井さんと帰国しなさい。韓国経由でのチケットは取ってあるから、俺が空港まで送ってやるよ」

「嫌だと言ったら？」

「プノンペンで事故死してもいいんだよ。こっちの警察とは仲がいいんだ」

「脅しですか」

帰国した途端に、サガミの詐欺事件に連座させられて、警察の取り調べが待っているのだろう。としたら、日本にいったん帰れば、カンボジアに再入国はしにくくなるかもしれない。シアヌークビルに行かねばならないのに、どうすればいいのだ。晃は絶望的な気分で、自分のパスポートを眺めた。

一時間後、晃は否応《いやおう》なしに木村のベンツに乗せられ、プノンペン国際空港に安井とともに送られた。

「じゃ、八目君、元気で。留置場に差し入れに行くよ」

木村が手を振り、安井と目を合わせて笑った。安井は、晃の肘《ひじ》の辺りを摑み、トイレに行くにもついてくる。

「まだ早いけど、チェックインするぞ」

ともかく空港内に閉じ込めようという魂胆らしい。アシアナ航空のカウンターで、安井は早々と二人分のチェックインを済ませた。出国審査の後、荷物検査に向かうと、長い列ができていた。

「これは時間がかかりそうだ」

安井は長い行列にうんざりしている様子だ。晃と話すのは気が紛れるらしく、晃の質問には滑らかに口を開いた。

「吉見さんのことですが、安井さんが頼んだんですか?」

「吉見? ああ、あの強欲なおばさんか。きみが俺の連絡先を教えちゃうから、小遣いを稼ごうとして躍起だったたな。参ったよ」

「じゃ、安井さんとは関係ないんですね」

「木村さんが頼んだんだ。彼女とは、プノンペンのブロガーを通して知り合ったらしい。吉見さんはベトナム時代の橙子を知っているから、何か伝を持っているかもしれないし、きみをソックの宿にうまく連れて行くように指示したんだろう」

プノンペンのブロガーとは、ミネアだろう。ミネアが吉見を紹介して、吉見はソックの宿に晃を連れて行った。ゲストハウスで働いていれば、晃の動向は手に取るようにわかるだろうから、金を盗んだのも吉見ではなく、ソックか鈴木だったのかもしれない。

「じゃ、吉見さんはそれだけの役割ですか?」

「そうだ」

だから、深入りして殺されたのだ。なら、殺したのは木村か。

「吉見さんは、川に落ちて死にました。木村さんが殺したんですかね」

晃は声を潜めた。

「さあ、あれは事故じゃないのかな。酔ってたんだろうよ」

安井は、スマホに目を落としたまま、語尾を曖昧にした。

「木村さんには、手下がたくさんいますからね」

「きみは無事に帰れてよかったな」

安井が余計なことを言うな、とばかりに睨んだ。

「まだわかりませんよ。ところで、鈴木盧舎那って子はどうなんですか？　ソックのゲストハウスで知り合った女性です。彼女が橙子さんをトンレサップ湖で見かけた、と僕に言ってきたんです」

「ああ、鈴木は俺の方で頼んだ子だよ。バックパッカーだから、付かず離れず、きみの旅がうまく運ぶよう誘導してくれ、と頼んだ。きみが金を盗まれた時も、いろんなことを教えてくれただろう？　外国にいると、小遣い稼ぎで誰もが動くんだよ。軽い気持ちだから、悪気はなかったはずだよ。許してやってくれ」

何が許してやってくれ、だ。晃は鈴木が好きだったし、鈴木は厚意で助けてくれていると信じていた。

「ソックのお母さんの、ニエットって婆ちゃんと仲良くなったんだけど、その婆ちゃんはどうなんですか？」

「それは、知らないな」と、安井は首を振った。

「ニエットさんは日本で暮らしたこともあって、木村さんを知ってると言ってました」

「木村さんの邦人人脈はすごいからね。そんな人はごまんといるだろう。ソックは見張りだけど、その婆さんは知らないな」

もしかすると、婆ちゃんだけは関与していないのではないか。晃は、希望の光を見たように思った。昨日から、胸を塞いでいたのは、そのことだった。

荷物検査を待つ列が少し動いた。チェックのために立っている空港職員に、パスポートとチケットを見せる。さらに、二十分。晃と安井は、ようやく荷物検査のカウンター前まで辿《たど》り着いた。

安井がジャケットを脱いで、トレイに載せた。「靴も脱げ」と、職員に指示されて、屈《かが》み込む。スニーカーの紐を解《ほど》くのだろう。

今だ、今しかない。晃はありったけの勇気を振り絞って、安井からそっと離れた。隣のテーブルの列に並ぶふりをする。安井は晃が離れたことに気付かず、屈んだままスニーカーの紐を緩めている。

晃が移動しようとしているのを見て、後ろに並んだ男たちが安井のすぐ後ろに詰めた。晃は隣の列に並ぶふりをして、そのまま列を逆走した。長い行列を反対に走って、入り口に向かう。人にぶつかり、荷物を蹴飛ばしては文句を言われた。

パスポートとチケットを点検していた空港職員の女性が、「ストップ」と言いかけたが、晃は無視して通り抜けた。晃の必死の形相を見て、何か大事なものでも忘れたのかと思ったかもしれない。並んでいた旅客は、気の毒そうな顔でスペースを空けてくれた。

一方、安井はスニーカーを脱いでトレイに置き、そこでやっと晃がいないことに気が付いたようだ。しかし、後ろから押されて前に進まざるを得ない。そのうち、安井の順番になり、きょろきょろと晃を捜したまま、ボディスキャナーに入らざるを得なくなった。不安そうに、ボディスキャナーの中から、後ろを振り返り、周囲を見回す安井。出ると、すぐに空港職員に脇に連れて行かれた。挙動不審だからか。

それを物陰から見ていた晃は、安心のあまり脱力した。安井から、逃げおおせた。が、晃を見失った安井は、すぐさま木村に報告するだろう。木村はすかさず追っ手を放つはずだ。あるいは、空港内に見張りがいたかもしれない。

晃は、走れば逆に目立つと思い、ゆっくり歩いてトイレの個室に入った。シアヌークビル行きのバスの時刻表を、ネットで調べる。メコンエクスプレスのバスが、三十分後に空港に寄ることを確かめ、ネットで予約した。

それから、タクシー乗り場近くにあるバスの停留所に向かった。途中、ＡＴＭが目に留まったので、金を全額下ろした。

停留所に向かう途中、晃は何度も後ろを振り返った。シアヌークビルに向かうことは、鈴木にも婆ちゃんにも告げていないから、おそらく誰も知るまい。幸いなことに、不審な影もなさそうだ。

第六章　インドラの網

1

シアヌークビルは、有名なビーチリゾートだが、最近は中国資本が参入して、まるで中国の海浜都市のような様相を呈しているという。中国寄りのフン・セン政権と闘っている空知が、どうしてそんな街の近くにいるのか謎だった。

しかも、シアヌークビルから、ナン島にはどうやって渡ればいいのだろう。地図で見る限り、ナン島はタイランド湾の沖合にあり、タイとの国境付近だった。連絡フェリーもなさそうだし、自前で船を雇うことになるのだろうか。金がなくなったら、どうすればいい。一人で危険はないのか。晃は心細く、婆ちゃんに相談したくて堪《たま》らなかった。

バスが到着した。半分以上の座席が、欧米人で埋まっていた。中国人らしきビジネスマンも、数人乗っている。晃はネット指定した座席に座って、目を閉じた。平凡な契約社員に過ぎなかった自分が、こんな小説のような大冒険をしていることが信じられない。

バスは途中、何度か休憩し、午後六時にシアヌークビルに到着した。街は確かに、中国語の看板が多く、まるで中国の都市に来たようだ。それも軽薄で安っぽい金ピカの街だ。バスが有名なライオン像のある広場を通ったが、だだっ広く空疎に感じられた。バスを降りる直前、待ちに待ったPからの着信があった。

「シアヌーク・プレステージ・スパに泊まって、そこで待て。P」

シアヌーク・プレステージ・スパなるホテルは、どこにある。ネットで調べた晃は、驚いて声を上げてしまった。ビーチに面して建つ、高級リゾートホテルだ。ホテルズドットコムでは、一泊二万五千円とある。

「高過ぎる。あり得ない」

Pに返信したが、何も反応はなかった。二万五千円。シェムリアップのゲストハウスだったら、優に一カ月は暮らせる値段だ。しかし、「そこで待て」と言うからには、何か指令があるのだろう。

トゥクトゥクでホテルに着いた晃は、気後れした。トゥクトゥクで来る者など、まったくいない。ホテルの前は、外車の列だ。シアヌーク・プレステージ・スパは、シアヌークビルでも一番の超高級ホテルだった。

フロントに行くと、洗い込んだTシャツにハーフパンツ、大きなリュックサックという、いかにもバックパッカー風身なりの晃は、中国系のフロントマンにじろじろと見られた。

「一番安い部屋を」

ガーデンビューの一階の部屋は、それでも百二十ドルだった。これまでゲストハウスだったのにとぼやいていると、風体が怪しいと思われたのだろう。フロントマンに、しっかり前金を取られた。一応、四泊にしたが、四百八十ドルのデポジットである。

すでに八時近かったので、バスでもらったデニッシュを齧《かじ》って、ボトルに半分残った水を飲んだ。風呂《ふろ》に入ったら、疲れが出て湯船で寝てしまった。

翌朝、空腹で目覚めた。外を見ると、ガーデンビューとは名ばかりで、裏通りで建設中の建物が見えた。これで百二十ドルも取るのかよ、と晃は悪態を吐いた。

朝食も金を取られるのかと思うと、怖くて食堂に行けない。しかし、このホテルは街から離れたビーチにあるため、市場もコンビニもない。仕方がないので、思い切って食堂に向かった。

朝食はビュッフェ形式だった。ビーチに向かって広い庭があり、その屋外テーブルで食べられるようになっている。晃は、日本でもカンボジアでも、こんな豪華なところに来たのは初めてだった。なぜ、Pがこのホテルを指定したのか、不思議で仕方がない。

ここにいれば、いずれ使いがやってくるのだろうか。もし、来なかったら、自分は破産する。母親にまた金を送るよう頼んでみようか。思案していると、ウェイターがやってきた。

コーヒーを頼んでメールをチェックしていた時に、ふと不安になった。木村は、プノンペンの警察に親しい人間がいる、と自分を脅した。空港から逃げた自分は、もしかすると、すでに警察に追われているのではないか。

もし、木村が本気で自分を追う気があれば、GPSで居場所を突き止めることくらい、朝飯前だろう。晃は怖くなって、スマホの電源を切った。

朝食の後、何もすることがないので、海に行った。誰もいない砂浜で、豪華な寝椅子に横たわり、ただ波の音を聴いている。スマホは電源を切ったまま、手許《てもと》にある。部屋に置くことは、怖ろしくてできなかった。こうして、一日目は陽に灼《や》けただけで、何も起こらずに過ぎた。

ホテルの広い敷地のあちこちに、洒落《しゃれ》たレストランやバーがあり、客はゴルフ場のカートのようなもので移動する。しかし、晃は金がないので、レストランには行けない。部屋で、安いデニッシュを食べ、ひたすらテレビを見たり、寝たりして過ごした。

部屋の掃除に来た少女が、ホテルの近くにコンビニがあることを教えてくれた。晃はそこに行って、水や果物、食料品などを買うことにした。

ホテルの敷地内は豪華だが、一歩外に出れば、工事中の車両が行き交う赤土の埃《ほこり》っぽい街だった。隣に小さな漁港もあって、貧しそうな漁師が鰯《いわし》などの小魚を捕っていた。その魚を狙う猫たち。その猫を眺める、休憩中の工事労働者。いざとなったら、自分もあの労働者に交じって働かねばならないのか、と晃は覚悟した。

二日目も、同じように何も起きなかった。三日目に何ごともなければ、帰国しなければならない。しかし、進むも地獄、退くも地獄だ。帰国すれば、警視庁に逮捕される可能性もあるのだ。カンボジアに残ったとしても、金もないし、ソックの宿に帰ることもできないから、どうにもならない。婆ちゃんに連絡してみたかったが、まだ怖くてできなかった。

もしかすると、自分はPに欺《だま》されたのかもしれないという考えが浮かんだ。空知は本当に死んでしまって、あの粗末な墓の下に横たわっているのだとしたら？　Pは、欺された自分を笑っているのか。いや、そんな人ではない、と晃は村長の厳《いか》めしい顔を思い出して否定した。だったら、自分でナン島に行ってみようか。

ホテル前に簡素な船着き場があり、そこから、始終小さな船が出ていた。沖合にロンとロンサムレムという、美しいビーチがあることで有名な島がふたつあり、そこに向かう人が、この船着き場から乗るのだという。

三日目の朝、晃は桟橋に行き、さりげなさを装って、船の掃除をしている若い男に訊《たず》ねてみた。

「ナン島という島はあるか?」

若い男は、汗を拭《ぬぐ》いながら沖の方を見た。

「あるよ。でも、ナンは遠いし、個人の島だから上陸できないんだ」

個人の持ち物とは知らなかった。

「誰が持ってるの?」

「知らないな」と、首を捻《ひね》る。

「その島、見てみたいけど、行けないのかな」

何気なく言ったつもりだが、若い男は肩を竦《すく》めた。

「誰も行けない。途中、難所がある」

「難所って何?」

「俺は知らないけど、そう言われている」

自分の力で行くこともできないのだとしたら、Pは嘘を吐いたのだろうか。プリアベン村の素朴な建物を背景にして立つ、痩《や》せた村長の姿は、この豪奢《ごうしゃ》なリゾートとはまったく相容《あいい》れないものだった。

最後の夜になった。三日間滞在して何ごともないのなら、明日の朝にでも、漁船を雇ってナン島に向かうしかない。それにはいくらかかるのだろうか。あの若者は怖《お》じ気付いていたから、他の船頭に聞いてみるしかない。

ここまで来たからには、ナン島に行かないわけにはいかないのだった。そして、空知が生きているのか、死んでいるのか、確かめる。生きているのなら、スマホに入った野々宮父の死に顔を見せてやる。死んでいるのなら、晃の旅はようやく終わる。

夜、風呂に入っていると、密《ひそ》かなノックの音が聞こえた。慌てて風呂から上がった。ドアの下から、白い封筒が差し込まれていた。急いで開けてみると、チェックアウト前の請求書だった。

「何だよ」

慌てて風呂から上がって損をしたと、封筒を投げ捨てて、もう一度入ろうとしたら、紙が一枚落ちた。拾い上げて読んだ。「午前四時に船着き場に来い」とある。十一時だったから、あと五時間もある。

これは本物か。悩んだが、欺されたとしても、どうせどこかへ向かわねばならないのだ。日本か、シエムリアップか、そのどちらでもないどこかに。晃は風呂から上がって髪を乾かし、清潔な下着に替えてパッキングを始めた。

午前三時半、晃はバルコニーからそっと外へ出た。夜は敷地内を警備員が見回りをしているから、ここで遭遇したら、絶対に怪しまれるだろう。晃は、防犯カメラを避け、なるべく闇から闇へと移動するようにした。

冷たくなった夜の砂を踏みしめて、船着き場に近付いた。一艘《そう》の船が停泊していたが、見覚えのないクルーザーだった。

「早く乗ってください」

クルーザーから手を差し伸べたのは、中国系のフロントマンだった。晃から、四百八十ドルものデポジットを取った男だ。

2

船は四十五フィートほどの、プレジャーボートと呼ばれる類《たぐ》いのボートだった。いわゆる渡し船や定期船とは違うので、晃は心配になってフロントマンに訊ねた。

「この船は、本当にナン島に行くんですか?」

「そうです。お望みでしょう?」

中国系のフロントマンは、黒い髪を撫《な》で付け、ハイビスカス柄のアロハシャツに白いパンツ、というホテルの制服のままだ。まるで、客のオプショナルツアーに同行するような雰囲気だ。

「船賃はいくらですか?」

「前金の分から頂きましたから、結構です」

あのデポジットは、そういう意味だったのか。前金を払えなかったら、ナン島までは運んでくれなかったということか。

「観光じゃないんだけどな」

晃の呟《つぶや》きは無視された。中国系のフロントマンは晃を船に乗せると、薄汚れた鬚面《ひげづら》の男が座る操縦席の方に行ってしまった。フロントマンは、その男に何か指示をしている。

船の内装は、コンパクトながら豪華だった。小さなキッチンがあり、電子レンジから冷蔵庫まで揃っている。そして、操縦席を囲むように、ラウンド型の白いソファが設《しつら》えてあった。奥は船室で、ダブルベッドが見える。

晃はソファに腰掛けて、まだ暗い海を振り返った。満月が傾いて、沈む寸前だった。あと一時間も経てば、朝陽が昇り始めるだろう。満月の最後の光に照らされて、海面が油を引いたように、ぬめりを帯びて光っている。この美しい海の向こうに空知がいて、とうとう会えるのだ。長い旅もようやく終わりを告げるのかと思うと、感無量だった。

晃がぼんやりと海面を眺めているうちに、船は静かに出航した。沖に出た途端、海風が強くなった。晃はリュックからパーカーを出して羽織ったが、まだ寒かった。

「寒いから、中に入っていてください」

フロントマンに船室に案内されそうになったが、ナン島をこの目で見たい晃は断った。「いや、ここにいて、島を見たいんです」

「では、これでも飲んで温まってください」

フロントマンが、プラスチック製のマグを渡してくれた。匂いからホットココアだとわかった。ホットココアなんて飲むのは、子供の時以来だ。

「ありがとう」

風の強い洋上で飲むココアは旨《うま》かった。晃は、夢中で飲み干した。そのまま、朝陽に照らされて、果てるともない波の先を眺めているうちに、急に眠気が襲ってきた。起きていようとしても、瞼《まぶた》がしぜんに下がる。

「どうかしましたか」

晃はフロントマンの質問に答えることができずに、ソファに昏倒《こんとう》した。

目が覚めた時、自分がどこにいるのかわからず、晃はパニックを起こしそうになった。恐ろしく冷房の効いた密室で、大きなベッドに寝かされている。やがて、波を切る船のエンジン音が聞こえることから、自分はまだ洋上にいることに気が付いた。

小さな窓から、眩《まぶ》しい陽光と、雲ひとつない青空が見える。喫水線に近いのか、時々、跳ねる波しぶきも見えた。まだナン島は遠いのか。晃はフロントマンに訊《き》くために、起き上がろうとした。だが、気分が悪くて動けなかった。それどころか、吐き気もする。あのココアに、何かが入れられていたらしいと思い当たり、いったい誰に、こんな目に遭わされているのかと怖くなった。

しかも、意識はあるのに、肉体が痺《しび》れたまま動かない。脂汗が出て、晃の体はぬるぬるとしながらもひどく冷えた。このまま海に投げ込まれて、殺されるかもしれない。そう思うと、恐怖で震えてきた。

どのくらい時間が経っただろう。船が揺れ、やがて停まった気配がした。男たちの怒鳴り合うような声も聞こえる。言語はクメール語か、それともタイ語か。

晃は耳を澄ましたが、体はまだ動かすことができずに、脂汗だけがやたらと出た。吐き気も治まっていない。

船室のドアがいきなり開いて、外気と熱気が暴力的に入り込んできた。気温は相当に高い。本当にナン島に着いたのだろうか。晃は、目を開けて必死に見ようとした。すると目の前をハイビスカスのアロハシャツが遮った。

「到着しました」

フロントマンだ。船を覆うような、むんとした熱気にまいったのか、髪が乱れ目の下に隈《くま》ができている。

「ここがナン島?」

「そうです」

出て行こうとするフロントマンに、晃は追い縋《すが》った。

「待ってくれ。体が自由にならないんだ。あんた、俺に何か飲ませただろう?」

回らぬ口でようやく言うと、フロントマンが答えた。

「そうするように指示があったんです。悪しからず」

「誰からの指示だ?」

彼はそれには答えず、ドアを閉めて行ってしまった。もしかすると、自分はPに欺されたのだろうか。木村と安井からやっと逃げてきたというのに、また別の網にかかったのか。今度はどこの誰だ。晃は絶望的な気持ちになった。

やがて船のエンジンが切られて、冷房が止まった。部屋の温度は上がってきたが、痺れが少し治まり、ようやく手足が動かせるようになってきた。何とか立ち上がろうと、汗まみれで格闘しているところに、ドアが開き、どやどやと数人の男たちが入ってきた。

全員、襤褸《ぼろ》に近いランニングやTシャツに短パン、という格好だ。皆、真っ黒に陽灼けして、全身から潮と汗が混じったような独特の臭いを漂わせている。

「何だよ、おまえら。俺、動けねえんだよ」

まだ回らない口で怒鳴るも、男たちは構わず晃の手足を持って、ベッドから引きずり出した。

「やめてくれよ」

怒鳴っても無駄だった。晃は担架に乗せられて、船から桟橋に運ばれた。島には素朴な桟橋だけで、港のようなものはなく、停泊している船の姿もなかった。海岸の奥は、椰子《やし》の林になっていて、建物らしきものも見えない。

晃は担架の上から、周囲を見回して愕然《がくぜん》とした。ここがナン島か。こんな何もない島に空知は本当にいるのか。晃の想像の中で、ナン島はロンやロンサムレムのような洒落たリゾートだっただけに、無人島のような未開の島に空知がいることが信じられなかった。

男たちは海から離れ、ジャングルの中の道なき道を、晃を担架に乗せたまま運び続ける。太陽に容赦なく照りつけられ、絶えず揺れる担架の上で、晃は気分が悪くなった。担架に乗ったまま、横向きになって嘔吐《おうと》した。男たちは、晃が嘔吐し終わるまで担架を下ろして待ち、晃が落ち着くと、また無言で担架を持ち上げた。

「俺をどこに運ぶつもりだ」

晃が悲鳴を上げても、誰も口を利かない。そのうち、ニッパ椰子葺《ぶ》きの小屋が見えてきた。その前で担架は下ろされ、晃は小屋の中に放り込まれた。最後の一人が扉を閉める寸前、晃は嘆願した。

「水をくれないか。喉《のど》が渇いて死にそうだ」

しかし、男は一顧だにせず、無慈悲に扉は閉められた。少し体の自由が利くようになった晃は這《は》って行って扉を開けようとしたが、鍵《かぎ》が掛けられていた。しばらく横たわっていたが、そのうち暑さで死にそうになった。

小屋の床は何も敷かれておらず、踏み固められた土だ。晃は犬のように手で土を掘り、少しでも冷気を感じようとした。が、少し掘っただけで気を失った。まだ飲まされた薬が抜けきっていないらしい。

猛烈な喉の渇きで、目が覚めた。すでに陽は落ちて、小屋の中は暗くなっている。暑さからは解放されたものの、水が飲みたくて仕方がない。ふと小屋の隅に、自分の荷物が置いてあることに気付いた。気付かなかったが、一緒に運んでくれたらしい。

晃は、リュックの中にペットボトルを入れてあったことを思い出して、中を探った。五百ミリリットル入りのペットボトルに、水が半分残っていた。それをさらに半分だけ飲んで、何とか渇きを抑える。

スマホは無事に奥のポケットに入っていたが、この島に電波は届いていない。しかし、荷物があっただけでも有難いと安堵《あんど》し、体力を消耗しないために、横になって目を閉じた。

何時頃だろうか。突然、扉が開けられた。小さな扉が開いただけでも、新鮮な夜気がどっと入ってくる。晃は半眼で、入ってきた人物を眺めた。

「大丈夫ですか？」

盆のようなものを両手で持った女性だ。鈴木がシェムリアップで着ていたような、柄物のパンツとタンクトップという格好をしている。

「水が飲みたいんです」

ペットボトルに四分の一残っていた水は、さっき耐えきれずに飲んでしまっていた。

「水はここにあります」

女が小さな懐中電灯を点《つ》けて傍らに置いた。驚いたことに、白人女性だった。女は、船で使っていたようなマグに、水差しから水を注いだ。ひと言も勧められないうちに、晃はそのマグを奪って、一気に水を飲んだ。我慢ができなかったのだ。水は温《ぬる》かったが、旨かった。女は晃の無礼にも構わず、淡々と次の水を注ぐ。三回繰り返されて、ようやく喉の渇きは治まった。

「どうして、こんなことをするんですか。ここから出してください」

女はそれには答えず、盆を指差した。

「お粥《かゆ》をどうぞ」

渇きが治まると、今度は痛いほどの空腹を感じた。晃は躊躇《ためら》わず、鉢を手にした。晃の好きな青唐辛子の粥だった。よく婆ちゃんが朝食に作ってくれたものだ。かっ込むようにして食べる。ホテルを出てから、一昼夜は経っているようだ。

「あなたは何をしにきたんですか」

女はゆっくりした英語で訊いた。

「日本から、空知に会いにきたんです。高校の時の友達なんです。空知に会わせてくれませんか？」

「空知？」

「ここにいると聞きました」

「そんな名前の人はいません」

女は怪訝《けげん》そうだった。

「名前が変わっているかもしれない。ここにいると、プリアベン村の村長が教えてくれたんです」

プリアベンの名前を出したせいだろうか。急に、女の顔が険しくなった。

「あなたの目的は？」

「別に。ただ会いたいだけです」

なぜ船で薬物を盛られ、暑い昼日中に掘っ立て小屋に閉じ込められ、どうしてこんな詰問をされているのかわからず、不快だった。

「それだけでは駄目です」

「じゃ、何と言えばいいんですか。あんたらは何の権利があって、俺にこんなことをするんだ。その理由を言えよ」

晃の怒気にただならぬものを感じたのか、女は鉢などを急いで片付けると、盆を持って無言で出て行った。女が出ると同時に、小屋の外から鍵が掛けられた音を聞き、晃は扉に体当たりした。

「出してくれよ」

夜が明ければ、また炎熱地獄が待っている。こんなことを繰り返しているうちに、自分は消耗して、間違いなく死ぬだろう。せっかくナン島まで来たのに、こんな目に遭うとは思いもしなかった。あまりの虚《むな》しさに、涙が頰を伝った。

朝は陽が昇ると同時に、小屋の中の温度がぐんぐん上昇してゆく。晃はぐったりと横たわっていた。いずれ熱中症になり、気がおかしくなって死んでしまうのだろう。

この島に、かつて空知がいたかもしれない。でも、自分がこんな目に遭わされるのだから、とうに死んでしまったに違いない。自分は、はるばる日本からやってきた徒労の旅人だったことになる。

晃は、スマホに入っている野々宮父の死に顔をじっくり眺めた。以前は気味が悪いと思ったのに、今は、窶《やつ》れた野々宮父が愛《いと》おしくて、また涙が溢《あふ》れた。それから、空知の墓の写真もじっくり見た。

空知はとうに死んで、この墓に入っているような気がしてきた。生存していてナン島にいる、というガセネタを摑《つか》まされた自分は、本当の馬鹿だった。

ニェット婆ちゃんに会えずに来てしまったのが、心残りだった。電波は通じないし、いずれバッテリーも切れるけれども、婆ちゃんに遺言がわりのメールを認《したた》めておこうと、晃はメールを打ち始めた。


婆ちゃん、元気ですか？

俺は今、ナンという名の島にいます。どうしてここに来る羽目になったのかは、会えることがあったら、説明します。

今まで、俺を気に掛けてくれて、ただメシをたくさん食わせてくれて、本当にどうもありがとう。俺がカンボジアで生きていけたのは、婆ちゃんがいてくれたからです。

婆ちゃんがどういう立場の人だったかは知らないけれども、どっちにせよ、俺のことを思ってくれたのは、このカンボジアでは、婆ちゃんだけでした。

どうぞ、いつまでも元気でいてください。八目晃

打ち終わって、自分が撮ったカンボジアの写真などを眺めていると、バッテリーが切れた。晃は、五十度近くなった小屋の中で、今度は木ぎれを使って土を掘り始めた。ほんの少しでも穴が穿《うが》たれれば、そこに腕や顔を付けて、土の冷たさを感じるようにした。だが、喉の渇きで気が狂いそうになった。

ノックもなく扉が開き、今度は色の浅黒い現地の男が、盆を運んできた。水差しとプラスチックのマグ。それに、昨日と同じく青唐辛子の粥だ。男が注いでくれた水を、晃は待ちきれずに、途中から手を出して飲んだ。三杯飲んでも、四杯飲んでも、渇きは止まらない。水で腹が膨れ、餓鬼のようになったが、朝から小便は一滴も出ない。

男は晃に断りなく、晃の横に置いてあるスマホを持って出て行った。

「充電しておいてくれ。必ずだぞ」

晃はそれを横目で見ながら、男の背に怒鳴った。もう、どうでもいい、と思っている。どうせここで死ぬことになるのは、わかっていた。空知に会えなかったのは残念だが、カンボジアで生きることは、想像以上に厳しく難しいことだったのだ。

暑さ地獄の責め苦がようやく終わり、夜になった。晃は仰向《あおむ》けに横たわっていた。今のうちに寝て体を休めなければならないが、また渇きに苦しめられている。昼間、あれだけ汗をかいたので、水分補給が追いつかないのだ。

いきなり扉が開いて、懐中電灯の光が目を射た。男が二人入ってきた。暗闇の中で、顔も年齢もわからない。ただ、担架で運んだ男たちとは違い、潮と汗の臭いはしなかった。

「あんたは、日本人の八目晃か」

「水をくれなきゃ、答えないよ」

口の中が渇いて、うまく喋《しゃべ》れなかった。

「構わない、名前はわかってるから。おまえ、本当のことを言わないと、明日《あした》もここから出られないぞ」

一人が喋り、もう一人は懐中電灯の光を晃の顔に当てた。

「本当のことを言ってるんだけど、信用されていないんだ」

晃は光を手で遮りながら、投げやりに言った。

「あんたは日本からわざわざ、野々宮空知の生死を探るように、木村の指令で来たんだろう?」

「違う。安井と三輪という男から、カンボジアに行って、空知とその姉妹を捜してくれと頼まれた。それぞれ変な理由だった。安井は橙子と結婚したことがあって、忘れられないと言うし、三輪は藍が歌の天才だと言った。だから、空知だけが目的じゃなかった」

「そんな変な理由なのに、承知したのか?」

「何か断れなかったんだ。自分が嫌いで、変化を求めていたこともある」

「金を貰《もら》ったのか?」

「貰った。でも、旅費だよ。微々たるもんだ。俺は海外旅行もしたことなかったし、最初はまったくやる気がなくてね。安井も苛々《いらいら》したようだ」

「途中から、急に乗り気になったのはどうしてだ?」

「知ってるくせに。どうせ、俺のスマホを見たんだろう? メールを見ればわかるよ」

「自分の口で説明しろ」

「偉そうだな、ちきしょう。おまえは何様だ」

晃は悪態を吐いた。

「いいから、言え」

「是非とも、空知に会いたいと思ったんだよ。親友だからね。でも、死んだと聞いて、ショックだった。ともかく、木村のことも知らなかったし、欺されまくった旅だった。徒労だよ。徒労の旅人だ」

　ふと思いついた「徒労の旅人」という言葉が気に入っていた。

「カンボジア人民党との関係は?」

「何だよ、それ。知らねえよ。自民党かあ?」

　晃は喋るのも億劫《おっくう》だった。

「フン・センが党首の第一党だ」

「へえ、そうなのか。もういいよ、どうでも。カンボジアのことなんか、知らねえ。俺はここで死ぬから、空知が生きているのなら、よろしく言ってくれ。もう疲れたから、何も喋りたくない。早く殺してくれ。この小屋にいるなら、誰かに崖《がけ》から突き落とされる方がずっとマシだ」

「よく喋るな」と、一人が笑った。「わかった。おまえは放っておけば死ぬから、そのまま放置してやる」

「出してくれよ」

「死ねば出られるさ」

　捨て台詞《ぜりふ》を吐いて、二人は小屋から出て行った。晃は、明日はいよいよ自分が死ぬ日だと思った。スマホで日付を確認しようとして、昼間、男が持って行ったことに気付き、死ぬ時にスマホがないのは残念だと思った。そして、自撮りでもするつもりか、とちょっと笑った。

　翌日も暑かった。晃はぐったりと土の上に横たわり、脱水症状で朦朧《もうろう》としていた。そろそろ、一日に一回は持ってくる水と粥の時間かと期待したが、今日はなかなかこない。

待てば苦しくなるだけだから、他のことを考えようと思ったが、すでに脳が正常に働かない気がする。ふと気付けば、幻視のようなものが起こっていることが増えた。

さっきまで、橙子がそこにいて、子供たちに菓子を配っていた。だから、晃も子供たちの列に並んで、菓子をもらうのを待っていた。前に並んでいるのが、黄色い大蛇を体に巻き付けた少年で、晃は橙子が大蛇を怖がるのではないかと心配しているのだった。

また、少し前は、空知と、空知の部屋で喋っているシーンだった。空知が、「ヒロシマ・モナムール」という古い映画を見た、という。その映画に出ているフランス人女優が気に入った、と熱弁をふるっているところだった。

この映画について喋った場面は、幻視というより、晃の記憶の中から取り出されて忠実に復元されていた。二人で、そんな話をしたことがあったのだ。空知は、ネットで女優を検索して晃に見せ、今は歳を取った女優の顔を見つめながら言った。「この人、歳取った顔もいいね」と。そして、「実は似ている人を知っているんだ」と付け加えた。

さらに、空知はこう言うのだった。「僕の母親に似てるんだ」と。最後の台詞は、晃の朦朧とした脳が作り出した、まさに幻だった。こうして夢うつつで、苦しい地獄のような一日が過ぎたかと思った。

夕方、スコールが降った。一気に気温が下がり、ニッパ椰子葺きの隙間から雨水がぽたぽた落ちてきた。晃は口を開けて、乾いた草の味がする雨水を少しずつ飲んだ。しかし、スコールはすぐさま去っていき、その後は夕方の残照が厳しくなった。蒸し暑さに耐えきれず、晃は汚れたTシャツを脱ぎ捨てて、土の上に直接横たわった。

「起きてください」

微睡《まどろ》んでいた晃は男の声で目を覚ました。脱水症状で朦朧としている。扉が開いて、少しは涼しい風が入ってくる。晃は気持ち良さに深呼吸した。

「水をください」

最後まで言わないうちに、口許に冷たいペットボトルが押し当てられた。

「ゆっくり飲んだ方がいいですよ」

水をくれた男に言われたが、晃は飲むのを止めることができなかった。急に冷たい水をたくさん飲んだので、動悸《どうき》がして苦しかった。少し横になって息を整える。そして、また今度はゆっくりと水を飲んだ。

「こっちへ。歩けますか?」

服装が替わっているので気が付かなかったが、男は晃をナン島に運んだフロントマンだった。

「あんたたちは、どうして俺をこんな目に遭わせるんですか?」

フロントマンは無言で晃の右腕を取った。もう一人、屈強な男が左腕を取る。二人に吊《つ》り下げられるようにして、晃はふらふらと外に出た。夕刻で陽が落ちるところだった。

風が涼しくなっていたが、晃はそれを享受できるほど回復していない。横たわりたいと願いながら、運ばれるままになっていた。

数分歩かされた後、晃は眼前に現れたものに驚いて、思わず声を上げた。ジャングルの中に突然、まるでビルのような四角い建物が聳《そび》えていたからだ。その建物は、自家発電でもしているのか、すべての窓に、煌々《こうこう》と明かりを点《とも》していた。真っ暗な夜のジャングルに突然出現した文明の明かり。異様な風景だった。

「あれは何だ」

夢でも見ているのかと、晃は目を擦《こす》りそうになった。

「ソルの家です」

「ソル？　空知じゃなくて？」

「いえ、ソルです。ソルは、この島の持ち主です」

「じゃ、空知じゃないね」

晃は落胆して言った。まだ朦朧としていて、夢の中にいるようだった。

「あなたは熱中症ですね。休んだ方がいい」

二人の男に支えられてビルの中に入り、清潔なベッドに横たえられたことまでは覚えている。どうやら死なないで済んだかもしれない、と思ったことも。晃は、薄暗い部屋で、誰かが自分を見つめているような夢を見た。

3

晃の熱中症は、重篤だった。すぐに点滴を受け、数日以上寝込むことになった。手当をしてくれたのは、欧米人の若い男女で、そのうちの一人は、晃に水と青唐辛子の粥を運んできてくれた女だった。しかし、彼らに何を訊いても、皆無言で手当をして、無言で部屋を出て行くのだった。

ようやく点滴が外れた日、晃はベッドから下りて、初めて窓の外の景色を眺めることができた。部屋は二階にあり、窓からは椰子の樹が生い茂るジャングルと、その向こうに広がる海が望めた。海はブルーに近い深い青で、日本で見る海の色とは明らかに彩度が違う。空も太陽の朱が混じったような、強烈な色だった。景色は美しいが、あの貧相な島の桟橋を思うと、閉じ込められたような閉塞感《へいそくかん》がある。

部屋は、シングルベッドと小さなデスクセットが置いてあるだけの、ごくシンプルな調度だ。まさか、この部屋に閉じ込められて、何もない島で暮らすことにはなるまい、と晃は青い海の彼方《かなた》を見つめた。

だが、自分はいったいいつまでここにいるのだろう、と不安にもなる。この島に空知がいる、と聞いて訪れてみれば、変な薬を飲まされて、炎天下の小屋に何日も監禁された。炎熱地獄からは解放されたものの、日本に帰りたいのか、帰らずに空知を捜し求めるべきなのか、この先、自分でもどうしたらいいのかわからない。いよいよ最後のどん詰まりで、宙吊りにされたような気分だった。

ノックの音がしてドアが開いた。何も喋ろうとしない、欧米人の誰かが入ってきたのだろうか。振り向いた晃の目に、ハイビスカス柄のアロハシャツと白いパンツが映った。

「どうも。少しよくなられたようですね」

フロントマン。この島で唯一話ができる相手は、この男だけだ。晃は、フロントマンの顔を見て、内心ほっとした。

「やはり、重症だったそうですね。意識障害なんか起こさなくてよかったです」

晃は呆《あき》れて、彼の顔を見遣《みや》る。

「よく言うよ。船で何か飲ませたのも、閉じ込めたのも、あんたの仕業でしょう」

「まさか、違いますよ。私はソルの命令を聞いただけですから」

男は開き直ったかのように、胸を張った。

「死ぬところだったよ」

晃が呟くと、フロントマンがにやりとした。

「運がよかったですね」

他人事《ひとごと》だ、と腹が立った。しかし、フロントマンはのんびりと、窓辺に立つ晃の横に並んで景色を眺めた。

「なかなか綺麗《きれい》じゃないですか。こっち側は夕陽が見えるかな」

「そんなことはどうでもいい。あんたの名前を教えてくれよ」

晃が不機嫌に問うと、フロントマンは即座に答えた。

「リーです」

リーは、晃の様子をじろじろと眺め回した。

「状態がよさそうだから、ソルに会いますか?」

「リーさん、なんで、俺がソルという人に会わなくちゃならないんです?」

晃は疑問を口にした。熱中症になるまで、自分を小屋に閉じ込めるように命令した男ならば、会っても仕方がない。それどころか、今度こそ殺されるかもしれない。

「でも、ソルに会いたいって、言ってたじゃないですか?」

晃は苛立って頭《かぶり》を振った。

「俺が会いたいのは、ソルではなく、空知だよ。野々宮空知」

「なるほどね。ソルに会っても、空知さんとやらの居場所がわかるかどうかは、保証できませんからね」

リーはにべもない。

「それより、俺のスマホを返してくれませんか?」

「ああ、持ってきてます」

リーは頷《うなず》き、胸ポケットからスマートフォンを取り出した。

晃は、リーの体温で少し温かくなったスマホを、奪うようにして受け取った。間違いなく、自分のスマホだ。すぐに電源を入れてみると、充電されていた。

島では、この館《やかた》だけにＷｉ-Ｆｉがあるようだ。晃は緊急事態のことを考えてほっとした。いつか使う機会も訪れるだろう。

「リーさん、何度も言うけど、どうして俺をこんな目に遭わせるんですか?」

前にも同じ質問をした、と思い出しながら、なかなか答えようとしないリーの細い目を睨《にら》む。

「あなたが危険人物でないかどうか、確かめる時間が必要だったのです」

「その結果は?」

「正直に言うと、芳しくない。あなたのスマートフォンに、ニエットという人物に書いた未送信のメールがありましたね。ニエット一家は、木村の手先ですから、あなたは巧妙にこの島に潜り込んだ、と思われています。しかも、ニエットに『ナンという島にいる』と島の名を教えようとした。

疑われても、仕方がない」

誤解されていることよりも、婆ちゃんも木村の仲間だった、という事実のほうが衝撃だった。やはり、怖れていたことが当たった。

「だったら、俺はどうなるんです？」

「ソルが決めます」

「わかった。要するに、ソルは、ここのボスなんだな。どうぞ、どうぞ。勝手に決めてくれよ」

もう、どうでもよかった。異国で謀殺されるのはこういう場合なのだと思った。誤解があっても、それを解く方法がないのだから、罠《わな》に嵌《は》まった自分が馬鹿で運が悪かった、と思うしかない。

「後で呼びにきます」

リーが出て行った後、晃は自分のスマホに何か変わったことがないか、と調べた。特にいたずらはされていないようだが、未送信だった婆ちゃん宛のメールは、勝手に削除されていた。

婆ちゃんの台所で過ごした時間を、懐かしく思い出す。あそこにいれば、安全だった。空知のことも、橙子のことも、あんなに熱心に共感をもって聞いてくれたのに、婆ちゃんは木村の仲間だったのか。自分を欺していたというのか。嘘だ。婆ちゃんは、途方に暮れていた自分の窮地を救ってくれたではないか、美味《おい》しい飯と会話で。

恩人の婆ちゃんのせいで、そして空知のせいで、「死ね」と言われるのなら、死ぬしかない。晃は覚悟を決めた。

昼時、欧米人の若い女が、太麺《ふとめん》の焼きそばと、冷えたジンジャーエールを運んできた。新顔だ。ショートパンツを穿《は》いた姿は、少女のようだった。赤毛で、小さな白い顔に薄茶のそばかすが散らばっているのが目立つ。綺麗ではないが、スタイルはモデル並みによかった。

「殺す前に、大盤振る舞いか。ビールの方がいいのに」

独りごとを言って、ジンジャーエールの瓶に手を伸ばすと、彼女が小さく笑った。他の欧米人の若者と違って、話ができるかもしれない。晃は思い切って話しかけた。

「きみ、どこの人？　ここに何しに来たの？」

「オーストラリア。もちろん、ソルに会いに」

「ソルに？　ソルってどんな人？」

「特別な力を持っている人」

「何だよ、カルトか」

晃がそう呟くと、女は腹を立てたような顔をした。

「カルトじゃない。ソルは凄《すご》い人だよ」

「何がどう凄いの？」

「あんたに言っても、わからないでしょ」

女はぶすっとして、肩をそびやかして出て行った。あんな子供みたいな女が、ソルのことで一人前に怒っている。晃は苦笑いして、焼きそばを食べ始めた。焼きそばは、唐辛子が利いていていてとても辛かった。タイのパッタイか。としたら、この島はタイに近いのかもしれない。

4

再び、ショートパンツの女が呼びにきたのは、ジャングルの向こうの海に夕陽が落ちて、そろそろ月明かりだけになる頃だった。

「さっきはごめん。きみ、何て名前？」

晃が謝ると、女が不機嫌な顔で黙った。教えたくないのだろう。

「俺はアキラだよ」

晃が名乗ると、渋々、名前を告げた。

「パリス」

「パリス・ヒルトンと同じ？」

女は嫌な顔をした。いつも同じことを言われるのだろう。

パリスがついてくるように手招きするので、パリスの後から部屋を出た。薄暗い廊下には、ホテルのように、いくつも同じドアが並んでいる。あの若者たちは、ここに住んでいるのかもしれない。

階段を地下まで下りる。地下室に、両開きの分厚い鋼鉄ドアがあった。パリスが開けた途端に、大音量に包まれた。

「クラブか？」

思わずパリスに訊いたが、パリスが何と答えたか、聞き取れなかった。「ドージョー」と言ったようにも思ったが、聞き間違いだったかもしれない。

暗い中で、大音量の音楽がかかり、スモークかタバコか、白い煙が床を這っていた。そこはかとなく、ミントのような甘い香りも漂っている。ところどころ、白色ライトが鋭い円錐《えんすい》の形をした光で、床を照らしていた。が、照明はそれだけである。

晃は、忘年会の帰りに同僚に誘われて、渋谷《しぶや》のクラブに、一度だけ行ったことがあった。耳を揺るがす大音量の音楽がかかり、ほとんど暗闇の中で、客は立ったまま体を揺らし続けていた。DJブースだけに白い照明が当たっており、そこで著名だというDJが絶叫していた。

この地下室は、その雰囲気にそっくりだった。しかし、かかっている曲は、六〇年代のロックだ。ジミ・ヘンドリックスの名は、晃も知っている。

まさか、何もないナン島の、たった一棟だけぽつんとあるビルの地下に、こんなクラブのような場所があるなんて、想像もしていなかった。あまりのことに、晃はしばらく呆然《ぼうぜん》と立ち竦んでいた。

「ここは何をするところ?」

もう一度、パリスに訊いたが、返事がない。パリスの姿は、すでに闇に消えていた。

暗闇に目が慣れてくると、大きな部屋のあちこちに、洞窟《どうくつ》のような窪《くぼ》みがあり、そこにかなりの数の男女が座り込んで目を瞑《つぶ》り、ジミヘンのギターに合わせて、体を揺らしているのが見えた。

その物憂げな様子を見ると、ドラッグか何かをやっているのは間違いなさそうだ。欧米人の若者が大勢いるのも、この島がドラッグの楽園だと知っているからかもしれない。そう言われてみれば、ソルの家で手当をしてくれた男女は皆、魂を抜かれたかのごとく覇気がなくて優しく、昼間は塩をかけた菜のようにぐったりしていたことを思い出す。

晃は、倉庫のような暗い大きな部屋を奥に進んだ。薄暗く、足元も覚束ない。何かに蹴躓《けつまず》いて、倒れそうになった。足で踏んだ柔らかい感触に驚いて下を見ると、アジア人らしい顔の男が仰臥《ぎょうが》していた。

「ごめん」

晃は謝ったが、男は蹴られたことにも気付いていないらしく、忘我の表情を浮かべている。どうやら床に寝転んで、床の振動を楽しんでいるらしい。

ここにソルがいるのだとしたら、洞窟のひとつか。それとも、奥のＤＪブースか。晃はＤＪブースに向かったが、そこにはスポットライトが当たっているのみで、誰もいなかった。どうしたらいいのかわからず、立ち竦む。やがて、壁際にカウンターがあるのに気付き、その前に立った。カウンターの中は無人で、棚には酒類が豊富に並んでいるのが見える。

「一緒に飲もう」

いつの間にか戻ってきたパリスが、横に来て囁《ささや》いた。

「どこに行ってたの?」

「一発、キメてた」と、パリスが鼻を擦《こす》った。目がとろんとしている。

「ビールあるかな」

「あるよ。ちょっと待って」

パリスがカウンターの中に入って、冷蔵庫から瓶ビールを二本出して、カウンターの上に乱暴に置いた。ヱビスの「プレミアムブラック」の小瓶だった。パリスと一本ずつ開けて、乾杯した。パンチの効いた日本のビールの味に、涙が出そうになった。

「うまい」

パリスが頷いてにっこり笑った。曲が、ジミヘンから、ブラインド・フェイスに変わった。空知は若いのに、クリームのジンジャー・ベイカーが好きだったと思い出す。「ヒロシマ・モナムール」のフランス人女優。そして、ジンジャー・ベイカー。

どうして、若い空知が、同級生の誰も知らない映画や音楽をよく知っていたのだろうか。おまえは懐古趣味だ、とからかったのを思い出す。

晃がプレミアムブラックを飲み干すと、パリスが、キリンの「一番搾り」を出した。

「ここにはどうして、日本のビールがこんなにあるんだ？」

「美味しいから、揃えてる」

パリスがいつの間にか横に来て、ビール瓶をねぶるように飲みながら、剝《む》き出しの太腿《ふともも》を晃の脚に押し付けてきた。細い骨に、筋肉が付いているのがわかる。それにしても、女の体はどうしてこんなに柔らかいのだろう。思わず油断していると、いきなりパリスが、厚ぼったい唇を近付けてきた。避《よ》ける間もなく、キスされた。ビールの味がする。

晃は、女とキスをしたことがない。慌てていると、歯を割って強引に舌が入ってきた。女の舌の、何ともいいようのない感触に陶然となる。

曲がドアーズに変わった。思わず口を離そうとすると、パリスが舌で何かを奥に押し込んだ。パリスの唾液《だえき》で溶けかかったカプセルだ。それは、晃の舌の奥にくっついて取れない。

「これとビール一緒に飲むと、いい気持ちになれるよ」

「ドラッグなんか要らないよ」

吐き出そうとしたが、粉末は溶けだしている。仕方なく、その溶けた粉末を呑《の》み込まざるを得なかった。少し苦い。

「何だ、これ。俺、ドラッグなんかやらないよ」

「いいから」

「いいからじゃないよ」

パリスに怒ったところまでは覚えていた。が、次第に力が抜けてゆく。ああ、またしても一服盛られたと思いながら、晃は意識を失った。

気が付くと、薄暗い部屋のソファに寝かされていた。船で盛られた時のように気分が悪くはなく、むしろ、気持ちよかった。雲の上に寝ているような浮遊感がある。

「八目さん、起きてください」

リーの声で完全に覚醒《かくせい》した。気を失っていたのは、ほんの一瞬だったかもしれない。まだ曲は、ドアーズだった。

晃は周囲を見回した。ガラス張りの暗い部屋にいて、革張りの大きなソファに横たわっていた。ガラスの向こうは、闇が広がっている。ところどころに白色ライトのスポットが当たっているところを見ると、あの広いドージョーだろう。

「何だ、ＶＩＰルームか」と、苦笑いする。

「ソルの部屋です」

「わかったよ。頼むから、俺を翻弄《ほんろう》するのをやめてくれないか。殺すなら、早く殺してくれ。追い払うなら、追い払ってくれ。もう関わりたくない」

本音だった。いい加減にしてくれ。もうたくさんだ、と思った。

「こちらがソルです」

晃は起き上がって振り返り、ソルと言われた男を見た。奥の椅子に腰掛けている。暗がりの上に帽子を被《かぶ》り、サングラスまで掛けているから、顔はわからなかった。暗いせいもあるが、その姿には何か人形を見ているような違和感がある。気持ちの悪いヤツだ、と晃は思った。

「ソルさん、頼むから俺を帰してください。ここに来たのは、間違いだったようです」

ソルがリーに囁き、ソルが何か言ってリーが代弁する。

「あなたが何者で、どうしてここに来たのか、自分の言葉で説明しろと言ってます」

「だったら、あんたも自分の声で言えばいい」

晃が言い返すと、リーがむっとしたのがわかった。そのまま、ソルに何か囁く。ソルが言い、リーがそれを晃に告げる。

「失礼はこれまでだ、この後、余計なことを言ったら、おまえはまた椰子の葉の小屋に閉じ込められることになる、とソルは言ってます」

「わかったよ」

炎熱地獄だけはごめんだ。

「おまえのパスポートには、八目晃とあったが、それは本当か、とソルが訊いています。あと、どうしてここに来たのかを説明しろと」

リーが感情の籠《こ》もらない声で言った。

「じゃ、自分の言葉で言うよ。言っておくが日本語だぞ。リーさんがどう通訳するか知りたいね」

厭味《いやみ》を言ったが、リーもソルも笑いもせずに、こちらを凝視している。薄気味悪かった。

晃は行儀悪く、ソファの背に腰掛けて喋った。

「俺は八目晃だ。二十六歳になったばかりだ。誕生日は十日前だったが、誰も祝ってはくれなかった。当たり前だよな、カンボジアじゃ、誰も俺の誕生日なんて、知らないんだからさ。俺は、東京の東中野のぼろぼろのアパートで、一人暮らしをしている。あんたたちは、どうせ中野なんて言ったところで、知らないだろうけどさ。俺のオヤジは冴《さ》えない会社の貧乏サラリーマンで、オフクロは手芸店で編み物を教えたり、近所のクリーニング屋でレジのバイトをしている。そんな冴えない一家だ。兄貴は家も買えない安サラリーマンで実家に同居。五歳上の姉がいるけど、こいつも冴えない人生を送っているよ。でも、やっと彼氏ができたという話を聞いたから、今頃は出来婚を目指して頑張っているかもしれないな。

俺は大学を出てから、IT企業の子会社でしがない契約社員をしていた。仕事にやる気が起きなくて、女に意地悪ばかりしていたから、弱い者いじめのセクハラ野郎ということで、女子社員一同から総スカンを喰《く》らったこともある。そんな最低の野郎だ。

そんな俺にも、輝かしい思い出がある。都立M高で知り合った同級生に、野々宮空知という男がいた。両親は平凡なのに、空知も姉も妹も、怖ろしいほどの美貌《びぼう》だった。美貌だけじゃない。頭もよくて、やることなすこと、すべてがカッコよかった。もちろん、高校でも大騒ぎで、あっちでもこっちでも空知の追っかけばかりだ。他校からも見に来たし、女ばかりか男も騒いでいたっけな。ま、俺も心を騒がせたけど。

空知はなぜか俺と仲良くしてくれた。だから俺は高校から帰ると、必ず空知の家に寄って、夜遅くまで話し込んだものだ。他愛のないアイドル話から、政治や思想や世の中のことまで。今思えば、高校時代ってそういうものだよな。アオいんだ。

空知と仲が良かったのは、高校時代までで、大学に入るとヤツは俺から離れていった。進学先も美大で、俺はびっくりしたよ。ヤツが美術に興味を持っているなんて、まったく知らなかったから。あれだけ一緒にいても、知らされていないこともあるのだとショックだった。そのショックを上塗りするように、空知はだんだんと俺から離れてゆき、やがてアジアに旅行に出ると言って出国したきり、行方がわからなくなった。日本にも帰ってこないし、連絡もできないので、空知のことは俺の心の傷になった。あれだけ仲良くしていたと思っていたのに、なぜ空知は俺に何も言わずに消えたのか、と。

今年の春のことだ。空知の父親の野々宮さんが亡くなったという知らせがきた。空知の家に遊びに行くと、空知の父親はよく顔を出して、俺に話しかけてくれた。だから、通夜に行ったんだけど、驚いたことに参列者は数人だった。建設会社であれだけ羽振りがよかったのに、事業が失敗すりゃ、人は冷酷に顔を背ける。そういう心労が元で病を得たのかもしれないと思ったな。

その帰りに、安井という男に話しかけられた。空知の姉の橙子を捜しているという。橙子はベトナムを最後として行方が知れないのだという。橙子を捜すために、空知を捜してくれ、渡航費用と見付かった場合の謝礼を払う、という話だった。迷っていると、その二日後に、空知の母親に呼ばれた。三輪という男が、一番下の妹の藍を捜しているという。つまり、俺は二人の男から金を貰って、カンボジアに橙子と藍の行方を探るために、空知を捜しにいってほしいと頼まれたんだ。変な話だと思ったが、俺は会社で仕事するのに飽き飽きしていたし、空知のことも気になったから、とりあえず日本を出た。

でも、カンボジアに来たら、空知を必死に捜そうと思った。俺がこの世で一番会いたいのは、空知なのだからね。空知に、オヤジさんの死に顔の写真を見せてやろうと思ったんだ。でも、捜索は難航した。全然、手がかりがない。SNSで呼びかけたら、藍から『空知が死んだ』という投稿があった。驚いて自暴自棄になりかかった。そこで助けてくれたのが、例の木村だよ。木村は親切に見えたので、俺は木村の家にひと月近くはいた。その後、藍に会いに行ったけど、空知は死んだと頑《かたく》なに言うだけだった。もっとも、橙子のことを教えてもらえたので、そこから橙子にも会うことができた。橙子に会って、安井や三輪の話が嘘だとわかった。彼らはどうして空知を追うのか、不思議でならなかった。

そのうち、藍と橙子、木村の話を聞いて、やっとわかってきた。空知は、やはり平凡な日本の少年ではなかったのだ。空知の父親はカンボジア人の政治家で、今の政権の政敵だったこと。実の母親はフランス人で、一人だけ容貌の違う藍の母親は中国人だということ。そして、親たちは政敵に暗殺されたことなんかをね。空知は、自分の出自を知っていて、カンボジアに戻ったんだ。そして、ここで父の遺志を継いだ。で、殺されたと聞いた。

俺は自分を悔いたよ。それを知っていたら、一緒にカンボジアに来て、空知を助けたのに、と思って悔しかった。日本にいて契約社員をやっているよりも、空知と一緒に生きられたのならば、どんな辛《つら》かろうと、充実した人生に違いないと思ってね。

空知の父親のチア・ノルが、子供たちはどこに行っても繋《つな》がって光る、インドラの網に絡まる宝石だ、と言ったんだそうだ。俺は、それを聞いて、宝石になれない自分は、彼らを繋げる網になりたいと思った。

でも、もう遅かった。空知は死んだんだ。俺は挫《くじ》けたけれど、せめて墓参りをしようと、橙子に教えてもらった村に行った。そこで空知の墓を見たよ。そしたら、帰りに村長がシアヌークビルに行け、と言ったんだ。それでここに来た。あとは、あんたらがご承知だろ、リーさん。

ソルさん、俺はあんたが空知かもしれないと疑っていた。でも、こんな話をしても動揺も何もしないのなら、あんたは空知じゃない。俺が相手だから、そんな態度しか取らないのだとしたら、それも空知じゃない。俺の友達の空知じゃないんだ。だから、どうでもいいよ。もう、心には留めない。少なくとも、俺を殺すのなら、それでもいいよ。俺は少なくとも、誰の犬でもなかった。空港で、迎えにきた安井を振り切って逃げ、自分の意志で、空知の生死を確かめにきたんだ。それでも俺を殺すのなら、俺が決めた道だ。文句は言わない。さっさと殺してくれ」

長く話した晃は疲れを感じて、目を閉じた。

椅子に腰掛けたソルは変わらず、ステッキで体を支えるようにして微動だにしない。黒いキャップを被り、顔を半分覆うようなサングラスを掛けているので、その表情はまったくわからなかった。若いのか年寄りなのかも、見当がつかない。ただ、体格は空知よりもはるかに小柄だ。

「俺の話を聞いて、感想は?」

晃は話しかけたが、ソルは無言だった。リーも押し黙って、ソルが喋るのを待つかのように、ソルの方を見ている。

「何だよ、説明しろと言ったくせに。感想も何もないのかよ。失礼だな」

リーが何か耳許で囁いているが、ソルは無表情だ。晃は、ソルを挑発してやりたくなった。

「何も言いたくないのか、ソルさん。もし、野々宮空知がこの島にいるのなら、せめて野々宮のオヤジさんの写真を見せてやりたいんだ。棺《ひつぎ》の中の、死に顔の写真だよ。空知は、野々宮さんに日本であんなに世話になったんだから、せめて死に顔くらい見てやるべきじゃないだろうか。ソルさん、あんたが空知の代わりに見るかい？」

晃はスマホを手にして、ソルに近付こうと立ち上がった。

「そこに座っててください」

リーが制止すると、ソルも右手で払い除《の》けるような仕種《しぐさ》をした。あっちに行け、と拒絶したかのようだった。

「八目さん、そこにいてください」

リーに再度止められたので、晃は立ち上がったまま、どうしようかと迷った。その時、急に全身にだるさを感じて、へたり込みそうになった。脚に力が入らない。

「おかしいな。まだ熱中症なのかな。それともドラッグのせいか。あんたらは、一服盛るのが得意だからな」

晃はスマホを手にしたまま、ソファに尻餅《しりもち》をついた。脚が萎《な》えたように動かない。さっき、パリスに舌で押し入れられたカプセルが、今頃になって脚に効いてきたのか。

しかし、音ははっきり聞こえるし、自分が何をしているのかも、ちゃんと認識している。怖ろしいことに、脚だけが動かないのだった。

「脚が変だ」

晃はそう言って、照れ笑いをした。酒に酔った時のように動けなくなった自分が、恥ずかしく感じられた。それでも、意識だけは正常に機能しているのが、薄気味悪い。

ソルが、リーに何ごとか囁いた。

「あなたはこれからどうしたいのか、とソルが訊いています」

晃はソファにもたれかかったまま、肩を竦めた。

「何度も言ったじゃないか。俺は熱中症から、ようやく回復したばかりなんだ。疲れ果てた。空知がここにいないのなら、早く島を去りたい」

「去って、どうするんですか?」

リーが、真剣な顔で訊いた。

「さあ、どうしようか。何も得られないまま帰るなんて、考えたこともなかったから、見当がつかないんだよ。空知が生きているのなら、ひと目会って帰りたかった。あいつが本当に死んだのなら、墓も見たんだし、泣きながら日本に帰るしかないだろうな。だけど、今の俺はどっちつかずだ。指示されたままに来て、空知がどうなったのかわからないから、どうしたらいいのか迷ってる。それに日本に帰れば、詐欺グループの一員として捕まる、と木村に言われた。それならそれで仕方がない、とも思っているよ。実際、サガミのところで、悪事を手伝ったのは事実だしな。もうひとつの心配は、日本に帰ったら、三輪が復讐《ふくしゅう》に来るんじゃないかということだけど、ま、何とかなるだろう。そんなことは、あんたたちには関係ない話だ」

晃は物憂く愚痴った。しばらく沈黙があった後、ソルがまたリーに囁いている。

「あなたが、本物の八目晃である証拠を示してほしい、とソルが言っています」

「何言ってるんだ」と、晃は呆れた。「あんたらは、勝手に俺のパスポート見ただろう? それが証拠だ。それ以外に、俺が俺である証拠なんてないよ。もし、空知が生きていたら、俺を見て証明してくれるだろうが、ソルさんはどうやら違うようだ」

晃は疲れを感じて、ソファに仰向けに横たわった。

「八目さん、ソルの前で失礼です」

リーが憤然としたが、晃はソルの機嫌など、どうでもよかった。

「失礼なのは、そっちだ。俺はこんなところに軟禁される覚えはないよ。殺したいのなら、早く殺せよ」

晃は、心底失望していた。もしかするとソルが空知かもしれない、という期待があったのだが、ソルは空知ではない。

ドアーズはとっくに終わって、クリームの曲に変わっていた。ああ、この曲は何だっけ。よく空知が聴いていなかったか。そんなことを思い出しながら、晃は首を伸ばして下のフロアを見下ろした。パリスの顔を見て安心したかった。しかし、暗いフロアにパリスの姿はなく、アジア系の男が一人、踊っていた。さっき、床に転がっていた男のようだ。まるで、盆踊りのような動きが可笑《おか》しくて、晃は笑った。

その後、何もかもが嫌になって、考えることもしたくなくなった。両目に手を当てて、繭のように手足を縮め、ソファの上で丸くなる。

「だるい。このまま消えてしまいたい気分だ」

その時、耳を澄まさないと聞こえない、金属を擦り合わせるような音が、すぐ近くで聞こえた。目を開けると、ソルが、ステッキを突いて横に立っていた。ソルが立てた音だったのか。

さすがに無礼な態度を恥じて、晃は慌てて上半身を起こした。近くで見るソルは、黒のだぶついたパンツに、黒シャツ。貧相な痩せぎすで、肩の骨格が目立った。

「おまえは、本当に晃なのか?」

ソルが日本語で問うた時、晃の全身に鳥肌が立った。空知の声に聞こえたからだ。だが、滑舌が悪く、空知の人工的な声帯を持ったロボットが喋っているかのようだった。

「まさか」

この男が空知のはずがない。腕と脚の長さも足りず、すべてが不自然な人形のようで、空知とは到底思えなかった。空知は美しい男で、誰もが憧《あこが》れていた。この自分でさえも、あの逞《たくま》しい胸に身を寄せたい、と思ったことさえあるのだ。

あまりに空知に会いたいがゆえの空耳だと、晃が部屋を見回した時、ソルの右手が伸びてきて、晃の頬にそっと触れた。指先は冷たく、指紋が失われたかのように滑らかだった。晃は思わず後退った。

「おまえは、本当に晃なのか?」

ソルは同じ言葉を繰り返した。晃は怯《おび》えながら答えた。

「そうだ。八目晃だ。あんたは誰だ?」

「俺が空知だよ」

晃は恐怖に襲われた。空知であるはずがなかった。空知は身長百八十五センチはあって、胸板も厚かった。だが、眼前に立つ男は、まるで風船から空気が抜けたように萎《しな》びて小さく、年寄りに見える。

「俺が野々宮空知だ」

ソルは悪い冗談をしつこく繰り返す人のように、何度も言った。

「やめろ。空知の名前を騙《かた》るな」

「だったら、おまえも八目晃などと名乗るな」

意外なことを言われて、晃は目を剝いた。

「どうして？　俺は八目晃だよ」

「晃はもっとおとなしく、寡黙な男だ。おまえみたいに、ふてぶてしいヤツじゃなかった」

ソルの声に、今にも笑いだしそうな嘲《あざけ》りが感じられた。

「何を言ってるんだ。俺は八目晃だよ。空知を追って、カンボジアまで来たんだ。疑うのなら、顔を見ろ」

晃は、ソルの前に顔を近付けた。

「八目さん、ソルは見ることができない」

いつの間にか、リーが横に来ていて、ソルを支えるようにして立っていた。晃は驚いて、ソルの顔を見た。

ソルが無言で、サングラスを外した。その下にあるのは、眼窩《がんか》だった。眼球のあった場所は焼け爛《ただ》れて、引っ攣《つ》れたピンクの薄い皮膚に覆われている。欠損でもして、その後整形したのか、鼻も唇も変わっていた。空知の美しかった顔は見る影もなく、まるで他人、いや化け物に近かった。晃は仰天して、やっとの思いで声を上げた。

「本当に空知か？」

「そうだ。俺は野々宮空知だ」

「別人のようだ。いったいどうしたんだ」

晃は呆然として、空知とは似ても似つかない男の顔を見つめた。写真を見たソックに、「ゴージャス」と感嘆の声を上げさせた空知の顔は、大きく変わっていた。

「眼前で爆弾が破裂したんだ。顔だけで八回も手術した。これでも少しはマシになったらしい。俺は見えないからわからないが」と、空知が言う。

「体は?」

晃は、まるで萎《しぼ》んだように、ひと回りもふた回りも小さくなった空知の全身を見た。

「左脚は太腿から下、右は膝下《ひざした》から吹き飛ばされた。左手も手首からないんだ。出血多量で死ぬところを、生き返った。今でもよく生きていると思うよ。俺は野々宮空知の残骸《ざんがい》だ」

「でも、生きているじゃないか。よかったよ」

その言葉を発した時、目に涙が溢れて、晃はそれ以上、何も言えなくなった。

「辛うじてだよ。晃、俺の部屋に行こう」

「行きたいけど、脚が動かないんだ」

「俺の真似をすることはない」

空知が笑ったようだったが、仮面でも被っているような顔の表情はまったく動かない。リーがどこからか車椅子を運んできて、晃を乗せた。空知は無様に歩くところを見せたくないのか、晃の乗った車椅子が動きだすまで、一歩も先んじようとはしなかった。

空知の部屋は最上階にあるらしい。廊下の端にあるエレベーターで昇った先は、殺風景な白い壁と、病院のような電動ベッドがあるだけで、何の調度もない部屋だった。ただ、天井の音響装置からドージョーと同じ曲が流れていた。

空知は、リーにベッドに運んでもらうと、リモコンでベッドの背を立てた。

「晃、俺は半病人だ。構うことはできないけど、好きにしてくれ」

「脚がまだ動かないんだよ」

晃は車椅子に座ったまま言った。

「じゃ、俺の気持ちが少しはわかるね？」

空知が笑ったようだったが、相変わらず表情筋は一切動かない。

「正確にはわからないだろうけど、少しは身につまされるよ。空知、面倒を抱えたな」

「晃、はっきり言うようになったな」

リーが晃の車椅子の横に、小さなテーブルを置いた。上にウィスキーと氷の入ったグラスを載せた盆がある。

「この旅のおかげだ」

「苦労したのか？」

「した。だが、一番辛かったのは、ここの小屋に閉じ込められたことだ」

晃は空知の顔を見た。かつて涼やかな両目のあった場所を、サングラスで隠した顔を。

「疑って悪かった。だが、誰かが晃を騙ってやって来たと思っていた。まさか、わざわざ会いに来てくれるとは思わなかったからな」

声帯も損傷したのか、空知の声音は抑揚がなく平坦《へいたん》だった。空知を思い起こさせる姿も声もなく、晃はまだベッドに横たわる男が空知だとは信じられなかった。

「でも、おまえがした苦労には遥《はる》かに及ばないよ。俺はね、空知、この旅で、おまえのために死んでもいい、と何度も思った。その覚悟で、この島まで来たんだ。おまえとやっと会えてよかった」

「晃、俺にそんな価値はないよ」

空知は静かに答えた。

「おまえの価値は、おまえが決めるものじゃない」

「誰が決めるんだ」

「俺が決める」

「笑わせるな」空知は怒ったのか、低い声で唸《うな》るように言った。「俺にそんな価値はないよ。俺はただの生ける屍《しかばね》だ。放っておいてくれないか」

空知の精神は荒廃している。かつて、どうでもいい話を延々としては、一緒に笑っていた明るく聡明《そうめい》な空知はどこにもいない。そして、その時の自分もいない。

「酒、飲もうよ。やっと再会したんだから、空知、乾杯しよう」

晃はグラスにウィスキーを注いだ。

「俺はクスリを手放せなくなったから、こっちでいいよ。クスリをやると、痛みを忘れるんだ」

空知は、カプセル状のものを数個、ビールで流し込んだ。

「それは何だ」

「合成ドラッグだよ。ここで作って売っている」

「おまえは麻薬の売人になったのか?」

晃は信じられない思いだった。

「そうだ。ここは、もともとポル・ポトの麻薬製造所だった。それを傘下に収めて、資金源にしようとした。それが、今では、俺の生業《なりわい》だ」

「生業? おまえはドラッグで食べているのか?」

「そうだ。ここでは、目的のためには汚いビジネスだろうと何だろうと、何でもする連中がいる。俺は最初反対していたが、俺の命を救ってくれたのは、この事業で得た資金だった。皮肉だろ? だから、俺は生きる屍なんだ。オヤジが生きていたら、軽蔑《けいべつ》するだろう。野々宮のオヤジも同じだ」

晃は何も言えなかった。祖国に帰って、暗殺された父親同様、自分も瀕死《ひんし》の重傷を負った空知が、この国でどう生きようと、自分は文句を言える筋合いではない。それだけ距離ができたということか。

「おまえは、俺の醜い顔を見て、どう思った?」

空知がいきなり核心を突く質問をした。

「正直に言えば、驚いた。でも、それは醜いとか醜くないとかの問題ではないんだ。空知が大怪我をしたことが、ショックだった。俺は、おまえに会えて嬉《うれ》しいんだよ。これは本当だ。生きててくれたことが、本当に嬉しい」

「俺は死にたかったのに、無理に生かされてしまった。それも、あのチア・ノルの息子だからだ」

空知は、自分を嘲笑《あざわら》うかのように唇を歪《ゆが》めた。かつて晃が好きだった空知の唇は、肉が削がれたのか、薄くなって少し捻《ねじ》れている。

「空知、おまえの死を望む者はいないよ」

晃は静かに言ったが、空知は首を振る。

「俺は両目をなくした。脚も不自由だし、左手の先はない。断端部が痛いから、義足を着けるのは辛い。義手もあまりしっくりしない。生きていたくない。それなのに、チア・ノルの息子だということで生かされているんだ。辛いよ」

「なぜ生かされているんだ。俺には意味がわからないよ」

「おまえは俺が死んだと聞かされていただろう？　だけど、生きているかもしれないという噂も根強い。つまり、俺は生死のわからないカリスマ的な存在にされているんだ。仲間うちでは、ソルはいつか蘇る、と信じられているらしい。だから、曖昧な謎でいる方が、いいんだ」

「父親の犠牲になっているということか？」

「犠牲とは言わない。オヤジの路線は正しかった。ただ、俺はもう疲れたんだ」

「それは気の毒だな、空知」

晃の胸が痛んだ。あの幸福な高校時代、美しい空知の未来は輝かしいものだろうと、勝手に想像していた。だが、今の空知は惨めで哀れだった。

「そういや、野々宮さんの死に顔の写真を持ってるんだ。スマホに入ってるよ。見るか？」

空知が笑ったようだ。

「何を言ってる。俺の目はふたつとも爆風で破裂したんだよ」

「そうだった。怖いな」

晃が呟くと、空知が掠れた声で言った。

「晃、一番怖いのは、人間の悪意だ。目的のためには手段を選ばないと言うけれど、高邁な目的があるうちならまだいい。闘争が続くと、悪意が生まれる。悪意は執拗で、どんどん広がって、大きくなる。俺はその巨大な悪意を浴びたんだ。おまえと遊んでいた頃は、そんな世界が俺を待っていることなど、想像もしなかった。あの頃に戻りたいよ」

空知は身も心も大きく傷ついて崩壊した。

「空知、日本に帰って、もっといい治療を受けたらどうだろうか。日本の義足の方がいいんじゃないか」

晃は自分でも気休めを言っている、と思った。案の定、空知は少しの間、押し黙った。やや唇を半開きにして、中空に見えない目を据えているように顎《あご》を上げている。

「もう帰れないし、帰りたくない」

「ごめん。日本のことなんか言うつもりなかった。でも、俺は空知が生きていてくれて、心から嬉しいんだ。おまえが困っているのなら支えたい。ただ、それだけだよ」

晃は自分の感情が、身勝手なものであることはわかっている。今の空知は、自分を慮《おもんぱか》る言葉すらも重いのだ。

「晃。正直に言うと、おまえとの再会も、ヤクをキメた瞬間以上のものじゃない。ヤクをキメた時しか、自分は生きている気がしないんだ」

ゆっくりした口調は、空知の声色を使ったロボットのようだ。少したじろぐと、その空気が伝わったのか、空知が低い声で言った。

「がっかりしただろう、晃。俺がこんな姿になって」

「そんなことはないよ。何度も言うが、生きていてくれて嬉しい」

いつの間にか、リーは部屋から姿を消していた。照明も少し落とされていて、空知は物憂げにベッドの上で黙っていた。ウィスキーをオンザロックで飲んでいるうちに、脚に血が通うような感覚が戻ってきた。晃は試しに、右足を動かしてみた。

「ああ、動くようになった」

「俺も自分の脚で歩きたいよ。そして、晃の顔を見たい。変わってないのかな」

そのふたつの望みが叶えられることは、決してないのだ。

「俺はあまり変わらないと思うが、どうだろう。でも、裏切られてばかりだったから、人相も悪くなったかもしれない」

「そうか。想像してみるよ」

空気が少し動いたような気配がした。空知が笑ったのか。

「晃、動けるようになったのなら、悪いけど、俺の義足を外してくれないか」

「いいよ」

晃は車椅子から立ち上がった。もう脚に血は通っている。ベッドの脇に立ち、空知に話しかける。

「何でも言ってくれ。俺のできることはやる」

「ズボンをめくって両脚の義足を外して、ベッドの脇に置いといてくれ」

晃は、空知の穿いているゆったりした黒いパンツの裾《すそ》をめくった。まるで武器のような金属製の義足が、左脚は太腿の付け根から、右脚は膝下から装着されていた。両脚の断端部は、白い包帯が巻かれている。晃はそっと義足を外してやった。義足は存外重い。

包帯の上から、左脚を擦《さす》った。かつてほどよい筋肉が付いていた太腿は、信じられないほど細くなっていた。

「痛かっただろう。可哀相にな」

空知は黙ってされるがままになっていたが、思い切ったように言った。

「晃、頼みがある」

「何だ」

「俺を殺してくれ」

「嫌だ、断る」

「何でもやると言ったくせに。その理由は何だ?」

「おまえが好きだからだ。俺は、おまえたちのインドラの網になろうと思っていた。それなのに、宝石のおまえが輝きを失ってどうするんだ」

「そんなもの、とうにないよ」

空知が自嘲《じちよう》するように言った。

「駄目だ。橙子さんたちだって、悲しむだろう」

晃は、トンレサップ湖で会った、橙子の女神のような横顔を思い出している。そして、プノンペンの豪華ホテルに住む、国王の義兄弟の愛人をしている藍を。あの後、藍は、あの執事とどこかに逃げたのだろうか。

「俺の今の商売と状態を知って、橙子は去って行った。麻薬の売人なんて軽蔑しているから、二度と会いたくないそうだ。藍も同じだ。二人とも、カンボジアで何とか自分の力で生きているから、俺のことは忘れたいはずだ。俺が南の島で死んだと聞いたら、むしろ、ほっとするだろう。頼むよ、晃。おまえが俺の立場になったら、おまえも同じことを願うだろう。違うか？」

「そうかもしれないな」

静かに同意した。

「だったら、お願いだから、俺をベランダから突き落としてくれ。下は海崖《かいがい》になっているから、確実に死ねる。俺は自分の力では、ベランダの柵《さく》を越えられないんだ。頼む。もし、この願いを聞いてくれたら、俺は本当に、心の底からおまえという友達がいたことを感謝して死ねるよ」

そう言った後、空知は左の義手を、右手で外した。義手は、白い手袋を着けたままだ。

「見ろよ、この手。まるでミッキー・マウスの手みたいだろ？　俺は見えないけど、パリスとかいう女が言ってた。ああ、忌々しい」

空知は、左の義手を力を籠めて投げつけた。義手は、白い壁に当たって、下に落ちた。

「やめろよ、壊れたら困るだろう」

拾いに行こうとする晃の腕を、空知の右手が摑んだ。驚くほど強い力だった。

「晃、逞しくなったな。それなら大丈夫だ。俺を抱いて、ベランダまで連れて行け」

戸惑っていると、空知が懇願した。

「頼む。こんなことを頼めるのは、おまえしかいない。おまえが来てくれたことは、俺にとっての救いなんだ。おまえは俺を助けにきてくれた救世主だ。お願いだから、そこから突き落としてくれ」

「その後は？」

「好きにしろ。おまえが新しいソルになればいい。俺も前のソルから、ここを受け継いだんだ」

「ソルになんかなりたくないよ」

「じゃ、晃はこれからどこに行って、何をするんだ？」

晃は答えられなかった。やっと空知と会えたことで気が済んだはずなのに、空知の崩壊の様を見て、自分も何かが崩れ始めている。

「わからない」

「晃、ごめん。俺のために来てくれて、おまえも何かを失ったんだろう？」

「そうだ」

晃はしばらく、空知の焼け爛れた皮膚に覆われた、ふたつの眼窩を見ていた。

「晃、俺の目を見てるのか？」

「そうだよ」

「視線を感じるよ」そう言って、空知が笑った。

晃は、空知を抱き上げた。空知の体は、想像以上に軽かった。空知がほっとしたかのように、晃の首に両腕を回した。

晃は空知を抱いたまま、ベランダの扉を開けて外に出た。外は、ごうごうと波の音がする。晃の部屋は、逆側だったのだろう。この建物が、海岸沿いに建てられているとは知らなかった。晃はしばらく空知を抱いたまま、波の音を聴いていた。

「空知、軽くなったな」

腕の中の親友に語りかけると、空知が安心したように呟いた。

「うん、何もかもが軽くなった。最近は、これが俺の真の姿なのかと思うんだ。だから、気が楽になった」

「そういうものだろうか」

晃が呟くと、空知が笑った。その笑い声だけは、高校時代と同じだ。

「そこの柵から、俺を落とせ」

空知が静かな声で言う。

「本気か？」

「本気だ」

空知が晃の胸に頬を寄せた。自分が空知の胸に顔を埋《うず》めたかったのに、逆になった。

「晃、俺を殺してくれるんだな。愛してるよ」

空知がまるでふざけているかのように言う。

「俺もだよ。だから、殺してやる」

「おまえの顔を見たかったな」

「いいよ、俺の顔なんか」

「晃、来てくれてありがとう」

その言葉を最後まで聞かずに、晃は空知の体を空中に放り投げた。そして、何も見ないで部屋に戻った。

晃は、空知が寝ていたベッドに横たわり、ベッドサイドテーブルの上にあったプラスチックボトルからカプセルを五錠ほど取り出した。そして、それを空知の飲みかけのビールで流し込んだ。すぐには効かない。さっき、自分が飲んでいたウィスキーも生《き》で飲んだ。ようやく、ぐらりと部屋が揺れ、信じられないような歓喜がやってきた。

「これか、これのことか。空知」

心の中で呼びかける。だが、歓喜は続かない。その後、堪《こら》えきれないほどの悲嘆が襲ってきて、晃はのたうち回った。

慌ててカプセルを二錠飲む。すると、また歓喜。自分はこれを繰り返して生きるのか、と晃は思った。空知のように。

時間がどれだけ経ったのか、わからない。気付くと、ノックの音がした。リーが入ってきて、ベッドの上で呆然としている晃に呼びかけた。

「ソル、私はいったんホテルに帰りますが、用があったら呼んでください」

晃は、リーの顔を見遣った後、大きく頷いた。

初出
「小説 野性時代」
二〇一八年三、五、七、九、十一月号、
二〇一九年一月号〜二〇二〇年十月号
本書は右記連載に加筆修正を行い、単行本化したものです。
本作はフィクションであり、実在の個人・団体とは一切関係ありません。

桐野夏生（きりの　なつお）
1951年生まれ。93年『顔に降りかかる雨』で江戸川乱歩賞を受賞。99年『柔らかな頬』で直木賞、2003年『グロテスク』で泉鏡花文学賞、04年『残虐記』で柴田錬三郎賞、05年『魂萌え！』で婦人公論文芸賞、08年『東京島』で谷崎潤一郎賞、09年『女神記』で紫式部文学賞、10年、11年に『ナニカアル』で島清恋愛文学賞と読売文学賞の二賞を受賞。1998年に日本推理作家協会賞を受賞した『OUT』は04年エドガー賞候補となる。15年紫綬褒章を受章。その他の著書に『バラカ』『夜の谷を行く』『とめどなく囁く』『日没』など多数。

インドラネット

2021年５月28日　初版発行

著者／桐《きり》野《の》夏《なつ》生《お》

発行者／堀内大示

発行／株式会社KADOKAWA
〒102-8177　東京都千代田区富士見2-13-3
電話　0570-002-301（ナビダイヤル）

印刷所／大日本印刷株式会社

製本所／本間製本株式会社

ISBN 978-4-04-105604-2　C0093